La hora azul

Bestseller

Paula Hawkins

La hora azul

Traducción de Aleix Montoto

Planeta

Título original: *The Blue Hour*

Avda. Diagonal, 662-664, 08034 Barcelona (España)
www.editorialplaneta.es
www.planetadelibros.com

Adaptación de la cubierta: Booket / Área Editorial Grupo Planeta, a partir de la idea original de Mumtaz Mustafa
Imagen de la cubierta: © Plainpicture / Sarah Eick / The Rauschen Collection y © Nathan Griffith / Getty Images
Primera edición en Colección Booket: octubre de 2025

Depósito legal: B. 13.873-2025
ISBN: 978-84-08-30952-9
Impreso en España

Biografía

Paula Hawkins trabajó como periodista más de quince años antes de pasarse a la ficción. Nacida y criada en Zimbabue, se mudó a Londres en 1989, y vive allí desde entonces. Su primer *thriller*, *La chica del tren*, se ha convertido en uno de los mayores fenómenos editoriales de la última década y ha sido adaptado al cine por DreamWorks Pictures, con Emily Blunt como protagonista. Es también autora de *Escrito en el agua*, *A fuego lento*, *Punto ciego* y *La hora azul*. Con más de 29 millones de ejemplares vendidos en más de 50 países, Paula Hawkins es una de las autoras de novela negra más leídas del mundo.

Para mamá y papá, con amor

Y la muerte no tendrá dominio.
Los muertos desnudos serán uno solo
con el hombre en el viento y la luna de poniente;
cuando sus huesos estén pelados
y los pelados huesos se descompongan,
tendrán estrellas en el codo y en el pie;
aunque se vuelvan locos, cuerdos estarán;
aunque se hundan en el mar, de nuevo emergerán;
aunque se pierdan los amantes, el amor perdurará;
y la muerte no tendrá dominio.

DYLAN THOMAS

La vida es corta; el arte, duradero.

HIPÓCRATES

La luna, brillante y cercana, me ha despertado. Proyectaba una extraña luz sobre el mar, una especie de oscura luz diurna, como cuando se mira el negativo de una fotografía. Ya no he podido volver a dormirme. Hace varias semanas que soy incapaz de trabajar, de modo que he bajado a la playa. Iba descalza, y la arena estaba tan fría bajo mis pies que me han entrado ganas de correr.

Soplaba un viento extrañamente cálido que movía la arena, y las nubes que pasaban por delante de la luna arrojaban sombras que me perseguían. No podía parar de pensar en la canción que Grace me había enseñado, la de los lobos que desenterraban los cadáveres recién sepultados, dejando sus pobres huesos desperdigados por todas partes.

Últimamente yo misma he estado sintiéndome algo salvaje.

He corrido y corrido hasta que mis pies se han adentrado en el agua, y cuando me he vuelto en dirección a la isla, he levantado la mirada hacia la casa, hacia la ventana de mi dormitorio, cuya luz todavía estaba encendida, y he visto que algo se movía. La cortina, con toda probabilidad, pero aun así he sentido un escalofrío en el espinazo. He permanecido un momento con la mirada puesta en la ventana, esperando que él volviera a aparecer, pero no había nada, nada ni nadie, solo el agua lamiéndome de repente los gemelos y las rodillas.

La arena ya no se movía, ya no podía ni siquiera verla, todo había quedado bajo el agua y me faltaba mucho para salir. He intentado avanzar tan rápido como he podido, pero el viento soplaba en contra y la marea era como la corriente de un río. No dejaba de tropezar y caer de rodillas; el frío era como una bofetada, como si alguien me atizara una y otra vez.

No creo haber sentido nunca un pánico semejante.

Para cuando he llegado a los escalones, estaba tan agotada que apenas podía moverme. Me he quedado ahí tumbada, tiritando con tanta violencia que parecía que sufriera convulsiones. Finalmente he conseguido ponerme en pie y subir hasta la casa. Me he duchado y vestido y luego he ido al estudio y he comenzado a pintar.

División II (*c.* 2005)

Vanessa Chapman

Cerámica, laca *urushi*, pan de oro, filamentos de oro, costilla de artiodáctilo, madera y cristal.

Cedida en préstamo por la Fundación Fairburn.

Una de las siete esculturas que Chapman realizó combinando piezas de cerámica con objetos encontrados, *División II*, es un artilugio espacial engañosamente simple: un grupo de objetos interrelacionados, suspendidos por alambres y confinados en una vitrina de cristal.
Al presentar estos objetos de este modo, Chapman plantea interrogantes sobre la inclusión y la exclusión, lo que escondemos y lo que revelamos, en qué aspectos somos generosos y en qué otros nos mostramos reservados, lo que hacemos y lo que dejamos atrás.

De: bjefferies@gmail.com

Para: info@tatemodern.co.uk

Asunto: Chapman – Exposición Escultura y Naturaleza

Querido señor/señora:

Disfruté mucho de mi visita a la Tate Modern este fin de semana, en particular de la exposición *Escultura y Naturaleza*, que contenía algunas piezas maravillosas. Detecté, sin embargo, un error en el rótulo de la obra de 2005 de Vanessa Chapman *División II*, en la cual se incluía una costilla de artiodáctilo en su listado de materiales. Como antropólogo forense con muchos años de experiencia, puedo asegurarle que la costilla de la pieza no pertenece a ningún artiodáctilo; de hecho, es humana.

Sospecho que es muy posible que la misma señora Chapman cometiera el error: para un ojo inexperto, la costilla de un ciervo se parece mucho a una costilla humana.

He considerado que debía llamar su atención al respecto.

Un cordial saludo,

Benjamin Jefferies

1

En el severo frío de una resplandeciente mañana de octubre, James Becker se detiene en el puente peatonal y, apoyando la cadera en la barandilla, se lía un cigarrillo. Bajo él, la corriente avanza negra y lenta, con el agua ya próxima a la congelación deslizándose cual melaza sobre piedras de un herrumbroso color anaranjado. El puente se encuentra a medio camino de su trayecto diario de casa al trabajo, que le lleva doce minutos desde la antigua caseta del guarda en la que vive hasta la Casa Fairburn, donde trabaja. Quince minutos si se detiene a fumarse un cigarrillo.

Lleva el cuello del abrigo alzado y echa un rápido vistazo por encima del hombro. A un forastero podría parecerle alguien sospechoso, aunque no hay ninguna razón para ello. Becker forma parte de ese lugar, por sorprendente que pueda resultar; incluso a él le cuesta creérselo. ¿Cómo diantres él —un bastardo sin padre, hijo de una cajera de supermercado, un chico de escuela pública ataviado en un traje barato— puede estar viviendo y trabajando ahí, en Fairburn, con la alta alcurnia? No encaja. Y, sin embargo, mediante duro trabajo, pura suerte y tan solo una pequeña traición, ahí está.

Se enciende el cigarrillo y vuelve a echar un vistazo a la casa por encima del hombro. Una cálida luz ilumina la ventana de la cocina, tiñendo el seto de hayas de un color dorado. Nadie está mirándolo; Helena todavía debe de estar en la cama, con la almohada encajada entre las rodillas. Nadie lo verá romper la promesa que hizo de dejar de fumar. De hecho, ha reducido la cantidad: ahora apenas fuma tres cigarrillos al día y, para cuando el agua se haya congelado, lo habrá dejado del todo, piensa él.

Apoyado en la barandilla, le da una fuerte calada al cigarrillo mientras observa las colinas que hay al norte, cuyos picos ya están cubiertos de nieve. En algún lugar indeterminado suena una sirena; a Becker le parece distinguir una luz azul en la carretera, una ambulancia o un coche de policía. El pulso se le acelera y la nicotina le anega la cabeza; en el estómago siente la leve pero innegable tirantez del miedo. Fumando con rapidez, como si de este modo fuera menos perjudicial, se termina el cigarrillo y luego apaga la colilla en la barandilla y la tira al agua. A continuación cruza el puente y, con pasos ruidosos a causa de la escarcha que cubre el césped, se dirige hacia la casa.

El teléfono fijo de su despacho está sonando cuando abre la puerta.

—¿Sí? —Becker sostiene el aparato entre el hombro y el mentón, enciende el ordenador y, volviéndose sobre sí mismo, extiende una mano para accionar el interruptor de la cafetera, que descansa sobre la mesa auxiliar.

Se produce una pausa antes de que una voz clara y seca diga:

—Buenos días. ¿Hablo con James Becker?

—Así es. —Becker teclea su contraseña y, con un movimiento de hombros, se quita el abrigo.

—Perfecto. —Otra pausa—. Al habla Goodwin, de la Tate Modern.

A Becker se le resbala el aparato del hombro; vuelve a cogerlo y se lo lleva de nuevo a la oreja.

—Disculpe, ¿quién ha dicho?

El hombre al otro lado de la línea telefónica exhala de forma audible.

—Will Goodwin —dice con un refinado acento que resalta las vocales—. De la Tate Modern de Londres. Le llamo porque tenemos un problema con una de las piezas que Fairburn nos ha cedido en préstamo.

Becker se yergue de golpe al tiempo que su puño se aferra con más fuerza al aparato.

—¡Oh, Dios mío! No ha sufrido ningún daño, ¿verdad?

—No, señor Becker. —El tono de voz de Goodwin delata que está conteniéndose—. Hemos tenido un gran cuidado con las tres piezas de Fairburn. Sin embargo, nos hemos visto obligados a retirar de la exposición una de las esculturas, *División II*.

Becker frunce el ceño y vuelve a sentarse.

—¿Qué quiere decir?

—De acuerdo con un email que hemos recibido de un distinguido antropólogo forense que ha visitado la exposición este pasado fin de semana, *División II* incluye un hueso humano.

La carcajada de Becker se topa con un profundo silencio.

—Lo siento —dice Becker, todavía riéndose por lo bajo—, pero eso es...

—¡Ya puede pedir disculpas! —contesta Goodwin en un agrio tono de voz—. Me temo que no comparto su júbilo. A causa únicamente de su incompetencia curatorial, en mi primera exposición como director y la primera muestra del museo tras la pandemia, nos encontramos en la situación de haber expuesto restos humanos sin querer. ¿Tiene alguna idea de lo perjudicial que puede ser esto para nosotros como institución? Cosas así son las que provocan que la gente sea cancelada.

Cuando por fin termina la llamada, Becker se queda mirando fijamente la pantalla del ordenador a la espera de que Goodwin le reenvíe el email. Está claro que esta queja —si es que puede llamarse así— es un disparate. ¿Una broma, tal vez? ¿O quizá una equivocación genuina?

El mensaje aparece en lo alto de la bandeja de entrada y Becker clica en él. Lo lee dos veces y luego busca en Google al remitente (es un respetado académico de una importante universidad británica; improbable, pues, que se trate de un bromista) y abre ArtPro, el software de catalogación de Fairburn, para buscar la pieza en cuestión. Ahí está. *División II*, realizada alrededor de 2005 por Vanessa Chapman. Unas fotografías en color tomadas por el mismo Becker ilustran la entrada. Objetos de cerámica, madera y hueso flotan suspendidos por filamentos en una vitrina de cristal fabricada por la propia Chapman. La cerámica y el hueso son gemelos idénticos: frágiles husos de un blanco puro, fracturados en sus centros y unidos con laca y oro.

La primera vez que vio la pieza, pensó que debían de haberla enviado por error. ¿Una escultura? Vanessa Chapman no era escultora, era pintora y ceramista. Pero ahí estaba, bella y extraña, un delicado enigma, el puzle perfecto. No había ninguna nota explicativa, solo una brevísima mención en un cuaderno en la que Chapman hablaba de las dificultades que había tenido a la hora de armar su «piel», la vitrina de cristal dentro de la que se encuentran los demás componentes. Una obra sin duda de ella entonces y de él ahora. De él para investigar, catalogar, describir y mostrar, para presentarla al mundo. Había sido expuesta durante un breve periodo de tiempo en la Casa Fairburn, y desde entonces la habían contemplado miles —o decenas de miles— de personas en galerías y museos de Berlín y París y, más recientemente, de Londres.

¡Un hueso humano! Es absurdo. Tras apartar la silla del escritorio, Becker se pone de pie y se vuelve hacia la ventana.

Su despacho se encuentra en la sección pública de la casa, con vistas al patio interior del ala este. En el centro de un césped tan cuidado y verde como un tapete se yergue una estatua de bronce de Hepworth. La luz matutina hace que sus curvas reluzcan y que las paredes cóncavas del hueco central emitan un fulgor verde. A través de ese hueco oval Becker distingue a Sebastian cruzando el patio a toda prisa con el móvil en la oreja.

Sebastian Lennox es el heredero de Fairburn. Cuando su madre estire la pata, Sebastian será el propietario de esa casa, de la caseta en la que vive Becker, del patio, de la Hepworth y de los campos que los rodean. Además es el director de la fundación, así que no es solo el casero de Becker, sino también su jefe.

(Y su amigo. No hay que olvidarlo.)

Becker observa a Sebastian mientras rodea la estatua de bronce, con una sonrisa en el rostro un poco demasiado amplia y emitiendo una risa audible incluso a esta distancia. Becker se vuelve ligeramente y ese movimiento llama la atención de Sebastian, que aguza la mirada y, tras alzar una mano a modo de saludo, extiende los cinco dedos para indicarle lo que tardará: cinco minutos. Becker se aparta de la ventana y se sienta de nuevo a su escritorio.

Unos diez o quince minutos después, oye los pasos de Sebastian en el pasillo y, un momento más tarde, este entra en el despacho cual golden retriever con forma humana.

—No vas a creerte la llamada que acabo de recibir —dice apartándose un mechón rubio de los ojos.

—No sería de Will Goodwin, ¿verdad?

—¡Así es! —Sebastian se ríe y se deja caer en un sillón que hay en un rincón del despacho de Becker—. Muerto de miedo por si lo cancelan. ¿A ti también te ha llamado, pues?

Becker asiente.

—Van a retirar la pieza de la exposición —dice—. Me parece una reacción desproporcionada.

—¿Eso crees?

Becker extiende completamente las palmas de las manos.

—¡Claro que sí! Esa obra ya la han visto Dios sabe cuántas personas, entre las cuales varios expertos. Si el hueso fuera humano, a estas alturas ya se habría dado cuenta alguien.

Sebastian asiente al tiempo que las comisuras de sus labios se curvan hacia abajo.

—¿Estás decepcionado? —pregunta Becker sin dar crédito.

Sebastian se encoge de hombros.

—Puede que no te hayas dado cuenta, Beck, pero el gran público británico no es que haya estado precisamente aporreando nuestras puertas desde que reabrimos... Pensaba que un pequeño misterio, el atisbo de un escándalo...

—¿Escándalo? ¡Eso suena bien!

Los dos hombres se vuelven y ven a Helena de pie en el umbral de la puerta. Va ataviada de la barbilla a los tobillos con un vestido de cachemir negro que ciñe su prominente bombo. Se le han escapado unos pocos mechones de pelo castaño de la coleta, y unas vívidas manchas de rubor destacan en sus mejillas. Parece faltarle un tanto el aliento.

—¡Hels! —Sebastian se pone de pie de un salto, la abraza y la besa con delicadeza en ambas mejillas—. Estás radiante. ¿Has venido a pie? ¡Pasa, siéntate!

Helena deja que Sebastian la conduzca al sillón que acaba de desocupar.

—Me apetecía dar un paseíto —contesta ella sonriéndole a Becker, que la mira con expresión inquisitiva—. Hace un día maravilloso. Lo que me apetecería de verdad es montar a caballo, pero obviamente no voy a hacerlo —añade alzando una mano para anticiparse a las objeciones de Becker—. Bueno, contadme, ¿qué es todo esto de un escándalo?

Helena escucha con atención las explicaciones de Becker, interrumpiéndolo cuando llega al final.

—¡Pero si esa pieza ha sido expuesta en la Berlinische Galerie! ¡Y en la muestra *Twenty-One* del Musée d'Art Moderne de París!

Becker asiente.

—Eso es justo lo que he dicho yo.

—Y entonces... ¿qué vais a hacer?

Sebastian se sienta en el borde del escritorio de Becker.

—Ni idea —responde—. Si te soy sincero, no estoy del todo seguro de cuál es el problema. Digamos que el hueso es humano. No es probable que Chapman profanara una tumba, ¿verdad? ¿Realmente importaría?

Becker se muerde el interior de las mejillas.

—No se pueden exhibir restos humanos así sin más, Seb.

—¡El British Museum está repleto de ellos!

—Ya, bueno... —Una sonrisa se extiende por el rostro de Becker—. Pero creo que esto es distinto.

Sebastian se vuelve hacia él con el ceño fruncido.

—Bueno, Goodwin coincide contigo. Está hecho un basilisco y quiere enviar la pieza a un laboratorio privado para que analicen el hueso. Con discreción, ya sabes...

—¡Ni hablar! —Becker se pone de pie de un salto, sacudiendo el escritorio y volcando el café sobre su lujosa superficie de piel verde. Sebastian y Helena se lo quedan mirando mientras empieza a limpiar frenéticamente el líquido vertido con un puñado de pañuelos de papel—. Para analizar el hueso hay que romper el cristal protector, y este forma parte de la pieza. Lo hizo ella misma. Si rompen el cristal..., bueno, creo que, como poco, invalidarían el seguro de la obra. Y, sobre todo, la dañarían.

No van a enviarla a un... laboratorio cualquiera sin conocimientos sobre su historia ni experiencia en esta materia.

—Está bien —dice Sebastian encogiéndose de hombros con exageración—. ¿Qué hacemos entonces?

—Podríamos comenzar pidiéndole a alguien, a algún otro experto, o quizá incluso a un par, que le echen un vistazo. Simplemente que examinen el hueso a través del cristal. Y, en paralelo, podríamos hablar con la compañía aseguradora para explicarle la situación y advertirle de que tal vez es necesario... —no quiere decir «analizar», no quiere admitir esa posibilidad— investigar más en un futuro.

—Mientras tanto, podrías ir a hablar con Grace Haswell —sugiere Helena cruzando y descruzando las piernas.

—No —contesta Becker reprimiendo su emoción—. No puedo. No quiero dejarte sola...

—¿A causa de mi delicado estado? —Helena se ríe—. Sí que puedes. Vamos, Beck, hace siglos que te mueres por ir a Eris. Durante el confinamiento no hablabas de otra cosa. Y ahora tienes la oportunidad perfecta. La excusa perfecta.

—Supongo que podría salir temprano, hacer una visita rápida y regresar el mismo día... —dice Becker sopesándolo. Echa un vistazo a Sebastian, que se encoge de hombros.

—A mí me da igual. Ve si crees que puede resultar útil. Aunque, a decir verdad, no estoy seguro de qué diantres podría hacer la bruja de Eris por nosotros en este asunto. A no ser, claro está, que creas que sabe algo. ¿Sería posible que el hueso perteneciera a los restos mortales de uno de los niños a los que ha atraído a su casita de jengibre? —Sebastian se ríe de su propia broma.

Helena le guiña un ojo a Becker. «Idiota.»

—No, en realidad me parece una buena idea —continúa Sebastian—. Así podrías matar dos pájaros de un tiro: aclarar este asunto del hueso e informar a Grace en persona de que estamos hartos de que no deje de marear la perdiz. Ya es hora de que entregue los papeles de Chapman junto con todo lo demás que nos pertenece. Deberías recordarle que el legado artístico fue cedido a Fairburn, y que ella no tiene ningún poder de decisión sobre lo que nos da y lo que no...

—Bueno, técnicamente sí. Es la albacea —interviene Becker mientras se reclina en su silla.

—No te hagas el listillo conmigo, ¿eh? —El tono bromista de Sebastian se evapora como un escupitajo en un hornillo. Becker procura que no se note su sobresalto. Helena baja la mirada a la moqueta—. Todavía faltan cosas, ¿no? Papeles, cartas y posiblemente algunas obras de arte. Todo eso nos pertenece. Todo es nuestro. Todos y cada uno de los lienzos, bocetos y cuencos de porcelana, todas y cada una de las putas piedrecitas que recogiera en la playa y que pusiera ahí de cualquier manera. Cualquier cosa relacionada con su legado artístico es nuestra.

Becker se muerde la lengua. Se muere por echarles mano a los papeles de Chapman; un par de cuadernos llegaron a Fairburn junto con los principales envíos de las obras de arte, pero hay mucho más material que nadie ha visto nunca. Becker sabe por diversas entrevistas que Chapman llevaba diarios sobre su proceso artístico y que se escribía con otros artistas y debatía con ellos su obra. Si Grace Haswell se los entregara, él sería el primero en leerlos. Tendría la facultad de influir en el modo en que el mundo ve a Vanessa Chapman y su obra, así como en la valoración de esta. La mera idea hace que se maree.

Pero Becker es cauteloso por naturaleza. Y también conciliador. Si hay alguna forma de acceder a esos papeles sin amenazar y acosar a la albacea —y buena amiga— de Chapman, preferiría tomar esa ruta.

—No estoy haciéndome el listillo —dice finalmente—. Tú sabes tan bien como yo que aún no se ha determinado qué constituye el legado artístico y qué conforma el resto...

—Chicos. —Helena se pone de pie, haciendo un gesto con la mano para rechazar la ayuda de Sebastian—. Todo esto es fascinante, pero creo que no estáis teniendo en cuenta todas las implicaciones. Pongamos que al final el hueso resulta ser humano, entonces ¿qué? ¿Qué vais a hacer? ¿Cuál será vuestro plan?

—¿Nuestro plan? —repite Becker.

—Beck, Fairburn podría acabar en la portada de todos los periódicos del país, en la tele en *The One Show*, en...

El rostro de Sebastian se ilumina, pero Becker se muestra escéptico.

—No estoy seguro de que se trate de un asunto tan importante, Hels —dice—. Sería una cosa curiosa, sí, pero...

—Beck, cariño —Helena sonríe, negando con la cabeza—, ¿de verdad crees que a la prensa podría no interesarle el hecho de que un hueso humano forme parte de una escultura de la difunta, genial, solitaria y enigmática Vanessa Chapman? ¿La misma Vanessa Chapman cuyo marido notoriamente infiel desapareció hace casi veinte años y cuyo cadáver nunca fue encontrado?

2

A veces, cuando mira a su esposa, Becker siente el corazón tan henchido de sangre que le duele y casi no le cabe en el pecho. Tiene todo lo que su corazón desea y eso le aterra, pues significa (sin duda debe de hacerlo) que puede perderlo todo. Por eso últimamente se siente tan inquieto, tan nervioso. Sabe que ha sido muy afortunado. No se merece todo esto.

Helena acaba de dejar atrás la estatua de bronce cuando se detiene de golpe y vuelve la cabeza a la izquierda, alzando una mano para protegerse los ojos del sol. Algo ha llamado su atención. En este cuadro vivo aparecen de pronto dos animados pointers ingleses marrones y blancos que anuncian la llegada de lady Emmeline Lennox, briosa y determinada. Los rayos del sol tiñen de color platino su caparazón de pelo plateado. Helena gira el cuerpo para quedar frente a la mujer mayor y, desde el punto de vista de Becker, la silueta de la barriga de su esposa parece verse replicada por la pronunciada joroba de viuda de Emmeline.

No puede oír lo que se dicen, por supuesto, ni tampoco ver claramente las expresiones de sus rostros, pero no hay duda de la agresividad con la que Emmeline agarra la muñeca de Helena y la atrae hacia sí. Becker da unos golpecitos en la ventana y ambas mujeres giran la cabeza en su dirección. Con indecisión, Helena alza la mano libre. Emmeline le suelta la muñeca y se da la vuelta.

—Vieja bruja... —murmura Becker, y a continuación echa un vistazo por encima del hombro para asegurarse de que no lo ha oído nadie. Que él y la madre de Sebastian no pueden ni verse no es ningún secreto, pero tampoco sería prudente que lo pillaran insultándola. Considera la posibilidad de ir corriendo tras Helena para preguntarle qué le ha dicho Emmeline y asegurarse de que está bien, pero sabe que no le haría ninguna gracia. No soporta que estén encima de ella. Y, de todos modos, el teléfono vuelve a sonar.

Mientras escucha a un repartidor confirmándole los detalles del envío de dos adquisiciones que Sebastian ha realizado para la fundación sin ni siquiera consultárselo, Becker busca en internet —no por primera vez— artículos sobre el marido de Vanessa, Julian Chapman.

Hace mucho que no hay noticias nuevas. La pieza sustancial más reciente que Becker puede encontrar fue publicada en *Tatler* en 2009. Se trata de un perfil sobre la hermana pequeña de Chapman, Isobel, quien sin duda debió de conceder la entrevista con la intención de «volver a situar a Julian en el ojo público», aunque

Becker no puede evitar advertir que gran parte del artículo está dedicado a su negocio de diseño de interiores. Aun así, en los primeros párrafos se menciona bastante a Julian.

Cuando se habla sobre Julian Chapman con alguien, es habitual que se lo describa como un golfo. Podría decirse que era un apuesto sinvergüenza con una actitud vital despreocupada y cierta tendencia a las canalladas. Cuando se lo comento a Isobel Birch, se ríe. «Oh, desde luego eso se acerca a la realidad», dice. «Podía ser alguien difícil, sin duda.» Hace una breve pausa. «Pero se trataba de un golfo muy querido. Todo el mundo lo adoraba.»

Sobre el majestuoso piano que Birch tiene en su mansión de los Cotswolds, inmaculadamente restaurada, descansan numerosas fotografías enmarcadas. En muchas de ellas aparece su querido hermano mayor: haciendo piragüismo en la costa de Cornualles, vestido con elegancia cual actor de Hollywood para asistir al hipódromo de Royal Ascot, o bronceado y riendo a lomos de un caballo ante una gloriosa puesta de sol de la sabana africana.

Kenia, me dice Isobel. «A Julian le encantaba África. Apelaba a su lado salvaje. Él y Celia [Gray, su amante] estaban planeando mudarse ahí. Habían encontrado unas tierras en las que querían construir una casa, estaban entusiasmados.» Birch parpadea para reprimir las lágrimas. «Pero, entonces, en menos de un año, ambos nos dejaron.»

Gray murió en un accidente de coche en Francia en la Nochevieja de 2001. Seis meses después, Chapman viajó en coche a la isla escocesa de Eris para visitar a su todavía esposa, la artista Vanessa Chapman. Nunca regresó de ese viaje. Ni él ni su Duetto Spider 1600 volvieron a ser vistos.

Siete años han pasado desde ese fatídico viaje, tiempo suficiente para que Julian sea «dado por muerto». «Aún recibo mensajes de personas que dicen haberlo visto; he viajado por todo el mundo siguiendo su pista: a Francia, Bulgaria, Sudáfrica, Argentina...» Niega tristemente con la cabeza. «Sé que es improbable. Él nos quería y, a pesar de que a veces podía portarse mal, no era cruel. Pero no debo perder la esperanza. Hasta que no tenga un cadáver que pueda enterrar, no pienso perder la esperanza.»

Cuando le pregunto qué cree que pudo haberle pasado a Julian, su expresión se ensombrece. «No tenemos una idea clara de sus últimos movimientos. Vanessa asegura que no sabe nada; supuestamente no se encontraba en la isla cuando Julian se marchó.» ¿Supuestamente? Isobel niega con la cabeza. «No puedo decir nada más. Lo que sé es esto: Vanessa nunca nos llamó ni nos escribió para ver cómo estábamos en las semanas posteriores a su desaparición. ¡A la familia de su marido! No pareció que le importara dónde pudiera encontrarse.» Cuando le sugiero que tal vez Vanessa se encontraba en shock, o pasando su propio duelo, una triste sonrisa se dibuja en su rostro. «Vanessa nunca fue muy expresiva con sus emociones. No sé lo que sentía, pero me sorprendería que fuera pena. Más bien, creo que se sentía aliviada por haberse librado de él.»

En los párrafos siguientes, el periodista habla con varios amigos de Julian sobre él, y sobre Vanessa. Estas fuentes anónimas hacen referencia al sentido del humor un tanto pícaro de Julian, así como a su magnetismo y su *joie de vivre*. Cuentan anécdotas como cuando corrió delante de unos toros, escaló el Ben Nevis o saltó del Magdalen Bridge de la Universidad de Oxford por la fiesta de May Day. En cuanto a Vanessa, aparece como un ruido de fondo: la bella esposa. Seria, con talento y ambiciosa.

Cuando el periodista hace referencia a las dificultades financieras y (frecuentes) infidelidades de Julian, la hermana de este se muestra desdeñosa.

«Ya he dicho que a veces podía portarse mal, ¿no? No era perfecto. Pero era un auténtico espíritu libre. Divertido, extravagante y jamás de los jamases aburrido. Todo el mundo quería a Julian. Todo el mundo deseaba estar cerca de él.» Birch se detiene un momento y luego sonríe. Unas lágrimas humedecen sus enormes ojos castaños. «Lo siento, eso no es del todo cierto. Todo el mundo no. Ella no.»

Diario de Vanessa Chapman

(sin fechar)

Mi pintura negra me perturba. Ayer descubrí que no puedo trabajar con ella ahí delante, apoyada en una de las paredes del estudio. La llevé al escondite para curas que hay en la casa, pero aun así era como si pudiera sentir su presencia, de modo que me marché para alejarme de ella. Eso, sin embargo, tampoco pareció ser suficiente, así que también me marché de la isla.

Conduje hasta tierra firme y llamé a Julian desde la cabina del aparcamiento (el fijo de casa vuelve a estar estropeado y nunca me acuerdo de avisar a alguien para que lo arregle). Le dije que no debía venir. Le dije que no lo quiero aquí.

Después fui al pub que hay al otro lado del pueblo. Me senté sola en un rincón. Al cabo de unos diez minutos, un hombre vino a hablar conmigo. Se trataba de un norteamericano que estaba buscando unas tumbas, algo relativo a sus ancestros. Se ofreció a invitarme a una copa.

Yo sabía que, si aceptaba, me perdería la marea baja. Le dije que era una maestra casada de Edimburgo y que había discutido con mi marido.

El sexo fue mediocre, pero aun así muy bienvenido.

Esta libertad resulta embriagadora.
Como cuando quiero,
trabajo cuando quiero,
voy y vengo cuando quiero.
No dependo de nadie, solo de la marea.

3

La fuerza de la marea le remueve la sangre y la despierta en mitad de la noche. Todos los años que lleva en la isla de Eris —más de veinte ya— han vuelto mareal a Grace. Ahora es una lunática. ¡Una auténtica lunática! Está a merced de la luna. Ya no puede dormir cuando la marea está baja, solo descansa cuando el mar la separa de la tierra.

Cuando sabe que nadie puede aparecer por sorpresa.

En realidad, la isla de Eris no es una isla. Al igual que Grace, Eris es una isla mareal. Está unida a tierra firme por una estrecha lengua de tierra de apenas un kilómetro y medio de longitud. Durante doce horas al día, en dos tramos de seis horas, esta carretera es transitable a pie o en un vehículo. Cuando la marea sube, Eris se vuelve inalcanzable. Si, al igual que hoy, la bajamar es a las 6.30 de la mañana, la carretera es transitable sin riesgo desde las 3.30 hasta las 9.30.

En mitad de la noche, pues, Grace se despierta.

Enciende la estufa de leña y coloca la cafetera en la cocina Aga. A continuación comienza a prepararse unas gachas, removiendo la avena suavemente y añadiendo una pizca de sal y un poco de nata para terminar. Se toma el desayuno junto a la ventana de la cocina. No puede ver el mar, pero sí oírlo: una bestia perezosa que arrastra sus garras por la arena antes de alejarse de nuevo de la costa.

Luego se sienta a la mesa de la cocina con su ordenador portátil. Al releer el email que recibió el día anterior por la tarde, siente una punzada de pánico detrás de las costillas; una acuciante angustia parecida a la de los domingos por la noche cuando no había hecho los deberes. Hace cinco años que Vanessa falleció, cinco largos años, y sus asuntos siguen sin resolverse, por lo que a Grace continúan acosándola por carta y por correo electrónico hombres a los que no ha visto nunca. La culpa es suya, pero eso no hace que se sienta mejor. En realidad, empeora todavía más las cosas. ¡Cinco años! Cinco años llorando su muerte, trabajando. Procrastinando. Ocultándose. Se pone en pie de golpe y, al empujar la silla hacia atrás, arrastra las patas por las baldosas haciendo que resuenen con estridencia. Al parecer, no puede seguir ocultándose.

Más tarde, ya duchada y vestida con ropa de abrigo, regresa a la cocina para coger sus gafas. Al día le cuesta amanecer, y un cielo de cemento se extiende por encima de las colinas que hay al otro lado del canal. Grace vacía la cafetera en un termo y coge su impermeable y la llave del estudio que descansa sobre el estante del pasillo, sopesándola brevemente en la mano antes de metérsela en el bolsillo.

Sale por la puerta principal y, después de cerrarla tras de sí, inspira una bocanada de aire frío y salado mientras mira a su derecha, donde la isla baja hasta la bahía. En una casita del puerto hay una luz encendida. Marguerite está despierta. Otra lunática.

Grace se vuelve a la izquierda y se aleja del mar para tomar el sendero que conduce al estudio y, si decidiera seguirlo, todavía más lejos: al bosque, al Peñasco de Eris, al mar de Irlanda.

A medio camino de la colina, vacila. Desde la casa hasta el estudio hay apenas unos pocos cientos de metros, pero bien podrían ser kilómetros: hace más de un año desde la última vez que abrió su puerta. Ha echado mano de toda excusa posible —trabajo, cansancio, su corazón roto— para posponer esta tarea. Pero los emails y las llamadas telefónicas y las amenazas no van a remitir. No tiene más remedio que afrontarlo, ¿cuál es la alternativa si no? ¿Entregar la llave que lleva en el bolsillo y dejarlo estar? ¿Permitir que un desconocido examine los papeles de Vanessa? ¿Permitir que un extraño decida qué partes de sus vidas pueden seguir siendo privadas y cuáles deben exponerse a ojos de cualquiera?

Respira hondo.

Sigue adelante.

La llave gira con sorprendente facilidad y la enorme puerta metálica se abre con un chirrido, dejando escapar una ráfaga de arcilla y polvo fríos, pintura y aguarrás. Grace se queda quieta en el umbral, con la vista clavada en el taburete de tres patas que hay delante del torno de alfarero. Por un momento es incapaz de moverse, asaltada por el recuerdo de Vanessa sentada en él, con un pie en el pedal, ajena al viento y al clima, ajena a Grace, a todo salvo a la arcilla que cambia de forma bajo las yemas de sus dedos.

Grace aparta la imagen de Vanessa de su mente con un parpadeo y contempla el resto del estudio: el banco de trabajo delante de la ventana, repleto de cajas, el horno al fondo de la estancia, la mesa de caballetes en el centro, cubierta de polvo y hasta arriba de papeles, cuadernos y todavía más cajas. Los estantes que hay en la pared del fondo están atestados de botes y pinceles rígidos por la pintura seca, espátulas, pedazos de arcilla endurecida, una esfera perfecta de cuarzo rosa, calaveras de pájaros (una gaviota y un zarapito con el pico largo y curvado como el de una máscara de las de la peste negra). Hay asimismo cortadores de arcilla de distintos tipos, agujas y tenazas oxidadas, un formón y un juego de preciosos martillos de mampostería con mangos de madera de haya de varios tamaños, alineados cual matrioskas.

Los martillos fueron un regalo, cree Grace. De Douglas, tal vez, o de alguno de sus otros hombres. Apenas los usó, en cualquier caso. A Vanessa le encantaba la idea de tallar piedra, pero la práctica la frustraba. Demasiado difícil, demasiado ruidosa, demasiado violenta. Regresó, como siempre hacía después de un periodo de infidelidad, a los materiales que amaba, los que dominaba: la arcilla, la pintura.

Los lienzos de Vanessa hace mucho que ya no están ahí, y sus cuencos y vasijas tampoco. Tres años atrás, cuando el testamento fue validado, Grace hizo que enviaran las obras de arte al sur, a Fairburn, la fundación que Vanessa nombró en su herencia como beneficiaria de su legado artístico.

Grace, que es la albacea del testamento de Vanessa y su única otra heredera, tenía toda la intención de revisar asimismo sus papeles —sus cartas y cuadernos y fotografías— para enviar aquellos que considerara relativos a su legado artístico, pero simplemente había demasiados. La gente de Fairburn comenzó a mostrarse impaciente, exigiendo recibirlo todo de una vez, y ella se cerró en banda. Las relaciones se deterioraron enseguida. Se insinuó entonces que Grace no estaba a la altura del trabajo de albacea. Hubo acusaciones e insinuaciones de que faltaban piezas, de que Grace se había quedado con cosas, en contra de los deseos de Vanessa. Ella hizo uso del único poder que tenía: cortó toda comunicación con ellos, dejando que las llamadas fueran a parar al buzón de voz e ignorando sus emails. Durante un tiempo todo se tranquilizó.

Últimamente, sin embargo, ha vuelto a tener noticias de ellos: el pasado mes llegaron cartas de dos abogados —uno exigiendo un catálogo completo de los papeles de Vanessa y otro pidiendo un catálogo de sus cerámicas— y ayer un email. Este no se lo enviaba ningún abogado, sino un tal señor Becker, conservador en Fairburn. Grace se había acostumbrado a borrar toda la correspondencia electrónica sobre el tema, pero este mensaje le llamó la atención, pues su tono era muy distinto a la beligerancia legal a la que esa gente la tenía acostumbrada. «Hay un asunto de cierta urgencia que me gustaría discutir con usted —escribía el señor Becker—. Por favor, póngase en contacto conmigo.» Había algo suplicante en su tono, lo cual resultaba casi conmovedor.

De modo que aquí está ahora, en el estudio. Deambula por la estancia una vez más; pasa los dedos por el polvo que cubre la mesa de caballetes y coge una herramienta modeladora pequeña y afilada. Luego sopesa en una mano el más grande de los martillos y, en la otra, la ligera calavera de gaviota.

Coge la caja de papeles más cercana y emprende el camino de vuelta a casa.

Diario de Vanessa Chapman

Hace bochorno.

La exposición de Whitehall cerró el sábado. Un éxito rotundo desde el punto de vista comercial: se vendieron todas las piezas. Una frase de la nota que apareció en Modern Painting's What's On: *«Chapman a duras penas se las arregla para usar clichés de forma adecuada».*

Al parecer, poseo belleza pero no sustancia.

Después de la clausura de la exposición fuimos a casa de Izzy. Supuestamente íbamos a cenar, pero en ningún momento se materializó nada para comer. Gente espantosa (pelmazos de Bullingdon, lerdos procedentes de familias ricachonas que me miran por encima del hombro porque mi ascendencia no es ilustre) hablando sin cesar de vacaciones y precios de propiedades. La energía que me requiere disfrazar el desprecio

que siento podría servir de suministro
a una ciudad entera.

Mientras tanto, Julian no dejaba de mirarme
y sonreírme y decirme lo orgulloso que estaba.
Ya ha comenzado a gastarse el dinero.

4

Becker escucha la radio mientras conduce. Están hablando de Daphne du Maurier. Tres personas, un presentador y dos tertulianos (uno de los cuales es una mujer y el otro un hombre) discuten acerca de una morbosa nueva biografía de la escritora en la que se insinúa la posibilidad de que esta mantuviera una relación «inapropiada» con su padre.

«Una relación abusiva», dice la mujer.

«Incestuosa —dice el hombre—, pues no tenemos la seguridad de que hubiera coacción.»

«Supuestamente, esta relación tuvo lugar antes de que Du Maurier hubiera alcanzado los dieciséis años, de modo que por fuerza fue abusiva —responde de forma acalorada la mujer—. Los niños no pueden dar su consentimiento.»

«Así es —conviene el presentador. Y, a continuación, intentando desviar la discusión hacia un terreno más seguro, añade—: ¿Cómo es que nos interesa tanto la vida privada de los artistas? La gente parece aferrarse a la idea de que lo que un escritor pone por escrito debe surgir de su propia experiencia, con lo que en este caso podría inferirse que esta... "relación", esta situación entre Du Maurier y su padre, de algún modo debió de permear en sus libros, en especial en *Rebeca*.»

«Eso sucede sobre todo con escritoras —dice la mujer—. Los críticos parecen incapaces de atribuirles a las mujeres la menor capacidad de invención, y...»

«¡Oh, vamos! —replica el hombre—. No todo está relacionado con el sexismo, Marjorie.»

«No todo, no. Yo no he dicho eso, y si me dejaras terminar la frase...»

Becker apaga la radio.

Lleva ya un rato ascendiendo por la carretera y por fin llega a lo alto del puerto. Toma una última curva y ante él se despliega un valle pintado en distintas tonalidades verdes, bronceadas y cobrizas. A su izquierda, la tierra desciende abruptamente hasta los destellos acerados del agua, que pueden entreverse a través de los helechos. A la derecha hay una cerca, y en tres postes seguidos descansan unos cuervos, negros y amenazadores, que lo observan al pasar.

Los pájaros, piensa él, podría haber tenido su origen en un paisaje como este. No la película, amenizada por la cálida luz californiana y la luminosa belleza de Tippi Hedren, sino el relato original de Du Maurier, sombrío, terrorífico y mágico. Siente un escalofrío ascendiendo por su columna. Abre y cierra varias veces las manos, intentando relajar con ello la fuerza con la que agarra el volante.

No puede dejar de pensar en esa escena en el jardín con Emmeline. Helena no quiso comentarla con él.

«Nada —le dijo—, no ha sido nada.»

«Pues parecía algo», le contestó Becker, y Helena negó con la cabeza, sonrió y dijo:

«Bueno, está bien. Es lo de siempre, ya sabes. Olvídalo —añadió—. Yo lo he hecho. Está mayor, sigue de luto y no se encuentra del todo bien. No es alguien de quien debamos preocuparnos.»

Tampoco deja de recordar esa conversación en su despacho en la que Sebastian lo reprendió: «No te hagas el listillo conmigo». ¡Sebastian! ¡Ese tarugo de escuela privada, Eton y Oxford tratándolo como a un idiota! Sebastian, que no sabe nada sobre nada, que tiene la capacidad de concentración de un mosquito, que anda detrás de Hirsts y Banksys y cualquier cosa que esté de moda y sea cara. Que es alto y apuesto y rico. Que estuvo con Helena antes que él.

Becker se odia por haber permitido que ese pensamiento se le pase siquiera por la cabeza, y también por haber despotricado de Sebastian, aunque haya sido solo en su imaginación. Sebastian se ha portado bien con él. Más que bien, teniendo en cuenta las circunstancias.

Está nervioso, eso es todo. No le gusta dejar sola a Helena. No porque sea celoso o no confíe en ella. Tan solo se inquieta, no puede evitarlo. Se siente así desde que ella le dijo que estaba embarazada, y ahora está ya casi de siete meses.

No ayuda el hecho de que ella se muestre tan rematadamente despreocupada. Bebe vino («Ya sabes que soy medio francesa»), baila en fiestas encaramada a unos tacones de diez centímetros, y el otro día la pilló añadiéndole un pedazo de queso azul a una galleta salada y casi le da un cachete en la mano para que la soltara. Helena no ha leído ni un solo libro sobre embarazos, no ha visto ningún vídeo de YouTube de mujeres dando a luz, ni tampoco tiene ningún plan para el día que ella misma se ponga de parto.

Él, en cambio, ha conducido desde la casa de ambos en la hacienda hasta el hospital más próximo media docena de veces. Ha experimentado con distintas rutas, y se ha informado incluso de cuál es el siguiente hospital más cercano, noventa y seis kilómetros más al sur. Por si acaso.

«Por si acaso ¿qué? —preguntó Helena cuando se lo dijo—. ¿Por si acaso el primer hospital está cerrado?»

Está tenso porque está preocupado por ella, eso es todo. Y porque no está durmiendo. No puede: ahora ella ronca e irradia calor. Él yace a su lado sin poder hacer nada, con un picor en la piel, sufriendo por amor y aterrado. ¿Y si algo va mal? ¿Y si ella cambia de parecer? ¿Y si se da cuenta de que ha cometido una terrible equivocación?

¿Y si él recibe lo que se merece?

Diario de Vanessa Chapman

Aquí me siento muy inquieta. Se supone que la zona de los Cotswolds es campestre, pero aquí nada es agreste de verdad, todo parece más bien una urbanización, lleno como está de Range Rovers conducidos por esposas de gestores de fondos. Y el calor está siendo implacable. Todos los setos están muriéndose, y el cielo lleva semanas obstinadamente blanco. Los prados están chamuscados y la tierra reseca. Me muero por algo de agua, por un poco de verde, azul y violeta.

No he escrito aquí en una semana. Acabo de regresar de Cornualles. He pasado ahí diez días después de haber dejado a J en Oxfordshire; apenas lo veo de todos modos. He nadado y trabajado y hablado y hablado y hablado. Frances está realizando unas esculturas de cerámica increíbles:

unas criaturas marinas misteriosas y amenazadoras, esmaltadas con celestiales tonos azul y púrpura.

Me está costando pintar.

Anhelo la soledad, y sin embargo me siento muy sola. ¿Cómo funciona esto? Me siento sola si no estoy con nadie, pero todavía más cuando Julian está aquí. Nunca hablamos, solo nos peleamos y follamos.

La última pelea ha sido a causa de algo tan rematadamente aburrido como los planes para Navidad. Yo quiero volver a Cornualles, él insiste en pasarla con la familia y luego, para Año Nuevo, ir a Courchevel con Izzy y los demás. (A eso sí que me niego: puede ir sin mí.)

Estoy intentando terminar la pieza final para la exposición en la galería Cube de Londres, pero el cielo está demasiado apagado y la luz es demasiado plana. Me siento asediada por los coches, las personas y los setos.

No he vendido nada en la galería Cube. Julian dice que estoy perdiendo el tiempo.

¡Pero en un artículo de la revista Art Review *me mencionan como alguien a tener en cuenta! «Vanessa es lo opuesto a todo lo que representa el grupo de los Jóvenes Artistas Británicos.» De modo que soy... ¿anticuada? Me parece bien, a mí no me van las camas sin hacer. También dicen que soy «intensa, conmovedora».*

Eso no está tan mal, ¿no?

No he pintado nada desde que comenzó el año, aunque he estado haciendo algo de cerámica. He encontrado un estudio en Oxford que puedo usar. Voy casi cada día, incluso cuando me toca trabajar. Cualquier cosa por salir de casa.

Pronto estaré sola. Julian se marcha a Nairobi la semana que viene por un «negocio de viajes» que están planeando Izzy y él, y luego irán a Lamu. Celia Gray ha alquilado una casa ahí. Izzy me dice que «no es más que un lío tonto».

No estoy segura de que me importe. No, sí que me importa. A veces me importa. Una parte de mí quiere que se vaya y no vuelva. Otra quiere encerrarlo en una habitación y no dejarlo salir nunca más.

5

Al llegar al final del valle, Becker tuerce a la derecha y conduce en dirección noroeste, hacia la costa. El velocímetro apenas ha alcanzado los noventa y cinco cuando una ambulancia pasa en dirección contraria con la sirena aullando y la luz azul encendida, y al cabo de un kilómetro y medio se encuentra con que la carretera está cortada.

—Ha habido un accidente —dice con una mueca el joven policía a cargo del corte—. Un motorista. Ha sido grave. Va a llevarnos un rato. Será mejor que dé un rodeo.

Becker da media vuelta y acelera, con el ojo puesto en el reloj del salpicadero. Si no llega a Eris antes de las 10.45, la marea subirá, y ahora son las 9.12, lo cual quiere decir que... Un momento, ¿qué quiere decir eso exactamente? Pisa a fondo el acelerador mientras toquetea el GPS. «Recalcula, recalcula, aparatejo estúpido.» Al tomar la última curva del valle, muy cerrada, nota que la parte trasera del coche comienza a derrapar. Enseguída pisa con fuerza el freno y el vehículo se detiene con una brusca sacudida sobre la doble línea blanca. Con el estómago revuelto y el corazón latiéndole a toda velocidad, se le viene a la mente el cuadro *Death on the Ridge Road*, «Muerte en la carretera de la cresta», de Grant Wood: la berlina negra que parece encogerse de miedo ante la inminente colisión con el camión rojo. Ve su propio cuerpo, aplastado entre el asiento y el volante, e imagina la voz de Helena al contestar la llamada, titubeando antes de quebrarse.

Aturdido por la adrenalina, sigue adelante, ahora a apenas sesenta y cinco kilómetros por hora, mientras procura calmar su pulso concentrándose en lo que se trae entre manos. Es una oportunidad de oro y debe aprovecharla, tiene que manejar bien este asunto con Grace Haswell.

Comenzará con *División II*. La controversia por lo de la costilla: ese será su pretexto. Imagina que Haswell no sabrá nada sobre los orígenes del hueso —nada definitivo, en cualquier caso—, de modo que podrá preguntarle si no hubo algunos bocetos preparatorios o notas sobre la pieza y, a partir de ahí, no le será difícil pasar al tema de los diarios de Vanessa.

Ha leído un par que llegaron con el segundo envío de pinturas, pero sabe por diversas entrevistas con la artista que esta escribió cuadernos a lo largo de toda su carrera, así que debería haber decenas. Cartas también, y fotografías: todo tipo de material de valor incalculable. Pero va a tener que tratar la cuestión con delicadeza si quiere llegar a buen puerto y deshacer el daño que causaron el padre de Sebastian y sus abogados.

La cuestión, aquello que nadie reconoce a causa de las circunstancias, es que todo este asunto se ha llevado de la peor manera posible. En parte es comprensible, pues el contenido del testamento de Chapman supuso un shock para todo el mundo del arte. Nadie habría imaginado que la artista dejaría todo su legado artístico a Fairburn, la fundación instituida por el padre de Sebastian, Douglas Lennox, antiguo galerista de Vanessa y, en los últimos años de la vida de esta, su acérrimo enemigo.

Cuando la noticia se hizo pública, Douglas se vanaglorió de ello. ¡Vanessa Chapman había entrado en razón! El testamento representaba, aseguró él en diversas entrevistas, una disculpa póstuma. Era una admisión de la injusticia con la que lo había tratado y una prueba de que, incluso tras más de una década de distanciamiento entre ambos, Vanessa no había olvidado todo lo que él había hecho por ella. El vínculo entre ambos había sido tan profundo e íntimo que, a pesar de todo lo sucedido, nunca había llegado a romperse.

Tardaron más de un año en validar el testamento, pero, cuando lo hicieron, dio comienzo el envío de piezas a Fairburn. Fue entonces cuando las cosas empezaron a torcerse. Sin proporcionar ninguna prueba, Douglas aseguró que faltaban pinturas. Escribió a Grace Haswell, la albacea nombrada por Vanessa, acusándola de incompetencia. Y, más adelante, prácticamente la acusó de robo. Ambas partes recurrieron a abogados.

Fue entonces cuando llegó Becker, un viejo amigo universitario de Sebastian y experto en la obra de Vanessa Chapman. En un inicio le indicaron que no debía involucrarse en el asunto Haswell, pues ya estaban encargándose de él los abogados. Entonces, de repente, Douglas murió a causa de un disparo accidental durante una caza de ciervos en la hacienda.

Nadie sabía lo que iba a pasar. La batalla legal quedó relegada mientras Sebastian y su madre lloraban la muerte de Douglas. La inminente boda de Sebastian con Helena Fitzgerald fue pospuesta. Los negocios de la familia fueron reestructurados y su hacienda en las Tierras Altas fue vendida. Sebastian tomó las riendas del negocio. Luego llegó la pandemia, complicando todavía más las cosas y retrasando toda posibilidad de acción directa.

Esta novedad, sin embargo, lo del hueso usado en *División II*, ofrecía a Becker la oportunidad de afrontar de un modo distinto la situación.

En opinión de este, la equivocación que habían cometido Douglas, Sebastian y sus abogados había sido tratar a Grace Haswell meramente como la albacea de Vanessa Chapman. Lo era, claro está, pero también había sido su amiga, su compañera durante casi veinte años, su cuidadora durante los últimos meses de su vida. Se rumoreaba incluso que tal vez habían sido amantes.

Para Becker, la oportunidad de conocer a esta mujer resulta prometedora: no puede haber nadie mejor situado para ofrecer una perspectiva única acerca de la auténtica Vanessa Chapman. A su parecer, se trata de un contacto que cultivar, no que apartar.

¿Quién sabe qué podría proporcionarles? ¿Qué revelaciones podría ofrecer? ¿Qué historias podría contar?

Diario de Vanessa Chapman

Hoy me ha llegado al correo un recorte de la sección de propiedades del periódico The Times *(sin ninguna nota, solo el recorte).*

Una isla en venta. ¡Una isla entera! En ella hay una casa —pequeña, destartalada; una vieja granja, creo, o tal vez una casita de pescador— y dos edificios externos más. Dos graneros. Uno en ruinas, probablemente de forma ya irremediable. El otro con «potencial de reforma». A final de mes se celebra una subasta.

Si no consigo adquirirla, no estoy segura de que mi corazón sea capaz de soportarlo.

6

Por encima del puerto de Eris se extiende una pequeña hilera de casitas de paredes encaladas y, delante de ellas, un reducido aparcamiento en el que el Prius de Becker se adentra lentamente a las 11.23. La pálida calzada de la carretera que conduce a la isla es visible bajo la verdosa superficie del mar; a juzgar por la escasa profundidad parece transitable, pero el cartel que hay a la izquierda del capó de su coche advierte de las peligrosas consecuencias para el pobre desgraciado que tiente su suerte ante la inminente marea.

Becker permanece inclinado sobre el volante, mirando con el ceño fruncido la oscura cuña de tonalidades grises y verdes que se eleva al otro lado del estrecho canal: la isla de Eris. En el extremo sudeste de la isla puede distinguir una mancha blanca: la casa de Vanessa, tan cerca pero aun así inalcanzable. La siguiente bajamar es a las ocho en punto de la tarde; no podrá cruzar antes de las cinco. Está tentado de dar media vuelta y regresar a casa, pero a Sebastian no le hará ninguna gracia y él se sentirá como un idiota. Además, tampoco es que no tenga nada que hacer: lleva consigo el ordenador portátil, así que puede trabajar; hay mucho pendiente de leer. Buscará algún lugar para almorzar y repasará sus notas.

Primero, sin embargo, decide estirar las piernas. Sale del coche y extiende las extremidades con una patada para desentumecerlas después del trayecto en coche. Al sentir el helado viento procedente del mar, se acurruca en el abrigo y, tras guardarse el móvil en el bolsillo, comienza a caminar hacia el norte, dejando atrás las casitas y tomando un trillado sendero costero. Aproximadamente a medio kilómetro del pueblo, el sendero empieza a ascender, lo cual marca la peligrosa frontera entre los pastos verdes y un escarpado acantilado.

El cielo sobre su cabeza es de un azul suave y descolorido, de modo que no es hasta que Becker se vuelve de cara al viento que divisa las hileras de abultadas nubes antracita que llegan del oeste. Vacila. A lo mejor la tormenta pasa de largo, ¿no? Decide seguir adelante, pero cuando apenas ha avanzado treinta metros más, las primeras gotas de lluvia comienzan a caer con fuerza sobre sus hombros. Becker da media vuelta y camina tan rápido como puede, con los ojos entrecerrados y los hombros encorvados para protegerse del chaparrón. En cuanto llega a un terreno más seguro, echa a correr en dirección al aparcamiento. El camino está resbaladizo a causa del barro. Cuando llega a la hilera de casitas ralentiza el paso, inclina la cabeza hacia la izquierda y se seca el agua de la cara. En la ventana de la casa que hay al final de la hilera, ve de repente un rostro angustiado pegado al cristal. A causa del sobresalto, Becker da un traspié y se detiene de golpe. Cuando vuelve a mirar, ya no hay nadie, solo un tiesto en el alféizar.

Ya de regreso en el coche y con el corazón aún latiéndole a mil por hora, enciende la calefacción y la pone al máximo. Luego se quita el abrigo empapado y lo tira al asiento trasero. Al buscar su móvil, se da cuenta de que todavía se encuentra, claro está, en el bolsillo del abrigo. Se da la vuelta para cogerlo y, tras limpiar la condensación de las gafas con los bajos de la camisa, descubre aliviado que tiene una o dos barritas de cobertura. Suficiente para acceder a los artículos que ha guardado en Dropbox, donde se aloja su carpeta virtual de recortes de prensa. Perfiles de Vanessa, críticas de exposiciones, obituarios y unas pocas noticias publicadas cuando el testamento fue validado y su contenido se hizo público.

THE TIMES

4 de marzo de 2017

RENOMBRADA ARTISTA DEJA UN LEGADO MILLONARIO A SU ACÉRRIMO ENEMIGO

Vanessa Chapman, la solitaria artista que murió de cáncer en octubre del año pasado, ha dejado todo su legado artístico al hombre que la llevó a los tribunales, según se hizo público ayer.

El legado artístico de Chapman, de un valor estimado de varios millones de libras, ha sido cedido a la Fundación Fairburn, una fundación benéfica creada por el filántropo y marchante de arte Douglas Lennox.

Lennox y Chapman mantuvieron una enconada batalla legal de 2002 a 2004, después de que Chapman cancelara en el último momento su exposición individual en la Glasgow Modern Gallery, propiedad de Lennox, haciendo que la galería perdiera decenas de miles de libras. Finalmente alcanzaron un acuerdo fuera de los tribunales. Lennox aseguró entonces que la acción de Chapman había estado «a punto de arruinar[lo]» y que el estrés causado por el caso judicial había perjudicado su salud y su matrimonio.

Las críticas se remontaban a las primerísimas exposiciones de su obra a principios de la década de 1990, cuando era una pintora de paisajes más tradicional. El crítico de la revista *ArtFuture* elogió su exuberante uso del color y sus expresivas pinceladas, pero consideraba sus pinturas nostálgicas hasta el punto de la futilidad: «Chapman nada con valentía en contra de un mar de conceptualismo, rebelándose desesperadamente contra la muerte de la pintura».

Cuanto más abstracta fue volviéndose su obra, mejor acogida tuvo por parte de la crítica. *The Independent* escribió en relación con su contribución a la exposición

Pintura Hoy, celebrada en 1995 en el centro Southbank: «Los lienzos saturados de color de Chapman habitan un intrigante lugar entre la abstracción y la figuración que los vuelve fascinantes...».

Ahora bien, por más que a la prensa estuviera comenzando a gustarle su trabajo, los periodistas no parecían sentir demasiado aprecio por ella como persona. «Mientras que las pintura de Chapman son atrevidas —afirmaba una reseña—, su cerámica es delicada y contenida, tan inexpresiva y distante como la artista misma.»

Esto pasó a convertirse en un lugar común: la obra de Chapman recibía alabanzas, y su apariencia —ojos oscuros, piel reluciente, elegante, esbelta— era elogiada profusamente, al contrario que su carácter. Los críticos y los entrevistadores la describían como una persona difícil, desagradable, impaciente, hosca, estridente y obstinada.

Al releer estos artículos, Becker se remueve en su asiento con incomodidad. Nunca ha sido capaz de reconciliar la imagen de Chapman proyectada en la prensa con la sensibilidad de la artista que tanto le gusta. Examina las páginas en busca de referencias a sus esculturas y cerámicas, pero no parece que se haya escrito mucho acerca de su interés en medios que no fueran la pintura. Sigue leyendo un artículo tras otro hasta que, al final, arrullado por el ruido de las olas que rompen en el puerto, se queda dormido.

Se despierta con un sobresalto y, con la mente todavía empañada por los vestigios de un inquietante sueño, ve a alguien —un niño, piensa al principio— golpeando la parte delantera del coche. Se trata de una persona ataviada con una chillona chaqueta amarilla y una sudadera gris demasiado grande, con lo que la capucha, que lleva puesta, prácticamente le tapa los ojos. De repente la persona comienza a gesticular hacia un letrero que hay al otro lado del aparcamiento en el que puede leerse: PROHIBIDO ACAMPAR.

—¿Acaso parezco un jodido campista? —masculla Becker tras abrir la puerta y descender del coche. Bajo la llovizna, sonríe con amabilidad a la diminuta figura—. He venido a visitar a Grace Haswell —dice—. Estoy esperando a que la marea baje para poder acceder a la isla. ¿Sabe a qué hora será seguro cruzar?

La persona alza de pronto la cabeza y Becker se sobresalta: es el rostro de la ventana. Una mujer con la piel curtida y arrugada, la boca torcida y los labios trémulos.

—¡Oiga! —exclama Becker cuando ella se da la vuelta y se aleja en dirección a las casitas.

Al cabo de unos pocos pasos la mujer se detiene y se vuelve un momento hacia él antes de seguir adelante otra vez. Mientras se aleja lentamente, se fija en que la anciana no deja de abrir y cerrar una y otra vez las manos, que cuelgan a ambos costados sin guantes y pálidas.

Una ola rompe en el muro del puerto con un ruido sordo y amenazador, como el de una explosión apagada.

Becker vuelve a subir al coche y, al hacerlo, recuerda que en su sueño se encontraba en el coche. Estaba sentado en su interior y el agua comenzaba a entrar, filtrándose por los conductos de la ventilación y las puertas cerradas. En el asiento trasero había un bebé que no paraba de gritar.

7

Alguien llega. Alguien nuevo. Un coche azul avanza sin prisa por la carretera que une el pueblo a la isla. Grace sabe que se trata de alguien nuevo por el modo en que conduce, lentamente y con indecisión. Tomándose su tiempo.

Comprueba que la puerta de entrada esté cerrada antes de regresar a su puesto de observación junto a la gran ventana de la cocina. Con la manga deshilachada del cárdigan limpia la condensación del cristal, pero el coche ha desaparecido; debe de haber llegado a la isla y ahora debe de estar detenido al pie de la colina. Su conductor estará viendo en estos momentos la cadena que se extiende a lo largo del camino y el letrero de PROPIEDAD PRIVADA que cuelga de ella.

Grace se aparta de la gran ventana con vistas al mar y se acerca a otra más pequeña que hay al norte de la casa. Desde esta puede ver el lugar al que llegan los escalones que suben desde el camino hasta la puerta principal.

Pasa un minuto o dos. Justo cuando ya comienza a imaginar que la persona habrá dado media vuelta, aparece un hombre alto y delgado. Es pálido y tiene el pelo del color de la paja húmeda. Va vestido con un abrigo oscuro y unas gafas de montura gruesa. Grace se sobresalta. Por un momento le ha parecido que lo reconocía, pero luego se da cuenta de que no sabe quién es. El tipo levanta la mirada hacia la casa y la lluvia cae sobre su rostro. No está segura, pero cree verlo sonreír.

Su aspecto no parece amenazador, pero Grace es consciente de que no tiene sentido deducir el nivel de amenaza de alguien por su apariencia. No se puede inferir la propensión a la violencia de un hombre en base a sus pintas. Ella ha ensalmado huesos rotos por manos suaves, ha cosido cortes infligidos por hombres de sonrisa fácil y buena fachada, ha conocido bestias de rostro angelical.

Se aparta de la ventana. Del estante de la pared del salón coge una escopeta y, tras llevarla al vestíbulo, la deja apoyada contra el banco, a la vista de cualquiera que esté en el umbral. A la tercera o cuarta llamada a la puerta, la abre.

—¿Señora Haswell? —pregunta el hombre sonriendo nerviosamente y extendiendo una mano mojada.

Grace no le devuelve la sonrisa ni le estrecha la mano.

—*Doctora* Haswell —lo corrige ella.

—Doctora Haswell, lo siento. Disculpe que me presente así, yo...

—¿Qué es lo que quiere?

—Me llamo Becker, James Becker. Trabajo en la Fundación Fairburn. He estado intentando ponerme en contacto con...

Nada más oír «Fairburn», Grace comienza a cerrar la puerta.

—No tengo nada más para ustedes —dice, mortificada por el tono lacrimoso de su propia voz—. Ya se lo han llevado todo.

Diario de Vanessa Chapman

¡Este lugar! No importa hacia dónde mire, siento un vínculo con este paisaje. Hacia el este puedo ver la suave ondulación de las colinas, tan reconfortantes, ¡tan femeninas! Arriba está el bosque, verde, negro y misterioso. O, si lo que deseo es auténtico terror, puedo ascender al peñasco y bajar la mirada hacia el caos del mar. Ahora mismo me siento cautivada por el sur, por las islas, por Sheepshead. ¡Tan poco ovejuna! Para mí, es una loba.*

* «Sheepshead», aquí el nombre de una isla ficticia, puede traducirse literalmente como «cabeza de oveja». *(N. del t.)*

8

Grace Haswell es fea. A Becker le sorprende lo fea que es, y se avergüenza nada más pensarlo. También se ha dado cuenta de que está espantada. La ha asustado.

Durante un minuto, o quizá más, permanece ante la puerta cerrada, pensando menos en la mujer asustada que se esconde tras ella que en la humillación que sentirá él cuando se vea obligado a relatarle los acontecimientos del día a Sebastian. ¿Igual sería mejor mentirle? No sería la primera vez.

Está a punto de dar media vuelta cuando la puerta se abre de nuevo. Al hacerlo, el borde casi le golpea un costado de la cabeza. Él se tambalea hacia atrás.

—¿Es que no me ha oído? —Grace Haswell lo mira furiosa. Sus ojos son glaciales, y sus finos labios forman una mueca de desdén. Parece que, después de todo, no se siente tan acobardada.

Becker retrocede un poco más.

—Doctora Haswell, permita que le explique. No se

trata... Vengo por *División II*, la escultura. Eso es de lo que quiero hablar con usted.

Grace niega con la cabeza sin dejar de fruncir el ceño.

—Ya la tienen. Estaba incluida en el segundo envío o el tercero. Tengo los comprobantes... ¿Está diciéndome que no les llegó?

—No, no. Sí que llegó. La cosa es que cedimos la obra en préstamo a la Tate para una exposición y...

—La han dañado.

—No... Al menos todavía no.

El ceño de Grace se frunce aún más. Becker respira hondo y exhala lentamente, encogiéndose a causa del pequeño chaparrón que ha comenzado a caer sobre su cabeza.

—Es un poco complicado —dice con timidez.

Detecta un leve temblor en los labios de Grace y, por un instante, piensa que va a sonreír. No lo hace, pero abre un poco más la puerta y se aparta para dejarlo pasar.

Él cruza el umbral. El corazón le late con fuerza y se siente algo aturdido. Entra con el aliento contenido: ha esperado tanto tiempo esto, estar allí, en esa casa... ¡La casa de Vanessa Chapman! Y es... oscura. Y está sucia y muy desordenada. Le gustaría poder disfrutar del momento, pero no puede evitar sentirse decepcionado.

—¡Por aquí! —le indica Grace alzando la voz, y él se da la vuelta cerrando la puerta tras de sí. Luego la sigue por el pasillo y tuercen a la izquierda y... ¡Vaya!

Ahora hay amarillos y azules y luz: un paisaje. Becker conoce este paisaje. La carretera, las arenas, un trío de picos cubiertos de nieve blanca a lo lejos...

—¡Es *La playa de Eris*! —dice él, y una sonrisa se extiende en su rostro. Radiante, se vuelve hacia Grace Haswell—. *¡La playa de Eris!*

Grace está apoyada en la cocina Aga, situada en el lado derecho de la estancia, con las manos en la espalda y una expresión inescrutable.

Becker es incapaz de contener su emoción ni de disimular su sonrisa.

—¡Debió de pintarlo aquí, en este punto exacto! La perspectiva, la inclinación de la luz... Por alguna razón, siempre creí que lo había pintado fuera, pero fue aquí, ¿verdad? —Baja la vista a los pies y ve salpicaduras de pintura en el suelo y luego las manchas que Vanessa hizo en las paredes al agitar los pinceles. Nota que se le eriza el vello de la nuca—. ¡Aquí mismo!

Cuando mira de nuevo a Grace, distingue un amago de sonrisa justo antes de que se dé la vuelta. La mujer coge un hervidor y lo lleva al fregadero para llenarlo de agua.

—Ella prefería trabajar fuera, claro está —dice Grace—, pero no siempre era posible. Solía desafiar a los elementos, pero a veces el viento podía con ella. —Deja el hervidor en un fuego de la cocina. En cuanto vuelve a mirar a Becker, su expresión se ha suavizado—. Cuando ya se encontraba mal, hacia el final, comenzó a trabajar cada vez más aquí dentro...

Becker asiente.

—Claro —dice obligándose a adoptar un semblante más solemne—. Discúlpeme, estoy... muy emocionado. Hace mucho que quería visitar este lugar.

Grace echa la cabeza hacia atrás, alzando ligeramente la barbilla. Su expresión ha vuelto a cambiar. A él le cuesta interpretarla, pero parece casi de repulsión. Se ha mostrado desconsiderado, debería ser más respetuoso. Esta es la casa de Grace, no una atracción turística. Escarmentado, opta por quedarse callado.

Grace hace un gesto con una mano señalándole una silla de la mesa de la cocina y luego vuelve a darse la vuelta para terminar de preparar el té.

Becker se sienta. Echa un vistazo alrededor de la estancia y se fija en las oscuras vigas que cruzan el techo y en la estufa de leña, colocada en el hueco de la pared del fondo. Es un espacio acogedor —con mucha luz, imagina, cuando hace bueno—, pero vetusto. La pintura de las molduras de madera está desteñida, algunas de las puertas de la despensa cuelgan de sus goznes, y las paredes, que antaño fueron de color amarillo pálido, se han vuelto del color de la nicotina. Aquí y allá pueden distinguirse asimismo los restos fantasmales de los cuadros que estuvieron colgados durante mucho tiempo.

Becker intenta imaginar cómo debía de ser todo cuando Vanessa estaba allí. ¿Colgaban de las paredes sus propios cuadros? ¿El paisaje marítimo estuvo antaño reflejado en su representación al óleo? ¿O tenía colgado algo del todo distinto? Grace lo pilla mirando con detenimiento el sucio contorno que hay sobre la estufa de leña y frunce el ceño.

Grace Haswell no es para nada como esperaba. Extrañamente —teniendo en cuenta la cantidad de artículos que ha leído sobre Vanessa Chapman y su vida allí en Eris—, Becker nunca había visto una fotografía de Grace, de modo que la persona que hasta el día de hoy había visualizado en su mente era producto de su imaginación. Pensaba que sería una mujer madura de aspecto prerrafaelita, alta y huesuda, de grandes ojos verdes y una larga cabellera caoba con mechones grises. En realidad, sin embargo, Grace es bajita —no mide más de un metro y medio— y fornida. No se le da bien adivinar la edad de las mujeres, pero si le insistieran diría que tiene unos sesenta y cinco años. Las facciones de su rostro son suaves, con los carrillos algo flácidos, y su color general es terroso: del pelo cortado a tazón a unos ojos ligeramente protuberantes, pasando por el largo cárdigan y los pantalones arrugados alrededor de los tobillos, toda ella parece estar pintada en distintos tonos de marrón.

¿Por qué, se pregunta ahora, había pensado que sería guapa? En parte por su nombre, que conjura la imagen de una encantadora sílfide de extremidades largas, pero, sobre todo, por mera asociación y el eco de una lección aprendida en la escuela: las chicas guapas suelen ir juntas. Como Vanessa Chapman era una belleza, él había dado por sentado que su amiga también lo sería.

Grace deja bruscamente una taza de té delante de él, vertiendo un poco sobre la superficie de la mesa. Es un té fuerte y, cuando lo prueba, advierte que también es muy dulce.

—¿Es que hay alguna duda sobre su autenticidad? —pregunta Grace sentándose frente a él—. Porque si la hay, es infundada. No hay ninguna duda de que *División II* es obra de Vanessa.

Becker deja la taza sobre la mesa y se yergue en la silla, sorprendido. Nunca se le había pasado por la cabeza que la escultura pudiera no ser de Vanessa.

—Es inusual, sin duda —prosigue la mujer—; no se la conocía por sus esculturas. Creo que al final solo completó siete de esa serie. Las realizó en un periodo de su vida en el que le costaba pintar. —Le da un sorbo a su té—. Hay notas y bocetos —dice. Becker nota que la boca se le seca, pero antes de que pueda decir nada ella alza una mano—. No me pida que se los enseñe en este mismo instante porque es imposible que pueda encontrarlos tan rápido. Sé bien lo impacientes que pueden llegar a ser ustedes, los de Fairburn.

Becker le da otro sorbo a su té, haciendo una mueca ante su dulzura, y se pregunta si no debería contarle a Grace que él hace poco que trabaja en Fairburn, que es alguien ajeno a la familia, que no forma parte de ella.

—¿Y bien? —suelta ella—. ¿Es eso? ¿Una cuestión sobre su autenticidad?

—No, no. —Becker niega con la cabeza enérgicamente, y sin más dilación le cuenta la razón de su visita: lo del visitante de la Tate Modern, el antropólogo forense, y el email que este envió alertando de lo del hueso.

Cuando por fin llega a esta cuestión, Grace se echa a reír.

—¿Humano? —repite ella, y él asiente. Ella vuelve a reírse, y la risa suaviza sus facciones, redondeando sus mejillas y transformando su rostro. ¿No tendrá sesenta y pocos, o tal vez incluso cincuenta y muchos?—. Sabe usted que soy médica, ¿verdad? —dice ella—. Si Vanessa hubiera estado usando huesos humanos en sus esculturas, ¿no cree que me habría enterado?

Becker nota que se sonroja.

—Bueno, eso es lo que dije, que a estas alturas ya se habría dado cuenta alguien, pero parece ser que es habitual confundir las costillas de ciervo con las humanas.

Grace frunce los labios y ladea la cabeza, como si estuviera sopesando lo que él acaba de decir.

—Cuando oí lo del hueso —prosigue él—, reaccioné exactamente igual que usted: me reí. Le señalé a mi jefe que esta escultura en particular ha sido expuesta no solo en Fairburn, sino también en otras galerías y museos. La cuestión, sin embargo, es que la gente de la Tate está nerviosa. Han retirado la pieza de la exposición y están intentando convencer a Sebastian (Sebastian Lennox, mi jefe) para analizar el hueso y así poder establecer si...

—¡No pueden analizarlo! —lo interrumpe Grace—. ¡No pueden abrir la vitrina! Es...

—Parte de la pieza. —Becker termina su objeción—. Eso es lo que dije. Eso es justo lo que dije.

Sus miradas se encuentran.

—La hizo ella misma —comenta Grace en un tono algo débil—. Esa vitrina la construyó ella. Sus huellas dactilares están en el interior del cristal. Hay... vestigios de ella dentro de esa vitrina. Sus huellas dactilares, su ADN. Su aliento.

Becker baja la vista a la mesa, procurando disimular su incomodidad. Puede que hayan pasado cinco años, pero está claro que esta mujer aún no ha superado la muerte de su amiga. Han vaciado su casa, dejándola incluso sin los cuadros que colgaban de las paredes, y no parece que tenga demasiado dinero. Además, ha sido acosada por abogados y ha recibido acusaciones de incompetencia y cosas peores. Y ahora él se presenta en su casa al anochecer, sin previo aviso.

—Lamento mucho tener que importunarla con esto, doctora Haswell —dice él, tan cuidadosamente como puede—. Había pensado que... para evitar la apertura de la vitrina, a lo mejor podría echarle un vistazo a cualquier boceto o nota relativa a la escultura. Si pudiera al menos hacerme una idea de dónde fue hallado el hueso y cuándo, quizá entonces...

—Bueno, yo puedo decirle dónde lo encontró —responde Grace con rotundidad—. Tal vez no el lugar exacto, pero tuvo que ser en el bosque que se extiende por la colina que hay detrás de la casa, pues ahí es adonde solía ir a buscar cosas. Ahí o a la playa. Hay huesos por todas partes, en esta isla. De ciervos, ovejas, vacas... También de focas. —La mujer inclina la cabeza a un lado, mirando a Becker con los ojos entrecerrados—. Ahora bien, no veo en qué puede ayudarlo el hecho de saber cuál fue el lugar en el que lo encontró, o cuándo. ¿Qué le revelaría eso realmente?

—No mucho —reconoce Becker—. Pero si Vanessa mencionó el hueso en alguno de sus diarios, si mencionó el hecho de haberlo encontrado y comentó lo que a ella le parecía que era, nos ayudaría a demostrar, creo yo, que la artista no tenía intención de usar...

—De usar ¿qué? ¿Unos restos humanos en su escultura? —Grace suelta otra carcajada—. ¿Por qué iba nadie a imaginar...? —De repente se queda callada y se pone de pie. Su expresión ha cambiado otra vez. Vuelve a ser de desprecio, o algo peor—. ¡Oh, Dios mío! Acabo de darme cuenta de qué se trata. Creen que es él, ¿verdad?

Becker aspira hondo.

—No, yo...

—¡Eso es absurdo! —dice ella, con una mueca de desdén en los labios—. Completamente absurdo. —Se inclina hacia delante y, tras coger con brusquedad la taza medio llena de Becker, se da la vuelta y la arroja al fregadero—. ¡Quiero que se marche! —exclama.

—Por favor, doctora Haswell. Yo no creo que sea él, no se trata de eso...

—¡Ahora mismo! —Grace señala la puerta—. ¡Largo de aquí!

Becker no tiene otra opción, ella no le da ninguna opción. Coge su abrigo y se dirige al pasillo mientras Grace lo sigue de cerca sin dejar de despotricar.

—¡Habrase visto! ¡Inventarse un disparate tan ridículo y sensacionalista como ese para publicitar su museo! No les da la cabeza para mucho, ¿eh? ¡Julian Chapman desapareció en 2002! ¡*División II* fue hecha en 2004! —La fecha que figura en la pieza es 2005, piensa Becker, pero no piensa discutir con ella por eso—. Difícilmente los tejidos del cadáver se habrían descompuesto del todo en tan solo un par de años, ¿no cree?

—Bueno... Yo... La verdad es que no tengo ni idea —dice Becker con pesadumbre, volviéndose hacia ella.

—¡Ya le digo yo que no! —exclama Grace—. ¡Ya podrían haberse molestado en preguntarle a alguien que supiera de lo que está hablando! ¡Habrase visto! —repite—. No merecen sentarse en su cocina ni caminar por su isla. No se merecen colgar un solo cuadro suyo en sus paredes. ¿Es esto lo que piensan de ella? Que ella... ¿qué? ¿Mató a su marido e hizo una escultura con él?

Diario de Vanessa Chapman

Estoy en Nápoles, donde el aire sabe a sal y azufre y por las noches el cielo es púrpura y una puede caminar junto al mar y ver a los muchachos, todos esos arrebatadores adolescentes italianos, riendo y gritando y besándose en la penumbra.

De día, el calor y los hombres son implacables. Caminar por la calle resulta agotador. La última vez que estuve aquí era una niña, y recuerdo la voracidad con la que los hombres miraban a mi madre y cómo ella sonreía y reía. Yo frunzo el ceño y reniego. A pesar de mi vanidad (¿o quizá a causa de ella?), nunca me ha gustado que me pinten o fotografíen, nunca me ha gustado que me miren.

He venido aquí a mirar.

He venido aquí a contemplar el cuadro Judit decapitando a Holofernes, *de Gentileschi, que se encuentra en el Museo di Capodimonte.*

Eso también lo recuerdo de la última vez: entonces

creo que me sentí fascinada por su horror, por su violencia; ahora lo que me encanta es el modo en el que las dos mujeres trabajan juntas, con seriedad, aplicándose concienzudamente a la tarea que tienen entre manos. La Judit de Caravaggio parece vacilante y asustada, esta Judit, en cambio —con los labios rojos y un vestido del azul del cielo napolitano—, se muestra determinada e impávida. Va arremangada. Y su sirvienta no se limita a permanecer a un lado, pasiva y sin hacer nada, sino que está plenamente implicada: sujeta a Holofernes y lo mantiene inmóvil en la cama sin apartar la mirada de su rostro. Casi se diría que se regodea en ello.

Estaba yo ante el cuadro, maravillada ante estas magníficas mujeres, cuando una sombra cayó sobre mí. Un hombre se había acercado demasiado, bloqueando toda la luz. Alto y de espalda ancha, con la mandíbula cuadrada; daba la impresión de que se hubiera equivocado de camino cuando se dirigía a una casa de apuestas. Estaba ya a punto de marcharme cuando me preguntó si era Vanessa Chapman. Juro que me quedé boquiabierta.

Él me explicó entonces que había visto mis cuadros en la galería Cube. Se llama Douglas Lennox, tiene una galería en Glasgow y me dijo que estaría interesado en representarme.

Dejé que me invitara a una copa y, después de unas cuantas más, que me llevara a la cama.

Probablemente no se trató de la mejor idea si vamos a trabajar juntos, pero estuvo muy bien (y está casado, así que no debería causarme ningún problema).

Julian lleva cinco días en casa, de un humor de perros. Al parecer, todo ha terminado con Celia. Está arruinado y su padre se niega a dejarle más dinero. Yo tampoco tengo nada que darle.

Ayer apareció Douglas Lennox. Me llamó desde la estación de Oxford y me dijo que estaba de paso.

¿De paso desde Glasgow?

Me dijo que no le habían gustado los cuadros que había hecho del palacio de Blenheim, los que todo el resto del mundo adora. Que son sentimentales, como de postal navideña. Le encantaban los setos, eso sí. «Atrevidos —me dijo—, ambiciosos; llevando el paisajismo a una nueva dirección. Eso es lo que quieres hacer, ¿no?» Julian entró en el estudio mientras estábamos hablando, muy cerca el uno del otro: yo tenía incluso una mano en el brazo de Douglas, o quizá él tenía la suya en la parte baja de mi espalda; tanto da, la cosa es que estábamos en contactos, y Julian, que sabe lo tocona que soy con todo el mundo, se marchó hecho una furia.

Douglas y yo estuvimos charlando mucho rato. Yo le conté que quería acercarme a algo que fuera casi tridimensional, usando la espátula casi como si tallara. Él señaló que mis mejores obras no las he hecho aquí, y que los cuadros de Cornualles e Italia están más logrados. Este paisaje que antaño me fascinaba, ahora me aburre.

Cuando Julian volvió a casa al anochecer, me recriminó mi actitud con Douglas y yo me reí. Por un momento pensé que iba a pegarme; creo que quería que lo hiciera. Porque si me pegaba, podría dejarlo, ¿no?

Hemos tenido tormentas tres días seguidos y siento como si mi cuerpo hubiera absorbido la electricidad del ambiente. No paro de pintar. Me siento revitalizada, renovada.

Mañana a Londres, para la Feria de Arte.

Pensaba que me había perdonado el incidente con Douglas, pero estaba equivocada. Cuando regresé de Londres me recibió con una combinación de puñetazos.

El jab*: está viendo de nuevo a Celia Gray, y no se trata de una aventura, dice que la quiere.*

El cruzado: mientras estaba fuera, llevó uno de mis cuadros de Italia (Paseo marítimo de Nápoles) *a un «marchante amigo de Celia» y se lo vendió.*

No puedo describir cómo me sentí; no fue solo desesperación, sino además una oscuridad que no había conocido nunca, odio puro. A veces su crueldad me deja sin palabras. Como si la infidelidad no le bastara, ahora echa mano de mis cuadros y del dinero que yo he conseguido con mi trabajo.

He de abstraerme de todo lo ajeno, he de dedicarme a mi obra en cuerpo y alma.

Y debo marcharme, porque, si no, creo que podría matarlo. O él a mí.

9

Mientras recorre la carretera de vuelta al pueblo, a Becker le parece ver algo en el espejo retrovisor. Un destello azul. No se trata de un azul como el del cielo o el del mar, sino algo más brillante, antinatural, fuera de lugar. Como una luz estroboscópica. Detiene el coche y desciende. El aire es húmedo, una niebla procedente del mar envuelve la isla y algunas partes ya no son visibles. No divisa nada raro en la ladera de la colina. Permanece un momento mirando a su alrededor, con todo el cuerpo vibrando a causa de la adrenalina provocada por el miedo. Luego baja la vista hacia el lecho marino, cada vez más difícil de distinguir a causa de la bruma, y se imagina el horror que supondría quedarse atrapado por la marea. No es un gran nadador. Se monta de nuevo en el coche y conduce a toda velocidad por encima de piedras y baches hacia tierra firme.

«Pues sí que ha ido bien la cosa», se dice a sí mismo con tristeza.

En un extremo del pueblo de Eris hay un pub. Becker estaciona el coche en el aparcamiento y se queda unos segundos sentado, con las manos todavía en el volante. Desearía estar en casa, pero no se ve con fuerzas de afrontar el trayecto. Vuelve a sentir la ansiedad de antes, una insoportable presión en las sienes y la nuca. Está convencido de que, si emprende ahora el camino de regreso, en la penumbra del anochecer, nunca llegará a casa.

Coge el móvil con la intención de llamar a Helena —ella lo hará entrar en razón, siempre lo hace—, pero tres llamadas perdidas de Sebastian deciden por él. Sale del coche y entra en el pub.

Es un lugar de lo más corriente: una anodina y vetusta sala rectangular con una barra de madera oscura y unas pocas mesas. El local está vacío a excepción de un trío de jóvenes sentados en un rincón y una mujer de mediana edad leyendo algo en su móvil detrás de la barra.

La mujer levanta la mirada y le sonríe.

—¿Qué quieres tomar, cielo?

—En realidad me preguntaba si tendríais habitaciones. Solo para una noche.

—¡Desde luego! —dice ella volviéndose para coger un par de llaves del tablón que tiene detrás—. Puedes elegir, de hecho: la habitación grande o la pequeña. La pequeña es más barata, pero no tiene baño privado.

Se decide por la habitación grande que, al igual que el

bar, es funcional pero poco acogedora. Aun así, parece limpia, y por debajo del olor a cerveza rancia que impregna el lugar, advierte un tentador olorcillo. Algo horneado, cree. ¿Un pastel?

De vuelta en el bar, Becker se toma un delicioso pastel de carne a la cerveza acompañado de una pinta de cerveza amarga mientras revisa el resto de las notas y artículos de su carpeta. Está buscando —inútilmente, teme— algo que le permita regresar a la isla, algún dato, un punto de conexión que le proporcione una excusa para volver a cruzar la puerta de la casa de Grace Haswell.

Chapman no concedió muchas entrevistas. Quizá porque, como decían los críticos, era una persona difícil, o tal vez porque los críticos insistían en dedicar gran parte de sus columnas a hablar de lo difícil que era. Incluso en la cima de su éxito, entre finales de los noventa y principios de los dos mil, rara vez hablaba de su obra en público. Tras la desaparición de su marido en 2002 y su posterior cancelación de la exposición individual en la Glasgow Modern Gallery de Douglas Lennox, ya no volvió a hablar con la prensa.

Becker cierra el ordenador portátil y lo guarda en la mochila, luego coge el vaso y lo devuelve a la barra. Un tipo se ha unido a la encargada. Su marido, supone Becker. Se trata de un hombre delgado y con el rostro sonrosado que lee el periódico local en un extremo de la barra.

—El pastel era excelente —le dice Becker a la encargada, que inclina la cabeza a modo de agradecimiento y luego se lo queda mirando.

—¿Andas buscando una casita de campo para pasar las vacaciones? —le pregunta.

—¡Oh, no! —responde Becker negando con la cabeza—. He venido a ver a Grace Haswell, que vive en la isla.

—¡Ah, la doctora Haswell! —La mujer enarca una ceja—. ¿Eres amigo suyo?

Él vuelve a negar con la cabeza.

—No, no. Soy... eh... conservador, en un museo. En Borders. Nosotros (bueno, el museo) heredamos parte del legado artístico de Vanessa Chapman tras su muerte.

—Ah, entiendo. Nos apenó mucho lo de la señora Chapman. Era una mujer encantadora. Amable. Algo bohemia, ¿verdad? Glamurosa. Popular entre los hombres —dice guiñándole un ojo.

El marido levanta la vista del periódico y le lanza una mirada severa a su esposa.

—Nunca molestó a nadie —masculla el hombre frunciéndole el ceño a Becker—. Ni ella ni la doctora. Se ocupaban de sus propios asuntos. No molestaban a nadie.

—Bueno —repone su mujer pensativamente—, hubo aquello con el mecánico...

—¿No te necesitan en la cocina, Shirley? —dice el encargado con un gruñido.

Ella se encoge de hombros, sonríe con dulzura a Becker y desaparece en dirección a algún lugar de la parte trasera. Becker está a punto de retirarse cuando el encargado comienza a mascullar otra vez.

—Estaba jubilada, ¿sabe? —dice.

—¿Cómo dice?

—La doctora Haswell. Estaba jubilada y, aun así, durante la pandemia se puso a trabajar en el hospital. La tuvieron haciendo turnos de quince horas. Se dejó la piel. —Fulmina con la mirada a Becker, como si de alguna forma él fuera responsable—. No me gustaría que la importunaran después de todo lo que ha pasado. Tanto ella como la señora Chapman. Ninguna de las dos molestó nunca a nadie —vuelve a decir.

Ya en su habitación, Becker llama a Helena.

—Es extraño, ¿sabes? Los lugareños parece que le tenían cariño —dice.

—¿Por qué es extraño eso?

—Es solo que me ha sorprendido. Una forastera (una mujer sureña, inglesa, algo pija) aparece de repente y se compra una isla en la que vive sola, y encima tiene fama de ser fría, difícil y arisca. Sin embargo, los lugareños (bueno, el encargado y su esposa) solo tienen buenas palabras para ella.

—Mmm... —Helena parece distraída, como si apenas lo escuchara.

—¿Mmm? ¿Qué quieres decir con eso?

Ella se ríe.

—¿Tal vez era una buena clienta? No lo sé, Beck, imagino que, si quería, podía ser perfectamente encantadora. Todas esas cosas que los críticos escribieron sobre ella, lo de que era..., ¿qué decían?, ¿desagradable, malhumorada y estridente? No deja de ser lo que la gente suele decir sobre una mujer segura de sí misma, ¿no?

—¿Ah, sí?

Helena vuelve a reírse.

—¡Desde luego! Y, la verdad, si lo piensas, *obstinada* y *egoísta* son en realidad formas de referirse a alguien sin hijos en algunos círculos.

—¿En serio?

Helena chasquea la lengua; Becker casi puede sentir como pone los ojos en blanco.

—Mira, tienes que volver y hablar con ella. Con su amiga, su compañera, lo que sea. ¿No es esa la razón por la que has ido hasta ahí? Si de verdad quieres llegar a conocer a Vanessa, necesitas encontrar el modo de que esta tal Haswell hable contigo. Ella es la única que sabe dónde están enterrados todos los cadáveres.

Becker oye una voz, no sabe si procedente del pasillo que conduce a su habitación o del otro lado de la línea.

—¿Qué ha sido eso? —pregunta.

—El repartidor de pizzas —contesta ella con retintín—. Está saliendo de la ducha.

Becker exhala ruidosamente.

—Es la televisión, Beck, por el amor de Dios. Aprovechando tu ausencia, estoy haciéndome una maratón de la serie de las Kardashian.

—Te quiero —dice Becker.

—Y nosotros a ti.

—¿Tú y el repartidor?

—O repartidora.

Becker cuelga y vuelve a repasar su archivo de artículos sobre Vanessa, leyéndolos de nuevo con un ojo más crítico. ¡Claro que no era tan desagradable! ¡No era más que misoginia! Los críticos eran todos hombres, y los entrevistadores también, así como la mayoría de los entrevistados. Hombres con sus propias motivaciones o resentimientos.

No es hasta esta relectura de los artículos que Becker se da cuenta de hasta qué punto está ausente Grace Haswell. Prácticamente nunca se la menciona, salvo una o dos veces como la cuidadora de Vanessa en algún obituario de esta, y ni siquiera entonces hablan con ella. Es posible que ella no quisiera tener nada que ver con los medios de comunicación o que Vanessa le hubiera pedido que se mantuviera al margen. Aunque también cabe la posibilidad de que, mientras los periodistas iban en busca de declaraciones de ganadores del Premio Turner o de prominentes críticos, a ninguno se le ocurriera preguntarle a Grace Haswell, una médica de familia de provincias, qué pensaba o cómo se sentía.

Becker cierra el portátil. Está molido y tiene la espalda y los hombros agarrotados a causa del trayecto en coche y de estar encorvado sobre su ordenador. Sale de la cama y, procurando no hacer ruido al pisar los chirriantes tablones de madera, se dirige al diminuto cuarto de baño echando los hombros hacia atrás y moviendo la cabeza de un lado a otro. De pie ante el retrete y con la coronilla rozando el techo, mea mientras mira una luz solitaria a lo lejos a través de la ventana abuhardillada.

Qué fácil debía de ser no ver a Grace, piensa Becker. Qué fácil no ser consciente siquiera de su existencia.

De vuelta en el dormitorio, abre otra vez el portátil y comienza a escribir.

Querida doctora Haswell:

Hay muchas cosas de las que me gustaría hablar con usted, muchas preguntas que me gustaría hacerle. Ese hueso —que ni por un solo momento he creído que procediera del cadáver de Julian Chapman— es la menos importante. Eso es simplemente algo que debo hacer, un problema del que me toca encargarme, una parte de mi trabajo como conservador de la Colección Fairburn.

Me gustaría preguntarle por su vida con Vanessa, por la mujer que había detrás de las obras, la mujer que solo usted conoció. Esto es en parte por curiosidad profesional, claro está. Escribí mi tesis sobre el desarrollo del arte paisajístico no tradicional, y la obra de Vanessa fue primordial. Pero mi relación con su obra se retrotrae más en el tiempo y sus raíces son más profundas. Como cualquier persona interesada en el arte, mis recuerdos se dividen en dos ámbitos: recuerdos personales y recuerdos artísticos. A veces, ambos se superponen.

Mi madre era una talentosa acuarelista. Empezó a estudiar la carrera de Bellas Artes, pero tuvo que dejarlo cuando se quedó embarazada. Tenía intención de retomar sus estudios más adelante, pero mi padre —un hombre al que nunca llegué a conocer— no la mantenía económicamente. Y mi abuela, que para entonces ya se había quedado viuda, no podía mantenernos a los tres, de modo que mi madre tuvo que ponerse a trabajar.

Consiguió trabajo en un supermercado del centro de Bicester, justo al final de una calle en la que también había una pequeña galería llamada Harry West Art. Como estoy seguro de que ya sabe, este fue el primer lugar en el que Vanessa expuso. Mi madre solía ir a menudo a la galería a ver cuadros durante la pausa del almuerzo o después del trabajo. En una exposición compró un cuadrito al óleo de veinte por doce centímetros. Le costó el sueldo de una semana y una acalorada bronca con mi abuela.

La pintura era de un seto de un verde desaforado, salpicado de flores silvestres de colores púrpura y amarillo. Era como si emanara el aroma del verano. La artista había pegado cosas como semillas y pétalos en la pintura. Recuerdo mi sorpresa y maravilla al descubrir una iridiscente ala de insecto. Por pequeño que fuera el cuadro, era el tipo de obra que uno no se cansa nunca de mirar, el tipo de obra que le recompensa a uno con algo distinto cada vez que la estudia.

Mi madre lo colgó en la pared junto a su cama.

Un par de años más tarde, cuando ingresó en el hospital en el que moriría, solo llevó dos posesiones consigo: una fotografía enmarcada de nosotros dos juntos y ese pequeño cuadro. Un año o dos después, cuando por fin reuní las fuerzas necesarias para revisar las pertenencias que me habían devuelto en una bolsa tras su muerte —sus pijamas, su neceser—, descubrí que la fotografía estaba entre ellas, pero la pintura no.

Comencé a buscarla. Por aquel entonces tenía trece años, estaba solo y enfadado y no tenía ni idea sobre arte, pero afortunadamente mi abuela recordaba que el apellido de la artista era Chapman. Todo esto sucedió en los años de la década de los noventa, anteriores a Google, pero tuve la suerte de encontrar en la biblioteca local una copia en microficha de una entrevista que Vanessa había concedido a *ARTNOW* después de exponer en la Feria de Arte de Londres de 1995. Siendo como era un adolescente, me impresionó lo guapa que era, pero lo que más me llamó la atención, por encima de eso, fue lo que dijo cuando le preguntaron qué significaba la pintura para ella. Puedo citar aquí sus palabras porque he leído esa contestación tantas veces que me la sé de memoria:

«El arte es un legado, es un solaz. Calma, consuela, excita. Es trabajo. Es lo que una hace todo el día. Es cómo una resuelve las cosas, cómo comprende el mundo. Es la oportunidad de empezar de nuevo, de mudar la piel, de tomarse la revancha, de enamorarse. De ser buena. De disfrutar de una vida larga».

Encontré ese pequeño cuadro (*Seto*, 1993) en una subasta años después y lo compré con mi primer sueldo de la casa de subastas Christie's. A mi madre le habría escandalizado saber lo que me costó. ¡O tal vez no! Quizá siempre sospechó que algún día el mundo valoraría la obra de Vanessa tanto como ella. En cualquier caso, creo que le haría muy feliz ver que esa pieza cuelga ahora de la pared junto a mi cama.

Espero que todo esto sirva para explicar por qué significaría tanto para mí que pudiéramos volver a hablar.

Atentamente,

James Becker

A primera hora de la mañana, justo antes del cambio de marea, el teléfono de Becker suena. Pensando que se trata de Helena, él se levanta de un salto con el corazón latiéndole con fuerza. Cuando mira la pantalla, sin embargo, ve que se trata de la notificación de un email.

Querido señor Becker:

Gracias por su correo. Si todavía se encuentra en Eris, puede venir hoy a la isla. La bajamar es a las ocho.

Por favor, comprenda que hablaré con usted únicamente

con la condición de que les pida a sus jefes que dejen de molestarme.

Si está dispuesto a hacerlo, podemos retomar la conversación.

Atentamente,

Grace Haswell

10

Mientras asciende los escalones que conducen a la casa de Vanessa, Becker se pregunta si Grace le enseñará el estudio. ¡Lo que daría por verlo! ¡Y lo que daría también por subir a lo alto del peñasco y disfrutar de las vistas!

—Podría subir —dice Grace cuando él se lo comenta. Está sirviéndole café en una taza: no se ha mostrado exactamente cordial, pero sí lo bastante atenta. No hay señales del enojo del día anterior—. Pero no se lo recomiendo —añade señalando con un movimiento de barbilla la niebla visible por la ventana—. El último tipo que subió cuando la bruma lo cubría todo ya no volvió a bajar. Bueno, sí que lo hizo, pero por la vía rápida. —Grace lo mira con las cejas enarcadas y emite un leve silbido con los labios—. Apareció en la playa una semana después.

Becker casi se atraganta con su café.

—Salió en los periódicos —prosigue ella tranquilamente. Está sentada frente a él y sopla con suavidad la superficie de su bebida—. Sucedió hace unos años... ¿Tres, quizá? A veces pierdo la noción del tiempo. Antes de la pandemia, en cualquier caso.

—Dios mío. ¿Quién era?

Grace se encoge de hombros.

—Un excursionista. Un turista. Canadiense, creo. Un pobre desgraciado que se encontraba lejos de casa. No llegué a verlo. Advertí que su coche de alquiler llevaba un par de días aparcado en el camino, por eso supuse que había pasado algo.

Ambos le dan un sorbo al café y Becker niega con la cabeza.

—No tenía ni idea de que fuera tan traicionero... El peñasco era uno de los lugares favoritos de Vanessa para ir a pintar, ¿no?

Grace asiente enérgicamente.

—Uy, sí, estaba siempre ahí arriba. Hiciera el tiempo que hiciese, encima. Cuanto más se mira un lugar, más puede extraerse de él. Eso es lo que decía. Solía subir con todo el equipo (pinturas, lienzos, toda la pesca) hasta donde llegaba el quad. Y luego seguía a pie. —Sus cejas vuelven a alzarse, pero ahora tiene una sonrisa en los labios—. Perdió más de un lienzo a causa del viento. Yo lo pasaba fatal, pero nada detenía a Vanessa. —Frunce los labios—. Casi nada.

No hay ninguna duda: hoy la actitud de Grace es distinta. Hay más contacto visual, está menos a la defensiva, se muestra más efusiva. El email funcionó.

—Vanessa conocía bien este lugar —continúa Grace—. Conocía cada centímetro de esta isla, cada roca y cada raíz, cada grieta. Sabía dónde el suelo era inestable y dónde era peligroso el viento... —Niega con la cabeza—. Hoy no; sería una idiotez subir hoy. Y me temo que tampoco puedo enseñarle el estudio. No está listo. —Sus miradas se encuentran y Grace se yergue en su silla—. Yo no estoy lista. En cualquier caso, necesito ciertas garantías por su parte. Quiero saber cómo piensa proceder a partir de ahora.

Becker inclina la cabeza y le da otro sorbo a su café. Presintiendo que la vía del halago es improbable que funcione, opta por la deferencia.

—Lo que esperaba —comienza a decir cuidadosamente—, si tiene tiempo, claro, y si le parece bien, es que nosotros, usted y yo, quiero decir, pudiéramos revisar juntos algunos de los papeles de Vanessa... —No levanta la mirada, se limita a mantener la vista clavada en la mesa y el tono de voz uniforme—. De ese modo tal vez podríamos llegar a una solución aceptable para ambas partes. —Ahora sí alza la cara y sus ojos se encuentran—. Necesito su ayuda —añade.

Grace aprieta los labios con fuerza y un leve rubor se extiende por sus mejillas... Está complacida. Se siente halagada.

—Eso sería... Creo que estaría bien, sí —señala al fin, y Becker cierra de forma victoriosa ambos puños bajo la mesa.

Llegan a un acuerdo. Grace permitirá que se lleve algunos papeles —unos pocos cuadernos, tal vez también un par de cartas— a Fairburn. Él hablará con Sebastian y le pedirá —¡no, le exigirá!— que deponga las armas. A partir de ahora, Grace tratará única y exclusivamente con Becker. No habrá más amenazas de acciones legales. Becker se lo promete solemnemente mientras cruza los tobillos debajo de su silla como si fuera un niño.

—Iré a buscar algunos cuadernos, pues —dice Grace poniéndose de pie.

Becker espera un momento hasta que oye como la puerta de entrada se abre y se cierra y entonces aprovecha la oportunidad. Sale de la cocina y se adentra en la oscuridad del desordenado salón. Se trata de un espacio sin ventanas y sin ventilar, y da la sensación de que apenas se usa. Un desvaído biombo de lino verde descansa apoyado contra una pared, y un pequeño sofá compite por el espacio con dos andrajosos sillones y un antiguo televisor que hay sobre un carrito metálico.

En el suelo se ven pilas de libros, periódicos amarillentos y viejos ejemplares de la revista *The Doctor*. En todas y cada una de las superficies horizontales —los estantes, la mesita de centro, la repisa que está encima de las fauces abiertas de la chimenea— hay objetos encontrados: madera de color café con leche que las corrientes arrastraron a la isla, esferas de cuarzo blanco, cristales verdes con los bordes suavizados por el mar. Becker coge una piedra blanca con una línea rosa que la recorre como una vena y, tras sopesarla en la mano, vuelve a dejarla en su lugar de la repisa de la chimenea.

Más allá del salón hay otro pasillo desde el cual se accede a un cuarto de baño y a dos habitaciones: una pequeña a la derecha, amueblada con una cama individual esmeradamente hecha, un escritorio y un armario, y otra grande a la izquierda. Becker se detiene en la puerta de la grande. Las paredes están pintadas de color blanco, la cama doble está deshecha y, a su lado, hay una silla en diagonal. Sabe que se trata del dormitorio de Vanessa porque desde la ventana puede verse el mar y un faro de una isla lejana. Está viendo el paisaje representado en *La esperanza es violenta*, el último cuadro de Vanessa, finalizado apenas unos meses antes de su muerte.

Las lágrimas acuden a sus ojos. Rehace sus pasos rápidamente, advirtiendo al recorrer la casa de vuelta a la cocina que todas las paredes están desnudas, que todo el lugar parece desnudo, como si hubieran robado todo aquello que antaño debió de adornarlo. Y él forma parte de los ladrones. Al cruzar de nuevo el salón, vuelve a coger la piedra blanca. Cada piedrecita, dijo Sebastian, «todas y cada una de las putas piedrecitas que recogiera en la playa y que pusiera ahí de cualquier manera». Becker se la guarda en el bolsillo y regresa a la cocina segundos antes de oír como se abre la puerta de entrada.

—Vanessa no fechaba nada —le dice Grace al volver a entrar en la estancia mientras hojea las páginas de un cuaderno Life Vermilion de tamaño A5—, así que puede que tarde un tiempo en encontrar lo que busca. —La mujer deja el cuaderno junto con otros dos y una carpeta llena de hojas sueltas sobre la mesa. Becker entrecruza los dedos de las manos para contenerse y no abalanzarse sobre ellos—. No creo que estos cuadernos estuvieran pensados para ser consultados —añade—. Eran solo... parte del proceso de aclararse las ideas, supongo.

Sus miradas se encuentran y ella enseguida aparta la suya. Sin querer, acaba de dar una razón a Fairburn para reclamar estos cuadernos: eran «parte del proceso», del proceso artístico de Vanessa. Becker opta por fingir que no se ha dado cuenta.

—¿Qué estaba diciendo? ¡Ah, sí, que Vanessa no fechaba nada! Al menos uno de estos es demasiado antiguo, de cuando acababa de mudarse aquí, pero creo que lo encontrará muy interesante. En el segundo escribe algunas cosas sobre escultura, por lo que puede que sea más relevante. Tenía intención de revisar todo esto. —Exhala un suspiro—. En serio.

—Lo sé —dice Becker en voz baja—. Y lo comprendo. De veras.

Ella le sonríe, agradecida, y él se siente fatal.

—En la carpeta hay bocetos. Por supuesto, se los pueden quedar; no tengo ni idea de si alguno de ellos tiene algún valor o interés real. A mí la mayoría me parecen meros garabatos...

«Filistea», piensa Becker con cierta maldad.

—Lo que a mí me resulta fascinante —explica él— es

la progresión de su estilo, su desarrollo, tanto en lo que se refiere a las piezas individuales como al conjunto de su obra. Imagino, pues, que todos esos bocetos tendrán valor, siempre y cuando consiga hacerme una idea de su orden. Entiendo que los cuadernos me serán de ayuda.

Grace no parece muy convencida.

—Supongo que sí...

—Una de las cosas extraordinarias de la obra de Vanessa es su sensación de coherencia, a pesar de que su estilo cambió mucho a lo largo de su vida. Cuando uno mira los cuadros que hizo al poco de llegar aquí, es increíble la diferencia entre algo como *Sur*, que si no me equivoco fue el primero que completó en la isla, y *La marea siempre sube*, realizado apenas un año después y en el que se puede apreciar un cambio radical; su pintura es mucho más fluida y, al mismo tiempo, no hay ninguna duda de que se trata de la misma mano sosteniendo el pincel, del mismo ojo.

Grace suspira con impaciencia.

—Yo de esas cosas no entiendo —dice—. No soy crítica de arte ni nada que se le parezca. La gente tiene tendencia a elaborar complicadas teorías sobre las cosas, pero a veces estas surgen por mera de necesidad. Ha mencionado usted *La marea siempre sube*. Ese cuadro tuvo que pintarlo de una forma distinta porque en esa época no podía usar bien el pincel. Optó por... echarse pintura en los dedos y aplicarla directamente al lienzo, y solo entonces usaba el pincel. Como le gustó el efecto, terminó influyendo en las cosas que hizo más adelante y sus pinceladas se volvieron...

—¡Más fluidas! —exclama Becker—. Más expansivas.

—Sí, supongo...

—Y su pintura se volvió más escultural... Un momento, ¿ha dicho que no podía usar el pincel?

—No, se había roto la muñeca. —Grace lo mira interrogativamente, con un esbozo de sonrisa en los labios y, al mismo tiempo, el ceño algo fruncido—. ¿No lo sabía? Así es como nos conocimos.

11

Carrachan, 1998

Era un día tranquilo y Grace tenía una pausa de quince minutos antes de la siguiente cita, así que aprovechó para hacerse una taza de café que, por una vez, quizá podría tomarse. Fue entonces cuando la vio —o, más bien, lo vio—: un coche pequeño y maltrecho entró dando tumbos en el aparcamiento y se detuvo con una sacudida, ocupando el espacio de dos coches. La puerta del conductor se abrió violentamente y una mujer descendió del vehículo. Era alta y muy delgada, y el pelo de color ámbar —que pedía a gritos un cepillado— le caía sobre el rostro. Se movía de un modo raro, con la barbilla pegada al pecho y los brazos abrazados al tronco, y avanzaba con paso algo tambaleante por el aparcamiento en dirección a la entrada de cirugía.

Una borracha, pensó Grace dándole un sorbo a su café y quemándose el paladar. Desde la sala de espera oía la voz de la recepcionista, baja al principio y luego alzándose un poco. Pasó un minuto o dos y entonces llamaron a su puerta con los nudillos.

—Disculpe, doctora Haswell, ¿podría ver a alguien sin cita previa?

La mujer entró en la sala con la espalda erguida y los hombros echados hacia atrás. La mano izquierda sostenía la derecha pegada al pecho.

—Creo que me la he roto —dijo en voz baja cuando Grace le preguntó en qué podía ayudarla.

Al acercarse a ella, percibió un olorcillo penetrante, como a quitaesmalte, pero la mujer tenía la mirada despejada y alerta. No estaba borracha, pues, sino claramente dolorida, y lucía una expresión desconfiada como la que a veces tienen las víctimas de abusos.

—¿Qué ha pasado? —preguntó Grace mientras examinaba el brazo de la mujer con mucho cuidado. Un cardenal con muy mala pinta estaba formándose justo encima del pulpejo de la mano. Las venas de los antebrazos se le marcaban cual cuerdas. Llevaba las uñas sucias.

—He tropezado con esa maldita... cosa, una especie de alcantarilla que cubre la fosa séptica que hay detrás de mi casa. —Su voz era suave y agradablemente áspera, y redondeaba las vocales como los ingleses—. Estaba trabajando en el estudio, que está separado de la casa, y he salido corriendo para ir a contestar el teléfono. He tropezado y he salido volando. —Hizo una mueca de dolor, aspirando una bocanada de aire entre los dientes mientras Grace le rotaba con cuidado la muñeca—. Duele de la hostia.

Grace sonrió.

—Ya me lo imagino, señora...

—Chapman. Vanessa.

—Vanessa —dijo Grace invitando a su paciente a sentarse—, me temo que, por desgracia, tienes razón. Parece que te has roto la muñeca, aunque tendré que hacer una radiografía para estar segura.

—¡Me cago en la puta!

Grace se encogió ligeramente al oír ese vocabulario.

—¿Cuánto tiempo tardará en curarse? —Vanessa se llevó antebrazo al pecho y volvió a hacer una mueca de dolor al tiempo que aspiraba una bocanada entre los dientes. Como había cerrado los ojos, Grace tuvo la oportunidad de mirarla bien: sus cejas oscuras y la firme línea de su boca, su nariz recta, un poco demasiado larga para su cara.

—Eso depende mucho de lo que veamos en la radiografía —contestó Grace—. ¿Has conducido tú misma hasta aquí? —Sabía la respuesta, pero quería confirmar la sinceridad de su paciente.

—He tenido que hacerlo —respondió Vanessa—. Vivo sola.

—Podrías haber llamado a una ambulancia —repuso Grace. Vanessa esbozó una pequeña sonrisa que a Grace se le antojó despectiva—. Conduciendo con una herida como esta podrías haber causado un accidente —añadió con sequedad.

—No podía esperar la llegada de una ambulancia —dijo Vanessa—. No había tiempo. Vivo en la isla de Eris.

—¿Vives en Eris? —A Grace le dio un vuelco el corazón, como si hubiera oído una vieja canción triste y medio olvidada que la retrotrajera en el tiempo.

Vanessa asintió.

—¿La conoces?

—Sí —dijo Grace mientras empujaba el carrito con la máquina de rayos X portátil por la habitación—. Solía ir a menudo a pasear. Es un lugar muy bonito y tranquilo. Y las vistas desde el peñasco... —Grace colocó a Vanessa en la posición adecuada y se puso detrás de una pantalla blanca para tomar las imágenes—. Hace mucho que no voy. Alguien puso una verja al final de la carretera que conduce a la isla.

—No fui yo —contestó Vanessa en un tono casi agraviado—. Fue el agente, el agente inmobiliario, el hombre al que contrató el antiguo dueño del lugar. Yo la quité. Hace muchos meses ya que no está, desde que compré la isla el año pasado, de hecho. En Escocia hay derecho a circular libremente, ¿no? Como debe ser. —Volvió a cerrar los ojos—. Soy propietaria de la casa, pero no tengo ningún derecho sobre la isla, solo el deber de cuidarla.

Detrás de la pantalla Grace esbozó una sonrisita de

suficiencia. ¡Las ínfulas de los ricos! Si Eris fuera suya, haría levantar una cerca de alambre de espino o tendría un fiero perro guardián.

Cuando hubo hecho la radiografía, la médica le dio a Vanessa un par de analgésicos y un vaso de agua.

—Si tú has podido circular por la carretera, ¿no podría una ambulancia haberlo hecho en la otra dirección? —preguntó entonces Grace.

—La marea estaba a punto de subir —dijo Vanessa. Luego se metió los comprimidos en la boca y echó la cabeza hacia atrás para tragárselos, dejando a la vista su pálido cuello. Tenía una pequeña cicatriz justo en el medio, como si alguien le hubiera clavado la punta de un cuchillo en la tráquea y luego se lo hubiera pensado mejor—. Solo faltaban veinte o quizá veinticinco minutos para que la carretera quedara anegada, y no creía que una ambulancia fuera a tener tiempo de cruzar. No podía arriesgarme a esperar seis horas.

Grace asintió.

—No, claro. Aunque probablemente deberías haber llamado a la ambulancia desde la cabina del puerto en vez de conducir hasta aquí.

—Supongo —dijo Vanessa sintiéndose reprendida—. Lo cierto es que en esos momentos tampoco pensaba con demasiada claridad.

—Sí, el dolor suele nublar la razón —convino Grace suavizando el tono—. La enfermera te entablillará la muñeca. Puede que necesites una escayola, pero no lo sabremos hasta dentro de uno o dos días. Tenemos que esperar a que baje la hinchazón. En cualquier caso, todo dependerá de lo que veamos en la radiografía.

Cuando se sentó a su escritorio para escribir el informe en el ordenador, no pudo evitar sentirse muy torpe de repente bajo la mirada intensa de Vanessa.

—¿Cómo vas a volver a casa? —le preguntó, deseosa de centrar la atención en cuestiones meramente prácticas—. No es aconsejable que conduzcas.

Vanessa hizo una mueca.

—Bueno..., ahora mismo no puedo regresar, la marea está alta. No podré cruzar hasta las cuatro, más o menos. Supongo que podría coger un taxi. Aunque no sé qué haré entonces con el coche.

Grace levantó la mirada hacia ella.

—Qué raro debe de ser vivir a merced de la marea —comentó.

Vanessa se encogió de hombros y sonrió, y Grace se sintió irritada, como si por alguna razón estuviera burlándose de ella por la banalidad de su observación. A pesar de su enojo, se sorprendió a sí misma ofreciéndole su ayuda.

—No hace falta que cojas un taxi —dijo—. Si de todos modos tienes que esperar hasta esta tarde, puedo llevarte yo. Los lunes solo estoy aquí hasta las tres.

—Oh, no, no puedo pedirte que hagas eso. —Vanessa se puso de pie, negando firmemente con la cabeza—. No quiero ser ninguna molestia.

—No es ninguna molestia —respondió Grace—. Hace siglos que no voy a la isla.

—Pero si me llevas en mi coche, ¿cómo regresarás?

—Andando. Solo es un kilómetro y medio más o menos, y hay un autobús que va del pueblo hasta aquí. —Mientras lo decía, Grace se preguntó por qué diantre estaba dispuesta a hacer ese esfuerzo y complicarse tanto la vida por esa mujer. Había algo en ella (ese aire privilegiado que proporciona la belleza o el dinero) que la repelía y la atraía al mismo tiempo y, a pesar de ser consciente de ello, no se sentía capaz de resistirse.

Esa tarde no soplaba ni una gota de viento. La superficie del mar en la bahía estaba lisa como un espejo y, bajo el generoso sol que brillaba en pleno verano, la isla de Eris resplandecía con distintas tonalidades verdes, púrpuras y amarillas, y la empinada ladera de la colina, cubierta de helechos, estaba salpicada de tojos y brezos. Grace y Vanessa bajaron sus ventanillas para dejar que el salobre olor a algas llenara el coche a medida que se acercaban.

—¿Cuándo fue la última vez que viniste? —preguntó Vanessa.

—¡Uf! —Grace exhaló lentamente, y al hacerlo se dio cuenta de que había estado conteniendo la respiración—. Hace mucho. Cuando comencé a trabajar en la consulta de Carrachan, en 1991, venía a menudo. Cruzaba la carretera en bici y luego subía el peñasco a pie.

Más adelante, creo que hacia el 93 o el 94, hubo unas terribles tormentas invernales, imagino que antes de que vinieras tú, ¿no?

—Sí, sí. Yo me mudé el año pasado. Antes vivía en Inglaterra, en Oxfordshire.

—Bueno, pues las tormentas fueron muy duras. Una de ellas dejó la carretera impracticable, así que ya no se podía llegar a la isla. No de forma segura, al menos. Por aquel entonces nadie vivía en ella y pasaron meses hasta que repararon la carretera. Y poco tiempo después pusieron la verja... La verdad es que me hace bastante ilusión visitarla de nuevo. —Grace echó un vistazo a Vanessa con una tímida sonrisa—. Lo echaba de menos.

La artista le indicó que subiera por el camino hasta la parte trasera de la casa. Ya no era la ruina destartalada que Grace recordaba. Habían encalado el enguijarrado y pintado los marcos de madera de las ventanas de color amarillo canario. La casa formaba una L alrededor de un patio. Antaño hubo una tercera sección, pero hacía mucho que se había derrumbado. Grace aparcó el coche en el patio y siguió a Vanessa colina arriba en dirección a otra construcción.

—¡Ve con cuidado! —exclamó Vanessa por encima del hombro—. Mira, ¿lo ves? Ahí es donde he tropezado. —Señaló a la izquierda, donde Grace pudo distinguir una losa de hormigón parcialmente oculta por la hierba.

En la cima de la colina había un granero con una puerta enorme —una amplia lámina de metal herrumbroso— en un lateral. Estaba abierta y dejaba a la vista un interior cavernoso. Una ventana situada al oeste de la construcción permitía la entrada de una generosa cantidad de sol vespertino. En las paredes había hojas de papel sujetas con alfileres en las que podían verse diversas ideas esbozadas y, delante de la ventana, hacia el fondo del espacio, un torno de alfarero.

—Creía que eras pintora —dijo Grace, y Vanessa la miró interrogativamente—. Es decir, cuando la isla fue vendida, recuerdo haber leído que la había comprado una artista. Había supuesto que...

—Soy pintora, sí —la interrumpió Vanessa, sonriendo y alzando el brazo bueno para protegerse los ojos del sol—. Pinto, aunque últimamente no he estado haciéndolo demasiado. —Retrocedió unos cuantos pasos, invitando a Grace a entrar en el estudio. Permanecieron una al lado de la otra mirando los bocetos de la pared (poco más que una mezcla incomprensible de distintas formas, a juicio de Grace)—. Desde hace un tiempo me interesa más la cerámica. Supongo que estoy pasando por una fase de transición. Intentando ubicarme para saber dónde debo poner los pies. O las manos. —Miró a Grace con otra sonrisa—. Aunque lo que de verdad he de hacer es desarrollar la mirada. —Con cuidado y deliberación, pasó el brazo izquierdo por el derecho de Grace. Esta se estremeció, sorprendida, y un intenso rubor ascendió por su cuello y se extendió por su cara—. ¿Te apetece un poco de té? —preguntó Vanessa—. ¿O prefieres pasear por el bosque hasta el peñasco?

Grace retiró el brazo y, al dar un paso atrás, tropezó con un banco y tiró un martillo, que cayó al suelo con un gran estrépito metálico.

—¡Oh...! —Rápidamente se puso de rodillas y lo recogió mientras farfullaba una disculpa.

—No te preocupes por eso —dijo Vanessa—. ¿No quieres ir al peñasco? —Emitió su gutural risa—. ¿Qué te piensas, que te he atraído aquí bajo falsos pretextos, como Ted Bundy, fingiendo estar herida para aprovecharme de ti? —Se quedó mirando a Grace—. Por el amor de Dios, doctora Haswell, estoy de broma. ¡Pareces asustada de verdad!

—No seas ridícula —repuso Grace con el rostro sonrojado y una gota de sudor recorriéndole la parte baja de la espalda—. Claro que no estoy asustada.

Diario de Vanessa Chapman

Curándome. Puedo escribir un poco, no puedo pintar. Nada de arcilla, claro está. El tiempo es fantástico, nadaría todos los días si no fuera por la maldita muñeca. En vez de eso, peino la playa y el bosque y me traigo cosas que coloco y recoloco una y otra vez.

¡G cree que soy muy rara! Viene a menudo con comida fresca y cotilleos del pueblo. Conoce a todo el mundo, pero, como yo, prefiere la soledad a las multitudes. Está al corriente de muchas historias sobre la isla, sobre los árboles que cayeron, sobre la gente que la marea se ha llevado mientras intentaban llegar a la isla. Y también me ha contado esto: años atrás, cientos de años atrás, los aldeanos solían enterrar a sus muertos aquí en Eris para mantenerlos a salvo de los lobos.

12

Cebolla picada, ajo triturado: un movimiento de muñeca, el roce del cuchillo, la suave crepitación de las verduras en el aceite caliente.

Sobre la cocina Aga descansa una vieja cazuela Le Creuset naranja en la que Grace prepara cada noche la salsa de tomate para su pasta. Todos los días la misma olla, los mismos ingredientes, la misma cena. Antes cocinaba como es debido —se le da bien—, pero con el tiempo, y como consecuencia de la soledad, su repertorio fue disminuyendo y pasó de una amplia variedad de platos a apenas un puñado y, al final, se redujo del todo a una única cena.

Antes, además, escuchaba la radio cuando cocinaba, pero en un momento dado dejó de hacerlo. No recuerda exactamente cuándo, pero sí que lo hizo cuando el consuelo que obtenía al escuchar otras voces se vio superado por el malestar que le producía el atronador silencio en el momento en que apagaba la radio antes de ir a la cama. El silencio que ahora oye tras la visita de Becker es como una campana repicando.

Al estrechar su mano cuando se ha marchado, la ha sostenido un poco más de lo necesario.

Vanessa solía tocar a todo el mundo constantemente; te cogía de la mano, entrelazaba tu brazo con el suyo... Al principio, a Grace le chocó un poco tanto manoseo, pero a los demás parecía gustarles. Grace podía ver que con ella se relajaban, permitiéndole a Vanessa acercarlos más a su órbita. A Grace eso no le salía de forma natural.

Así que Becker pensará que es rara. Pensará que es una persona triste y extraña. Una mujer mayor sola y asustada, eso es lo que pensará.

Y no estará equivocado, ¿verdad?

Después de cenar, sube por la colina hasta el estudio. Mantiene la linterna apuntando al suelo, justo por delante de sus pies, y no levanta la vista para mirar la línea de árboles del bosque; al fin y al cabo, detrás solo hay oscuridad. ¿Qué hay que temer? Hay fantasmas en el bosque, cierto, pero es que los hay en todas partes. En el estudio y en el peñasco, en el dormitorio de Vanessa, en ese mismo sendero. Y si se desviara unos pocos metros a la derecha, encontraría la tapa de hormigón de la fosa séptica con la que tropezó Vanessa, y ahí también habría fantasmas.

Abre la puerta del estudio y enciende la luz. Coge un calefactor de debajo de uno de los estantes y lo enchufa.

Cierra la puerta y corre el pasador. Ya está fuera de todo peligro.

El señor Becker ha hecho que se sintiera segura. ¿No es ridículo? Primero la asusta, luego hace que se sienta segura.

Es uno de esos hombres que se ofrecen a ayudarte a llevar las bolsas de la compra al coche, piensa ella mientras abre la tapa de la caja de papeles más cercana. O que te echa una mano si necesitas mover un sofá. Que te alcanza una cazuela del estante superior. Que interviene si ve que tienes algún problema.

¿Le habría caído bien a Vanessa? Grace piensa que sí. No le gustaban los críticos, pero sí los entusiastas. Le habría sonreído, cautivado, cogido del brazo o de la mano. Era muy táctil, siempre propensa a tocar, a abrazar. Todas esas cosas que escribieron sobre ella, lo de que era fría, distante... Esa gente no la conocía. No de verdad. Era cariñosa cuando quería serlo. Simplemente sabía quién le caía bien. Y quién no.

James Becker le recuerda a alguien. Eso es, por eso se siente más cercana a él de lo que debería. Le recuerda a Nick Riley, un chico que conoció en la universidad. El señor Becker tiene unas maneras similares y transmite la misma sensación de nobleza. De decencia. Existe además un leve parecido físico. Piel lechosa, pestañas largas y pálidas.

¿Es esa la razón por la que se siente así? ¿Es esa la razón por la que de repente siente un intenso dolor en el costado, por la que ha de apoyarse en la mesa de trabajo para recobrar el aliento? ¿Es esa la razón por la que siente la inesperada acometida de una repentina oleada de pena? ¿Porque le recuerda a Nick, que la abandonó?

¿Es esa la razón por la que ha mentido al señor Becker? ¿Porque quería que tuviera una buena opinión de ella? ¿Porque quería complacerlo?

En realidad sí que vio a ese muchacho canadiense. El chico que cayó al mar. Ella estaba en la cocina cuando pasó por delante de la casa; él la vio en la ventana, sonrió y la saludó con la mano. Era muy joven. Podría haber ido detrás de él para advertirle, decirle que tuviera cuidado.

No se puede salvar a todo el mundo.

Se dirige al fondo del estudio, se agacha y abre la alacena. Ahí dentro había una caja de huesos, ¿no? Quizá más de una. Mete los brazos en la oscuridad y coge una caja de palisandro. Aquí está. Está llena de cositas pequeñas, fragmentos amarillentos y sucios; revisa las piezas, sopesando algunas en la mano. Son ligeras. Se trata de huesos de animal, no hay ninguna duda al respecto. No proceden de ningún cadáver humano. Esa gente de la galería de Londres está equivocada, está segura. El hueso no es humano. No puede serlo.

Cierra la caja y se pone de pie.

¡Aunque desde luego podría serlo! Ese pobre canadiense no fue el primero en caer del peñasco. No es muy probable, pero cualquier cosa es posible. Un cosquilleo asciende por su columna y oye la voz de Vanessa: «Sueño que rastrillo cenizas».

Se da la vuelta, rodea el horno, descorre el pestillo y abre la puerta. Echa un vistazo en la oscura cavidad, que desprende un leve olor a aceite y jabón. Está vacío, había sido limpiado hacía mucho.

«No hay ninguna duda de que *División II* es obra de Vanessa», eso es lo que Grace le dijo el primer día al señor Becker, y es cierto, solo que no lo parece, o no del todo, pues en aquella época Vanessa estaba muy alterada. Se mostraba reservada y hostil. No parecía ella misma. Se le comenzó a encorvar la espalda y los ojos se le amarillearon. Su cuerpo desprendía un olor amargo. Era como si estuviera transformándose en otra persona ante sus propios ojos. O en otra cosa. Algo animal. Permanecía todo el día sentada en la cocina, fumando, y solo se activaba de noche, después de que Grace se hubiera ido a la cama. Esta solía oír las pisadas de sus pies desnudos yendo de habitación en habitación, o la puerta de entrada cerrándose de un portazo cuando salía de noche. A la mañana siguiente, cuando Vanessa volvía a estar sentada a la mesa de la cocina fumando sus cigarrillos, Grace le preguntaba adónde había ido, pero ella no le contestaba.

«Sueño que rastrillo cenizas. Rastrillo cenizas y encuentro huesos.»

Pero eso fue más adelante, ¿no? Y estaba hablando de algo completamente distinto. Aun así, Grace se pregunta si, en algún lugar de todos estos miles de páginas de notas y garabatos, Vanessa escribió acerca de esos sueños. En ese caso, debería encontrar esas palabras y eliminarlas.

Es posible que Grace le haya dado la impresión al señor Becker de que los papeles que le ha entregado los ha cogido azarosamente de una pila cualquiera, pero esto tampoco es verdad. No ha tenido tiempo de leerlo todo, pero se ha asegurado de incluir un cuaderno de la época en la que Vanessa y ella se conocieron, y también de evitar algunos de los últimos. Además, ha incluido un par de esas horribles cartas de Douglas Lennox, por si acaso. A lo mejor cuando el hijo de Lennox les eche un vistazo se lo piensa dos veces antes de hacer pública la correspondencia privada de Vanessa.

Grace es plenamente consciente de que en algún momento tendrá que ser honesta. La gente de Fairburn no va a olvidarse de los cuadros que faltan. Llegados a cierto punto, tendrá que ofrecer alguna explicación. ¡Cuánto más fáciles habrían sido las cosas si Douglas hubiera recibido el disparo antes de que el testamento fuera validado, en vez de después!

Comienza con la primera caja de papeles. No hay ningún orden, todo está mezclado: cuadernos, fotografías, bocetos, cartas, postales, notas en trozos de papel, listas de la compra. Grace empieza clasificándolo todo en pilas preliminares: cuadernos a un lado, cartas a otro, etcétera. Cuando acaba, pasa a una segunda caja, y luego a una tercera. Intenta no demorarse mucho con cada documento, evitando leerlo. Si se pusiera a hacerlo, se despistaría y nunca conseguiría terminar. De vez en cuando, sin embargo, no puede evitar que sus ojos se detengan sobre la desvaída tinta azul y que una G mayúscula de trazo generoso y llena de promesas llame su atención.

Últimamente el viento es suave y cálido; G y yo nadamos cuando sube la marea. Es el paraíso.

De repente se siente muy conmovida y los ojos se le llenan de lágrimas. Se las seca con el dorso de una mano y deja que su mirada se desplace hasta lo alto de la página.

G tiene unos días libres y ha elegido pasarlos aquí. Le he preguntado si no le gustaría viajar, ir de vacaciones o visitar a la familia, y ella me ha mirado como si estuviera loca. Me siento agradecida, en cualquier caso. Bebemos vino por las noches, hacemos pícnics en el peñasco. Últimamente el viento es suave y cálido; G y yo nadamos cuando sube la marea. Es el paraíso.

13

Ha sido un verano infernal, incómodamente caluroso y con el aire repleto de polen, monóxido de carbono y recriminaciones. Pero por fin, por fin, J y yo hemos llegado a un acuerdo. Vamos a separarnos. Él se irá a vivir con Celia y venderemos la casa. Él obtendrá tres cuartos de los beneficios y yo el resto, pero recibiré el dinero por adelantado para poder hacer una oferta por la isla.

Celia ha dado su visto bueno a todo esto; será su dinero, al fin y al cabo.

Se me parte el corazón, pero apenas siento dolor, pues el resto de mi ser vibra de felicidad.

Seré libre.

Becker está leyendo cuando Helena entra en el estudio. Es temprano, apenas hay luz y fuera caen copos de nieve que no llegan a cuajar. Él no se da la vuelta hacia ella, pero se permite a sí mismo anticipar el tacto de sus manos apoyándose con suavidad sobre sus hombros y la calidez de sus labios en el cuello.

—Hola. —El aliento de Helena por las mañanas es dulce y azucarado. Se encarama al borde del escritorio con el albornoz de color burdeos atado holgadamente alrededor de la barriga y sosteniendo con ambas manos una taza de humeante té—. ¿Cómo es, tu Vanessa?

Él hace una mueca.

—Extraña —dice, y le lee el párrafo que acaba de terminar—. Lo ama y desea librarse de él, «vibra de felicidad» ante la idea de dejarlo. Es todo un enigma.

Helena se encoge de hombros.

—Para nada —dice.

Becker enarca ambas cejas y ella se ríe al tiempo que alza un pie y lo coloca sobre su regazo. Él accede a masajearle la planta.

—Es posible amar a alguien con toda el alma y, al mismo tiempo, querer librarse de esa persona —continúa Helena—. Algunos individuos tan solo son... —Se interrumpe un momento y exhala con suavidad por encima de su té—. Es muy difícil convivir con ellos, por mucho que se los adore. Y Julian se portaba fatal con ella, ¿no? Notoriamente, además. Vendía obras suyas para pagar sus deudas, le era infiel. Su aventura con Celia Gray era tan pública, tan humillante... Debía de odiarlo por eso.

—Ahí está la cosa, no lo odiaba —responde Becker—. Lo quería. Se le parte el corazón, lo dice aquí mismo.

—Pero solo el corazón, ¿no? —Helena le sonríe—. ¿Qué hay del resto? —Se muerde el labio y desliza el pie por el muslo de Becker—. Los corazones pueden ignorarse, otras partes no tanto.

Él se ríe con entusiasmo al tiempo que la rodea con los brazos.

El sexo entre ellos últimamente es intenso, rozando la brutalidad. Él tiene toda la intención de mostrarse reverente y respetuoso con su condición, pero en el momento siempre se olvida y —casi nada más correrse— su satisfacción da paso al sentimiento de culpa. La disolución de los límites entre sus cuerpos, entre su ser y el de ella, es una fuente de gozo, pero ahora se ve complicada por otra cosa. Por otra persona.

Cuando han terminado, a él le cuesta mirarla a los ojos y ella lo empuja con tanta fuerza que él se golpea la cabeza con una de las patas del escritorio. Se pone de rodillas sin dejar de frotarse la parte trasera de la cabeza.

—¿A qué ha venido eso? —Como si no lo supiera.

—Me tratas como a una santa para luego follarme como a una puta, James —dice ella con severidad al tiempo que vuelve a ponerse el albornoz. Deja que él la ayude a incorporarse, pero, en cuanto está de pie, aparta la mano—. He invitado a cenar a Sebastian —añade, pronunciando las palabras despreocupadamente, como si estuviera haciendo rebotar piedras en la superficie de un lago—. ¿Puedes asegurarte de que tengamos alguna buena botella de vino? Que no sea de la marca del supermercado.

Una furgoneta de reparto está aparcada frente a la entrada trasera de la casa grande, lo cual significa que están recibiendo una nueva pieza. Puesto que nadie ha informado a Becker al respecto, este supone que se trata de algo muy antiguo o muy nuevo. Cuatro hombres —dos en la misma furgoneta y dos en el suelo— descargan lo que parece una enorme alfombra. Becker se apresura a ayudarlos sosteniendo la sección central y luego lo transportan juntos.

Sebastian y su madre están esperando en el vestíbulo central con los rostros resplandecientes. La boca de lady Emmeline, sin embargo, esboza una mueca de desagrado cuando distingue a Becker. Le lanza una mirada glacial y se vuelve hacia su hijo.

—Avísame cuando la pieza esté colocada —dice, y a continuación se aleja en dirección al salón. Los talones de sus zapatos repiquetean enérgicamente sobre el parqué.

—¡Buenos días, Emmeline! —exclama Becker a su espalda mientras ella se aleja.

Sebastian niega con la cabeza.

—Al menos podrías dirigirte a ella como es debido, por el amor de Dios.

Becker se vuelve hacia Sebastian.

—En realidad eso tampoco importa demasiado, ¿verdad? Para tu madre siempre seré un sucio intruso de clase trabajadora.

—Siempre serás el hombre que rompió el compromiso matrimonial de su hijo —contesta Sebastian en un tono más bien alto. Luego se vuelve hacia los repartidores—. Lo pondremos en la sala azul —añade animado, extendiendo un brazo cual guía turístico—. Por aquí, os voy indicando.

En su despacho, Becker ojea varias páginas web de noticias. No deja de reprenderse a sí mismo en silencio, con lo que sus ojos apenas consiguen registrar los titulares. ¿Por qué ha dicho eso? No había ninguna necesidad de mostrarse rencoroso.

Al poco de su llegada a Fairburn hubo una discusión sobre la colocación de una escultura —una obra inexcusablemente fea— que Sebastian había comprado y, por alguna razón que ahora no consigue recordar, Becker permitió que la cosa se acalorara y terminó alzando la voz y usando un lenguaje inadecuado. Más tarde, cuando estaba sentado a los escalones del patio del ala este, fumando un cigarrillo y sintiéndose como un idiota, Helena fue a buscarlo. «Ya estamos —pensó él—, la niña pija con un fondo fiduciario y un cinco pelado en historia del arte viene a regañarme y a enseñarme cómo he de comportarme.»

Pero no lo hizo. Le pidió que le liara un cigarrillo y,

mientras lo hacía, le ofreció un consejo. «No dejes que te ofendan así como así —le dijo—. No permitas que te saquen de quicio. Eres demasiado apasionado.» Recuerda cómo se sonrojó y lo tenso que se puso cuando ella le dijo eso. «Esta gente tiene hielo en las venas —prosiguió ella—. No les muestres tus cartas. No dejes que vean tan fácilmente cómo eres.»

Le da rabia no haber seguido su consejo esta mañana, pero, por más enfadado que esté consigo mismo, también lo está con Sebastian, aunque se trate de algo irracional. No quiere que le recuerden todas las cosas que él, Becker, ha hecho mal con su jefe.

Todavía está lamentándose cuando, aproximadamente una hora más tarde, Sebastian asoma la cabeza por la puerta.

—Beck, ¿quieres venir a ver la Aubusson *in situ*?

Obediente y en silencio, Becker sigue a Sebastian por el pasillo en dirección a la «sala azul», así llamada por sus cortinas, y en cuyo centro han colocado una antigua alfombra Aubusson de tonalidades azules y crema.

No es para nada del gusto de Becker.

—Está muy bien —dice.

—¿Verdad?

Becker asiente apretando con fuerza los labios.

—Sin duda. ¿De dónde la has sacado? No me habías dicho que andabas buscando una.

Sebastian se agacha y pasa el dorso de la mano por la superficie de lana.

—Mi madre la consiguió en una subasta. Sin decirme nada —explica irguiéndose de nuevo. Mira a Becker con complicidad y ambos sonríen—. Lamento lo de antes —dice.

—Es culpa mía, me he portado como un imbécil.

—La verdad es que sí. —Sebastian se ríe y le da una palmada en el hombro—. Pero aun así. No es solo por lo de Hels. —Se vuelve y comienza a alejarse. Becker va detrás de él. Ambos enfilan de nuevo el pasillo en dirección al despacho de Becker—. Lo de que a mi madre no le caigas bien, quiero decir. No es solo por eso.

—Ya lo sé —contesta Becker.

—Pero tampoco se debe únicamente a que seas un sucio intruso de clase trabajadora —añade Sebastian riéndose entre dientes—. Ya sabes que es complicado. Es por mi padre, y Vanessa, y que tú seas..., bueno, un constante recordatorio de Vanessa y de todo lo que ocurrió...

—Pero tú sabes que la obra de Vanessa estaría aquí, conmigo o sin mí.

—Sí, claro. Pero tú eres una especie de... «encarnación» de unas asociaciones muy negativas para ella. —Se encoge de hombros—. En cualquier caso, lleva de mal humor desde su última visita al médico la semana pasada.

Han llegado a la puerta del despacho.

—No le pasa nada, ¿verdad? —pregunta Becker. Le avergüenza darse cuenta de lo mucho que le complace la idea de que lady Emmeline pueda estar enferma.

Sebastian suelta una risa ahogada y niega con la cabeza.

—Lady Em nos sobrevivirá a todos —asegura—. El médico le dijo que la razón por la que no duerme bien y se siente tan... ansiosa todo el rato es que es posible que sufra un trastorno de estrés postraumático, ¿qué te parece? Como puedes imaginarte, eso a ella no le hizo mucha gracia. —Entra en el despacho antes que Becker y se acerca a la ventana que hay detrás del escritorio. Todavía está nevando. Los copos son ahora más gruesos y cuajan más—. Lo cierto, sin embargo, es que hoy en día eso se lo dicen prácticamente a todo el mundo, ¿no? Lo del estrés postraumático, quiero decir. Antes tenías que haber sido bombardeado por un terrorista o haber estado acorralado bajo fuego enemigo. Hoy en día, en cambio, lo único que necesitas es atropellar al gato de la familia con el coche. —Se vuelve hacia Becker con una sonrisa triste. Este asiente y aparta la mirada—. Sé lo que estás pensando: que ella no atropelló a ningún gato, sino que disparó accidentalmente a su marido en el cuello y luego vio que este se desangraba ante ella. Ya lo sé. —A Becker nunca ha dejado de sorprenderle la compostura de Sebastian ante esta y otras desgracias—. Yo lo sé, y tú lo sabes, pero el médico no. Se le explicó la versión oficial, como a la policía, a la prensa y a todos los demás, lo cual tal vez fue un error. Creo que casi con toda seguridad podríamos haber contado con que el médico fuera discreto... —Sebastian sonríe, negando con la cabeza—. Pero así fue la cosa.

«Así fue la cosa» fue lo que dijo el señor Bryant, el guarda de caza de la familia, no mucho más joven que la madre de Sebastian y que ha trabajado para ellos desde que era adolescente. Aseguró que la bala perdida salió de su escopeta, evitándole así a lady Emmeline el calvario de una investigación policial y la consiguiente intrusión de la prensa. Hubo una investigación, sí, que eximió a Bryant de todo delito; la culpa, en todo caso, recaía en el propio Douglas, que se había adelantado y, sin darse cuenta, se había situado delante de las escopetas, colocándose a sí mismo en peligro. En cuanto al guarda, se jubiló al poco. Posiblemente, piensa Becker, con una pensión más generosa de lo que habría esperado.

—Lo siento, Seb —dice Becker—. A veces me olvido de la cantidad de cosas con las que estás lidiando.

Sebastian suelta otra risa ahogada.

—Un puñado de octogenarios corriendo por ahí con rifles de gran potencia, ¿qué podía salir mal? —Su sonrisa se ha vuelto tirante—. No deberían haber salido de caza, ninguno de ellos, pero ¿qué se le va a hacer? Imagíname a mí intentando decirle a Emmeline qué debe hacer.

Becker desvía la conversación hacia temas más mundanos: una subasta que se celebrará en Edimburgo y a la que Sebastian planea asistir, y las visitas guiadas a la casa de la fundación que están considerando realizar la próxima primavera, y para las cuales Seb ha conseguido arañar algo de publicidad.

—He convencido a la periodista del *Sunday Times* para que me pase un borrador del artículo y asegurarme de que no haya erratas. Te reenviaré su correo para que le eches un vistazo, ¿te parece?

—Sí, claro —dice Becker—. ¿Está bien escrito?

Sebastian inclina la cabeza a un lado y a otro.

—No ganará ningún Pulitzer.

OSCUROS PLACERES EN LA CASA FAIRBURN

Maria Atwater ha tenido acceso anticipado a la ampliada Colección Lennox.

Los últimos años han sido una montaña rusa para Sebastian Lennox. En 2016 fue nombrado director de la Fundación Fairburn, la organización benéfica fundada por su padre, sir Douglas, y su gestión recibió un inesperado estímulo cuando Fairburn heredó el legado artístico de Vanessa Chapman al año siguiente.

El desamor y la tragedia, sin embargo, estaban al acecho. En el verano de 2019, sir Douglas Lennox murió a causa de un accidente de caza en la hacienda familiar. Unos pocos meses después, la prometida de Lennox canceló la boda entre ambos. Y luego irrumpió la covid, echando por tierra los planes para la primera gran exposición de la fundación en la casa ancestral de los Lennox en Borders, la Casa Fairburn.

«Ha sido duro —me comenta Sebastian—, aunque tampoco más que lo sufrido por mucha gente estos últimos dos años. En cualquier caso, ahora contemplamos el futuro con gran optimismo.»

Puede que la parte más intrigante de la Colección Lennox sean los Chapman, muchos de los cuales no han sido vistos nunca. Entre los platos fuertes se encuentra una serie de pequeños pero poderosamente intensos paisajes marinos y pinturas de la isla de Eris con distintas mareas y climas. *La esperanza es violenta*, que se cree que es la última pintura que Chapman completó antes de su muerte, resulta particularmente conmovedora: un dramático paisaje de la isla de Sheepshead tal y como se veía desde el dormitorio de la propia Vanessa Chapman.

Aunque lo más emocionante de todo es el grupo de cinco obras a las que la fallecida artista se refería en sus diarios como sus «pinturas negras»: unos grandes lienzos que soportan el peso de gruesas capas de pintura de tonalidades verdes y azules, negras y grises. Tres son abstracciones puras, pero en dos de ellas aparecen unas figuras, sonriendo con voracidad y enfrascadas en actos transgresivos; son fábulas sombrías, y las piezas más narrativas de toda la obra de Chapman.

Espaciosamente dispuestas e iluminadas con sensibilidad en el Gran Salón de Fairburn, las pinturas negras son asombrosas y extrañas. «Poseen una naturaleza muy siniestra y pesadillesca, aunque en realidad no sabemos de qué tratan —dice Lennox—. Por el momento solo podemos especular. ¿Es la figura de las pinturas Julian Chapman [el marido fallecido de Vanessa]? ¿O tal vez una encarnación del cáncer que la mató? Esperamos que, con el acceso total a los papeles de Chapman, podamos descubrir más sobre el origen de estas extraordinarias pinturas y lo que representan.»

Otra sorpresa del legado es una pequeña serie de esculturas, entre las cuales se encuentran *Varada*, *División I* y *División II*, que fueron mostradas en la elogiada exposición *Veintiuno*, celebrada en el Musée d'Art Moderne de París.

«Las esculturas resultan especialmente fascinantes porque parecen referenciar un periodo anterior de la obra de Chapman —explica James Becker, director creativo de la Fundación Fairburn. Becker, viejo amigo universitario de Sebastian Lennox, es experto en la artista—. Antes de que [Chapman] fuera conocida como pintora expresionista, practicaba el ensamblaje, combinando en una pieza artística distintos objetos que encontraba cerca de su casa de Oxfordshire. Estas obras tempranas fueron despreciadas por la crítica, que las consideró mero "arte popular", y, como resultado, Chapman pareció perder fe en su práctica y la abandonó. El descubrimiento de estas esculturas, sin embargo, demuestra que nunca perdió el interés en el uso de objetos encontrados. Aquí los vemos usados en combinación con formas ya creadas para la consecución de un poderoso efecto.»

Una selección de las esculturas de Chapman está incluida en la exposición *Escultura y Naturaleza*, que podrá verse en la Tate Modern hasta noviembre. Las visitas a la Casa Fairburn se iniciarán a principios de 2022.

14

—¿Qué te ha parecido el artículo del *Sunday Times*? —Sebastian se encuentra frente a la encimera de la cocina, cortando con un cuchillo un manojo de perejil con la elegancia de un chef. Un trapo de cocina cuelga de uno de sus hombros y un cigarrillo encendido se consume en un cenicero cercano. Parece que el lugar sea suyo. Bueno, es que es suyo.

—No estaba mal —dice Becker secamente. En realidad quiere decir que estaba bien salvo por la parte en la que Sebastian comienza a decir chorradas sobre las pinturas negras, atribuyéndole una narrativa y un significado a la obra de una artista de la que no sabe nada. Pero se muerde la lengua. Acaba de realizar un trayecto de cincuenta kilómetros de ida y de vuelta hasta la tienda de vinos más cercana en la que tuvieran algo decente, y, nada más llegar a casa, cálida y con el olor de la comida que están preparando, se encuentra a su esposa embarazada riéndose y bebiendo vino con el tipo con el que iba a casarse, su jefe. No puede evitar ser algo seco.

—A mí me ha parecido que estaba muy bien —indica Helena. Está en los fuegos, inclinando una sartén con una mano y echando cucharadas de mantequilla derretida sobre unos filetes de lenguado con la otra.

—Pensaba que íbamos a comer costillas de ternera —dice Becker inexpresivamente.

Ella se vuelve hacia él con una leve sonrisa en los labios. Él alza las dos botellas de Barbaresco que ha comprado.

—¡Oh! —Helena ladea la cabeza y arruga la nariz—. Lo siento, cariño. He cambiado de opinión. Pero no pasa nada, Seb ha traído Chablis.

Becker abre la puerta de la nevera de un tirón innecesariamente fuerte. Ni Sebastian ni Helena parecen advertirlo. Se sirve una generosa copa de vino blanco y le da un trago. Es muy bueno. Cierra de un golpe la puerta y esta vez llama la atención de Helena, que le lanza una mirada y hace un ligero gesto de negación con la cabeza a modo de advertencia.

Entre ellos tres existe un acuerdo, tácito pero vinculante. Se comportarán como adultos, actuarán de forma civilizada. Es la única manera de poder continuar viviendo y trabajando juntos, de seguir siendo amigos. El dolor y el daño han de permanecer bajo la superficie para que en algún momento, con el tiempo, lleguen a descomponerse. Al menos esa es la teoría. Lo extraño es que, de los tres, es Becker quien encuentra su pequeño triángulo fastidioso y poco realista. A Helena no parece afectarle para nada, acostumbrada quizá a toda una vida de hombres compitiendo por su cariño, y Sebastian —el perdedor— ha aceptado la situación sin queja alguna. Becker es quien ganó, ¿por qué no puede superarlo?

—A mí me ha parecido un buen artículo —vuelve a decir Helena—, teniendo en cuenta a sus lectores. La parte sobre las pinturas negras está genial. ¿Qué decía? Asombrosas, extrañas... Era todo muy atractivo comercialmente. Y has hecho bien en mencionar el tema de Julian, Seb. Ese es el tipo de cosas que intrigan a la gente, ¿no?

No como sus divagaciones sobre los ensamblajes, piensa Becker con amargura, aunque ella tiene razón, por supuesto. Vender no es lo que mejor se le da a él. Vender no es la razón por la que está allí.

Mientras cenan, hablan sobre próximas exposiciones en Londres, una banda que Helena quiere ver y que va a tocar el mes que viene en Glasgow, viejos amigos, gente que Sebastian y ella conocieron cuando eran jóvenes. Las familias de ellos dos están relacionadas desde siempre: la madre de Helena fue a la escuela con Emmeline. Sebastian se muestra encantador y Becker, por su parte, silenciosamente civilizado; procura no rechinar los dientes. Helena está sentada entre ambos. A ratos es pacificadora, otras una auténtica granada de mano; puede apaciguar una situación tensa con un gesto y, de algún modo, provocar a continuación otra con una palabra o una mirada.

Cuando la charla toca el tema de Emmeline, Helena coloca la mano sobre la de Sebastian.

—Claro que le resulta imposible hablar del tema, Seb. Lo que pasó fue... inimaginable. En cualquier caso, la gente de su generación, de su clase, tampoco habla de intimidades, ¿no? No exponen sus vulnerabilidades. Para ti, en cambio, es distinto.

Sebastian se la queda mirando con una sonrisa afectuosa, y retira su mano de debajo de la de Helena mientras esta añade:

—Creo que deberías hablar con alguien.

—No estoy seguro de que a mi madre vaya a parecerle bien —contesta él, y, tras terminarse la copa de vino, niega con la cabeza como descartando un pensamiento. Se vuelve hacia Becker—. Háblanos de Eris —dice—. No me has contado nada de la bruja.

Becker pone los ojos en blanco y Helena le da una patada por debajo de la mesa.

—Vamos, Beck. ¿Cómo es?

—Haswell se mostró amable —dice—. Parecía un poco asustada. Está muy sola, supongo. La casa está bastante destartalada. Casi... desnuda. Me dio pena. —Mete una mano en un bolsillo de los pantalones y sus dedos juguetean con la piedrecita blanca que se llevó—. Nos hemos llevado muchas cosas.

—¿Le preguntaste por las obras que faltan? —inquiere Sebastian, claramente indiferente. Hielo en las venas, desde luego.

Becker exhala un suspiro.

—En realidad no tenemos ninguna prueba de que falte nada. Douglas recordaba que Vanessa le había prometido ciertas pinturas para una exposición, pero esta no llegó a celebrarse, así que...

—¡Las vio en persona! —lo interrumpe Sebastian—. Mi padre fue a Eris unos pocos meses antes de que fuera a inaugurarse la exposición y vio las pinturas en su estudio. Me lo dijo. Vio esas pinturas y decenas de piezas de cerámica destinadas a esa exposición individual. Estaban ahí. —Sebastian clava un índice sobre el tablero de la mesa—. En el estudio. Listas para ser expuestas. Esa fue en parte la razón por la que se sintió tan devastado cuando ella canceló la muestra inesperadamente. —Helena intenta interceder, pero Sebastian alza una mano—. Mira, incluso si hubiera vendido esas obras por su cuenta, resulta inverosímil que no hayamos encontrado el menor rastro de ninguna.

Becker niega con la cabeza.

—No, tienes razón. Tienes toda la razón, no es creíble. Pero eso sigue sin ser una prueba. No hay pruebas reales de nada, solo contamos con...

—La palabra de mi padre.

En el glacial silencio que se hace a continuación, Helena arrastra su silla hacia atrás. Sebastian hace amago de levantarse de su asiento, pero Helena se lo impide con un gesto. Reclinándose en su silla, Becker extiende la mano y le aprieta con suavidad la punta de los dedos a modo de disculpa.

—Yo lavaré los platos —dice.

—Ya sé que lo harás —responde ella alzando la barbilla—. Iba a preparar té. ¿Alguien quiere? O un café, o...

—Whisky —dice Sebastian. Y, estirando los brazos por encima de la cabeza, bosteza exageradamente—. Me tomaré un whisky.

Becker se levanta para coger una botella de Springbank del mueble bar.

—¿Qué hay de *División II*? —pregunta—. ¿Cuándo nos la devolverán? —Agarra la botella y regresa.

Sebastian apenas lo escucha; está mirando como Helena recoge la mesa.

—¿Sebastian?

—Está en... bueno, está en un laboratorio privado de Londres. Sus instalaciones son mejores para...

—¡Por el amor de Dios! —Becker da un fuerte golpe en la mesa con la botella.

Helena se encoge y, tras lanzarle una mirada de desaprobación, deja la taza de té que estaba sosteniendo en la encimera y sale de la habitación. Ni Becker ni Sebastian dicen nada mientras oyen como sube las escaleras y luego cierra la puerta del dormitorio de un portazo.

Sebastian alza las manos.

—Le pedí a la gente de la Tate que consultara a otro forense, tal y como tú sugeriste, y así lo han hecho. Este segundo especialista estuvo de acuerdo con el tipo que les escribió el email: cree que el hueso es humano. Una costilla humana. Así que ahora tenemos la obligación de investigar más, al menos hasta que nos hagamos una idea de lo antiguo que es. No nos queda otra.

Llegan a un acuerdo: la prueba se hará, pero Becker estará presente cuando abran la vitrina. Eso, supone Sebastian, será dentro de unas pocas semanas al menos. No es un caso prioritario.

—Tenemos que avisar a la aseguradora —le dice Sebastian.

—Y a Grace Haswell —responde Becker.

Sebastian niega con la cabeza, desconcertado.

—No es asunto suyo, Beck.

Se terminan el whisky y Sebastian le da las buenas noches. Cuando se ha ido, Becker friega los platos, recoge la cocina y lo guarda todo a excepción de la botella de whisky y un vaso. Se sirve otra copa, apaga las luces y permanece sentado a oscuras mirando el fuego menguante de la chimenea.

No le ha discutido lo de Grace Haswell, pero ahora, mientras mira las ascuas, piensa qué le diría. «Sí que incumbe a Grace. Y tú también estarías de acuerdo si hubieras hablado con ella, si la hubieras escuchado cuando hablaba sobre las huellas dactilares de Vanessa, su ADN, su aliento...»

No se lo ha discutido porque no quiere discutir con Sebastian, del mismo modo que no quiere enemistarse con

Grace. Quiere complacer a todo el mundo. Él no tiene hielo en las venas.

He aquí el quid de la cuestión: en realidad ahora ya se siente culpable, y no quiere exacerbar ese sentimiento de culpa. Se portó mal en el pasado y desea equilibrar de algún modo la balanza, aunque sabe perfectamente que es imposible. No puede viajar atrás en el tiempo. No puede regresar a su época universitaria, cuando se hizo amigo de Sebastian no porque le cayera bien —por aquel entonces consideraba a Seb uno más de esos mediocres pijos con ínfulas que pueblan la Universidad de Oxford—, sino porque sabía que era el hijo de Douglas Lennox, y que este era el galerista de Vanessa. Tampoco puede regresar a la tarde en la que, tan solo tres días después de la muerte de Douglas, Becker llevó a Helena a esta casa y pasó la tarde en la cama con ella.

Y tampoco querría hacerlo.

Pero sí puede actuar bien ahora. Puede hacer el trabajo que Sebastian le ha confiado lo mejor posible; puede esforzarse para que el museo sea un éxito y mostrar la colección como se merece; puede honrar la obra de Vanessa y la memoria de su madre.

Hará todo eso por Sebastian y por Grace, y también por Vanessa.

Diario de Vanessa Chapman

Tengo ratones.

Ratones, goteras en el tejado, tablones de la tarima podridos y humedades. La instalación eléctrica es un desastre y la fosa séptica despide malos olores.

Hacía años que no me sentía tan feliz.

La cocina Aga funciona, de modo que vivo en la cocina y trabajo fuera cuando puedo. Pinto todo el día; ayer hubo luz hasta casi las diez. Subí al Peñasco de Eris, el punto más alto de la isla. La puesta de sol fue tan extraordinariamente suave que el cielo parecía hecho de fondant: pálidos grises y suaves blancos al principio, luego rosa apagado y ámbar oscuro, así como un naranja que parecía comestible y un amarillo derretido de una tonalidad que semejaba la de un girasol de Van Gogh. Apenas podía aplicar la pintura al lienzo con suficiente rapidez. El cielo es una cosa; el mar, otra completamente distinta. El cielo desafía, mientras que el mar confunde: su agitación, su naturaleza cambiante, su ondulante oleaje, ¡su violencia!

Imposible de plasmar.

~

He estado yendo a la playa para hacer estudios del mar, con escaso éxito. Puedo captar la ola, el tirón de la corriente, la creciente marejada, pero es el momento crítico lo que se me escapa, el momento en el que las olas rompen, cuando todo ese poder almacenado se desata, ese momento de caos terrible.

Imposible.

~

Ayer hubo una tormenta muy fuerte y entró agua en la cocina y el salón por las goteras. Se produjo un cortocircuito. Ahora solo puedo usar velas. Es imposible llegar al pueblo y creo que este mal tiempo todavía durará dos o tres días más. Resulta aterrador y excitante; no he dejado de hacer bocetos. Hay algo en ellos, pero no sé qué exactamente. En cuanto intento discernir de qué se trata, se me escapa.

Tengo galletas, una botella de whisky y suficiente tabaco para dos días. Tres si voy con cuidado.

He empezado con las reparaciones de la casa: primero el tejado y también una nueva ventana en la cocina para que entre más luz. He de reemplazar los tablones de la tarima del dormitorio y arreglar las humedades. También cambiar la cocina. Y la instalación eléctrica de toda la casa.

Luego el granero. Abriré un gran ventanal con vistas al sur y ensancharé la puerta de la pared este. Ese lado quedará abierto prácticamente del todo cuando la puerta esté abierta, de modo que será como si el espacio tuviera tres paredes, con luz procedente del sur y del este y mucha ventilación.

*Acabaré gastando lo que queda del dinero de J. Pero como sacamos más de lo que pensábamos por la casa, todavía me debe quince mil. También he terminado dos cuadros que he de dar a Douglas —*Sur *y* Marea Baja*— y estoy rematando otro del granero con el bosque detrás. Le diré que saque lo que pueda por ellos.*

Las borrascas vienen y van, amenazando con llevarse volando el tejado y haciendo imposible que pueda pintar fuera. Me mantengo ocupada; no dejo de encontrar cosas en el bosque: piñas y semillas, dientes y huesos viejos. La playa también es muy provechosa. Guijarros suntuosamente redondeados de colores rosa apagado y terracota y el blanco más puro. ¡Y medusas! También conchas, claro, y algas de color óxido y del verde más chillón. Y cristales de un azul brillante. Con la marea baja puede andarse por el lecho marino casi un kilómetro mar adentro. Vuelvo a casa con los bolsillos llenos.

Me siento abrumada con tantas ideas.

La mera extensión del paisaje —celeste y marítimo— resulta estimulante. ¡El aire es tan limpio! Se presta a una estética del todo distinta. Ya no me siento asediada por polvorientos plátanos, casas y setos. Ya no me siento agobiada por los deprimentes cielos blancos de Inglaterra. Aquí el cielo es de un azul celeste milagroso o de un color plomizo amenazante, con gloriosas tonalidades naranja, melocotón y amarillo pálido.

Encargándome de las tareas pendientes. Conduje hasta Carrachan para ir al dentista. Corona colocada. Y esta tarde voy a ver a un hombre para comprarle un quad para poder transportar los lienzos colina arriba con más facilidad. El hombre de la tienda del pueblo (¿Sandy?) está intentando venderme una barca. Creo que prefiero seguir a merced de la marea. Y, en cualquier caso, no estoy segura de que llegue a reunir la valentía necesaria para llevar una barca: aquí las corrientes son aterradoras. Esa es una de las razones por las que rara vez pinto en la playa: me da miedo que la marea se me lleve.

Douglas vino el jueves y se quedó el fin de semana. Me gusta estar con él, pero es muy exigente tanto intelectual como físicamente. Quiere que considere la posibilidad de realizar una exposición individual. Teme que, viviendo aquí, termine quedando relegada al olvido... Pero no estoy lista. Quiero permitirme a mí misma disfrutar de esta sensación de vitalidad y creatividad sin tener que pensar de forma conceptual, sin tener que planear nada.

Ayer vino un periodista del Sunday Telegraph *para un artículo sobre «cómo viven los artistas». Idea de Douglas. Este no es precisamente un momento adecuado para mí: el estudio no está terminado y no tengo obras que quiera enseñar (al menos no a un periodista).*

D se queja de que me aferro demasiado a mis piezas; cree que es una cuestión de seguridad en mí misma. No lo es. Se trata de una elección. Entregaré mi obra al mundo solo cuando me sienta preparada para ello. No permitiré que me metan prisas ni que me sermoneen o me intimiden. Eso ya se acabó.

~

Mark dice que vendrá con la furgoneta la semana que viene y me traerá el viejo torno de pie de Frances.

~

He adquirido 20 kg de papel cerámico en Carrachan. El tejado todavía tiene goteras. Un hombre vino ayer a mirarlo. ¡Me pide dos mil libras por arreglarlo!

J no responde a mis cartas. Tendré que ir al sur para arrancarle el dinero de las manos al muy cabrón. No tengo ni idea de por qué está siendo tan tacaño, si Celia es asquerosamente rica; es lo que más le gusta de ella.

~

Al fin he terminado el estudio. ¡Ayer encendí el horno por primera vez!

~

Trabajo como mínimo desde el amanecer hasta la puesta de sol, y a menudo hasta bien entrada la noche. Apenas soy consciente del paso del tiempo, casi no como, casi no escribo. El trabajo me consume, no siento necesidad de nada más. Trabajar con cerámica es un placer. No siento la misma ansiedad que me embarga cuando pinto; en la arcilla encuentro libertad: nada es definitivo, nada está decidido, nada ha terminado hasta que se cuece. Trabajo casi exclusivamente en el torno; piezas altas y elegantes, esbeltas y delicadas. Estoy experimentando con el color. Mudarme aquí me ha expuesto a una nueva paleta: inspiro aire frío, vigorizante y cristalino; a veces lo siento blanco, y otras azul o violeta. Lo imagino como agujas en mis pulmones (suena violento, pero no lo es). Aquí me siento más animada y he comenzado a encontrar una fluidez de la que antes carecía.

~

D me ha enviado el artículo del Sunday Tel. *Una preciosa fotografía tomada en lo alto del Peñasco de Eris y otra en la que salgo yo, en el estudio, con cara de pocos amigos. Me describen como atractiva, malhumorada, hosca, poco comunicativa. No hablan mucho de la obra. (D dice que esto es culpa mía porque no me mostré abierta.) Citas de «amigos» (¿¿¿qué amigos???) declarando que el trabajo me consume y que nunca tengo tiempo para nada más (es decir, mi matrimonio), que soy obcecada y obsesiva. Las típicas gilipolleces que dicen sobre las mujeres que no se entregan en cuerpo y alma a la familia o, lo que es lo mismo, a la deprimente domesticidad. Y, para terminar, una frase en la que se dice que fui «una pieza fundamental en la ruptura del matrimonio de Mark Brice». Me apuesto lo que sea a que eso lo ha dicho Isobel. Menuda perra vengativa.*

No me había sentido tan cabreada desde que llegué aquí. He llamado a D y le he dicho que es la última puta vez que hablo con un jodido periodista. Después, he subido por la colina hasta lo alto del peñasco y he estado contemplando el mar y las islas. Al darme la vuelta he visto que la marea había subido. Estaba aislada del mundo, no tenía adónde ir ni había nadie que pudiera molestarme. He bajado corriendo al estudio, lo he apartado todo de la cabeza y me he vuelto a sentir serena.

Ahora, en la cocina, ya de noche, ansío crear algo que transmita esa sensación de separación de los demás, la sensación de estar aislada: limpia, dolorosa y liberadora. ¿Cómo plasmarla?

J me ha escrito hecho una furia porque he aireado nuestros trapos sucios en la prensa (¿¿¿???). Amenaza con venir aquí. He tirado su carta a la basura y he regresado al estudio. He estado trabajando todo el día y no he vuelto a pensar ni una sola vez en él.

La oscuridad llega de repente, completa e inhumana. Con la bruma no hay nada de luz salvo el resplandor, cada 23 segundos, del faro de Sheepshead.

Algunos días el sol apenas sale.

Ni luz ni sombras, y sin embargo estoy desesperada por pintar.

~

Hace poco (¿dos o tres días?) fui a mi lugar favorito del sur de la isla para terminar el cuadro de Sheepshead. Hacía un tiempo extraño: radiante cuando salí de casa, pero, para cuando lo había montado todo, el cielo era de un amarillo bastante peculiar —como si hubiera gas en la atmósfera— y el mar estaba en calma, negro y aterrador. ¡Parecía el fin del mundo! Comencé un lienzo nuevo y pinté con una sensación de urgencia que no puedo explicar, solo sé que la oscuridad y el miedo parecían arrastrarme con ellos y consumirme.

Ahora ese lienzo —completado en cuestión de horas— descansa en el cuarto de invitados y no quiero casi ni mirarlo. Es una presencia perturbadora e inquietante. Una pintura negra.

15

Sosteniendo ligeramente el cigarrillo entre los labios, Becker se frota las manos para calentarlas. Está inclinado sobre la barandilla del puente, bajo el cual el agua del río ha quedado cubierta por una fina capa de hielo. Todavía no se lo cree. ¡Una pintura negra! Y no tenía nada que ver con el cáncer ni con Julian Chapman ni con ninguna de esas cosas que se inventó Sebastian. Es una pintura del mar. ¡El mar imposible! Encontró un modo de pintarlo.

Se pasó casi toda la noche leyendo el primer cuaderno, deleitándose con él, yendo a su ritmo, tomando sus propias notas. Vanessa menciona huesos solo una vez («No dejo de encontrar cosas en el bosque: [...] dientes y huesos viejos»). ¿Por qué huesos viejos? ¿Sabía que eran viejos o solo es una figura retórica? Los huesos siempre son viejos, ¿no? La cuestión es que podría haber hallado la costilla en una de esas incursiones en el bosque, justo cuando acababa de llegar a la isla, hace ya más de veinte años, y podría haber estado en algún lugar de su estudio durante años antes de que le encontrara un uso.

(Becker se pregunta, brevemente, por los dientes. ¿Qué tipo de dientes? No podían ser humanos, ¿verdad? Al fin y al cabo, no hace falta ser un antropólogo forense para identificar un diente humano.)

En cualquier caso, ahora la cuestión de la naturaleza del hueso ya es irrelevante, ¿no? Los expertos han determinado que en efecto es humano y lo analizarán. Está fuera de su control.

En cuanto se termina el cigarrillo, se dirige a la casa principal y entra por la puerta trasera, como siempre. Nada más llegar al pasillo, se da cuenta de que la puerta de su despacho está entreabierta. Acelera el paso con los puños cerrados y una indignación que va en aumento: sí, la casa es de Sebastian, pero debería tener derecho a cierta privacidad en su espacio de trabajo. Abre la puerta de golpe con intención de provocar una reacción.

Al otro lado del escritorio lady Emmeline lo mira fríamente. Sobre el escritorio hay un montón de hojas repletas de notas escritas con lápiz fino y tinta azul: el contenido de la carpeta que llevó consigo de Eris.

—¿Está planeando exponer esto? —pregunta ella.

—Pues... algunas cosas, sí —responde Becker—. Todavía no he tenido tiempo de leerlo todo. Hay mucho material y...

Con expresión afligida, ella alza una mano para indicarle que se calle y cierra un segundo los ojos.

—¿Qué es lo que encuentra tan interesante en la señora Chapman? —pregunta ella mientras gira ligeramente la cabeza, de tal forma que su rostro queda oculto—. Sebastian me comentó que le recordaba a su madre, ¿es eso cierto? —Muy despacio, se vuelve de nuevo hacia él con una mueca en los labios que deja a la vista sus dientes—. También murió de cáncer, ¿no?

—S-Sí, así es. —Becker tartamudea un poco—. Yo todavía era niño cuando...

—¿Y también era una puta?

Becker se queda callado, presa de la estupefacción. Emmeline rodea el escritorio y, sin apartar la mirada de él, se dirige hacia la puerta.

—Si en el curso de su trabajo aquí como conservador decide hacer algo que pueda humillarme, señor Becker, me aseguraré de que pague por ello. ¿Lo comprende? Y si piensa que una anciana como yo es incapaz de causarle daño alguno, debe saber que está muy equivocado.

La mujer pasa por su lado y él percibe su perfume L'Air du Temps mientras oye el ruido de sus tacones alejándose sobre las baldosas de mármol. Por un momento, Becker es incapaz de moverse.

Se siente como si le hubieran dado una bofetada, y le avergüenza darse cuenta de que está al borde de las lágrimas. Tras cerrar la puerta del despacho, se dirige rápidamente a su escritorio y, apoyando las manos en el tablero, aspira una profunda bocanada de aire. Luego extiende una mano y coge la carta que Emmeline estaba mirando cuando él ha entrado y le da la vuelta para poder leerla.

Noviembre de 1999

Vanessa:

Desde tu última visita soy incapaz de pensar en otra cosa que no seas tú. Ahora mismo, dejaría que mi esposa y mi hijo perecieran en un edificio en llamas a cambio de poder estar contigo otra vez y pasar una noche contigo, una hora. Solo puedo pensar en tu lujuriosa boca y en tu delicioso coño.

Tengo que verte.

Douglas

Becker nota que se sonroja. Tira del cuello de su camisa, abochornado, como si ahora Emmeline y él compartieran un sucio secreto. Rodeando el escritorio, se sienta en su silla y comienza a recoger los papeles que la mujer ha desperdigado, procurando colocarlos en orden. Mientras los mete de nuevo en la carpeta, ve una carta que Vanessa escribió a su gran amiga Frances Levy, otra de un cliente potencial, un boceto del estudio y una nota escrita en un papel con membrete de la Glasgow Modern Gallery de Douglas Lennox, escrita en la picuda letra de este:

Debería rajarte el puto cuello por lo que me has hecho

16

Becker yace en la cama junto a Helena. Tiene la mano derecha en su cadera y los labios pegados a su nuca. Huele fuerte, «casi demasiado», piensa él, y sonríe en la oscuridad. Ella alza una mano y la coloca sobre una pierna de él, rozándole el muslo con las uñas.

—Esta mañana me he encontrado a Emmeline en mi despacho —dice él.

—¿Ah, sí?

—Ha llamado «puta» a mi madre.

—¡¿Qué?! —Helena se aparta y, tras darse la vuelta, se incorpora sobre un codo.

Él hace una mueca.

—Bueno, no ha sido exactamente así. En realidad ha llamado «puta» a Vanessa y luego me ha preguntado si mi madre también lo era.

Helena niega con la cabeza, sin dar crédito.

—Eso es horrible, Beck. Esa mujer... En realidad creo que está perdiendo el juicio.

Becker se coloca bocarriba.

—No sé —contesta—. Cuando he llegado, estaba echándoles un vistazo a algunos de los papeles que me dio Grace Haswell. Ha encontrado una carta de Douglas a Vanessa. Una carta... explícita.

—¿En serio? —Helena pone una pierna sobre la de él—. ¿Cómo de explícita? —le susurra al oído.

Becker se ríe y ella vuelve a tumbarse, apartándose el pelo para poder apoyar la cabeza en el hombro de su marido sin pillárselo.

—Está claro que no debe de haber sido una lectura agradable —continúa ella—, pero tampoco creo que la haya cogido por sorpresa. Por lo que me han dicho, Douglas no era muy discreto. Y Vanessa ni siquiera era su única amante. Era un tipo tremendamente infiel.

—Supongo que en realidad deberíamos sentir lástima por ella —dice Becker—. Todo este asunto debe de resultarle humillante.

—Puede ser —murmura Helena—. Pero tampoco es culpa tuya, ¿no? Ni de tu madre.

—No, claro.

Becker se queda mirando la grieta del techo que comienza en un rincón. Ha estado siguiendo su zigzagueante recorrido hacia el centro del dormitorio desde que se mudó a esa casa tres años atrás. Debería hacer algo al respecto, piensa, llamar a alguien para que lo mirara. Si tarda demasiado, el techo podría caérseles encima.

—¿Ha sido siempre así Emmeline? —pregunta, pero

Helena no contesta; en vez de eso, cambia de posición entre sus brazos y su respiración se ralentiza y se vuelve más profunda. Él sigue despierto un largo rato oyendo la suave respiración de su esposa y con la vista clavada en la grieta del techo, rezando para que el tejado no esté a punto de desplomarse.

17

Grace está sentada a la mesa de la cocina con una pila de correspondencia delante. Son casi las dos de la madrugada; el té que ha hecho hace una hora sigue en la tetera. Lo ha dejado reposar demasiado y ya se ha enfriado. Dentro de una hora, la marea subirá y ella se irá a la cama, pero por ahora continúa con su trabajo, leyendo, analizando y ordenando las cartas en pequeñas pilas.

Oye un repiqueteo en las ventanas y levanta la mirada. La oscuridad fuera es total, pero sabe que se acerca una tormenta. Toma nota mental de cerrar los postigos de la fachada sur de la casa (es la que más sufre las arremetidas del viento) y también de asegurarse de que las puertas del estudio están bien cerradas.

Tras colocarse una manta sobre los hombros, sigue leyendo la carta que tiene delante. Es una que Vanessa le escribió a Frances Levy, una amiga artista, y forma parte de la correspondencia que la hija de Frances, Leah, le entregó a Grace cuando su madre murió de covid el año pasado. Grace está ordenando cronológicamente las cartas en base a las distintas declaraciones y respuestas que consigue identificar: una conversación de veinticinco años centrada casi de forma exclusiva en el arte que ambas estaban creando, Frances en Cornualles y Vanessa en Oxfordshire y luego allí arriba, en Eris.

VANESSA: *¡Para mí lo más importante ahora es la pintura! Desde que me rompí la muñeca soy mucho más consciente de la materialidad de la pintura. Adoro esta sensación de usar el lienzo de un modo más escultural. Aunque a veces me pregunto si todo este cambio, esta constante metamorfosis, no hace que la obra parezca incoherente.*

FRANCES: *Desarrollar un lenguaje estético del mismo modo en que un escritor cultiva una voz, ¿no es eso a lo que aspiramos? Tu paso de la figuración a la abstracción y luego de vuelta a la figuración es algo que forma parte de tu lenguaje, y está bien que a veces se transforme, que se desarrolle; al fin y al cabo, debemos cambiar si queremos seguir siendo relevantes.*

VANESSA: *No me preocupa la relevancia. ¡No me interesan las camas sin hacer ni los tiburones cortados por la mitad! Aun así, estoy en constante movimiento, como la arena de la playa. Creo que lo que haces debería estar influido por el lugar en el que lo haces, así como por cómo lo haces y con qué. Cada día me despierto y me siento entusiasmada por estar aquí: separada de la tierra firme por el mar, hablando el lenguaje de la naturaleza y la marea, no el de la política o el de la sociedad humana.*

Grace aprieta los dientes. Las cartas están escritas en lo que ella llama la «voz artística» de Vanessa, la voz pretenciosa que usaba para impresionar a aquellos que consideraba superiores socialmente y que nunca adoptaba con ella. La mayoría de la correspondencia con Frances le parece incomprensible o banal. ¿Cómo podían tomarse tan en serio? ¡Se dedicaban a pintar cuadros, por el amor de Dios, no a curar el cáncer! Aun así, supone que a Becker todo esto le resultará apasionante, de modo que coloca las cartas sobre arte en la pila de papeles destinados a Fairburn. Otras, aquellas en las que la vida —aventuras amorosas, amistades, enemistades— se inmiscuye, las coloca en otra pila, la «privada».

Frances: Dora ha venido a verme. Mark y ella han vuelto a separarse. Estaba muy alterada y me ha pedido que intercediera en su favor y te pidiera que pusieras fin a lo tuyo con Mark. ¡Yo le dije que no tenía ningún control sobre ti! Aun así, si Mark no es importante para ti (como amante, quiero de-

cir, ya sé que como amigo sí que lo es), rompe con él. No prolongues vuestra aventura ni dejes que él vuelva a ti. Ella está deshecha. Era desagradable y triste de ver. El bebé solo tiene ocho meses. Me temo que Dora no lleva muy bien la maternidad.

VANESSA: *Frances, ya sabes que esto de Mark no es cosa mía. Rompo con él una y otra vez (he vuelto a hacerlo) y él sigue volviendo a mí. Me da pena Dora. Siento que esté sufriendo. Pero creo que el problema lo tiene con Mark, no conmigo. Me apena saber que le está costando criar al bebé, soy incapaz de imaginarme cómo debe de ser eso. Siempre me he sentido agradecida de que no pudiera quedarme embarazada cuando Julian quería tener hijos. Siempre me ha parecido que la familia es la antítesis de la libertad.*

A Grace le sorprendió que Leah le entregara las cartas. ¿Acaso no quería conservar las cartas de su madre? Las guardó aparte, pensando que tal vez Leah había actuado apresuradamente, algo habitual en quienes están pasando un duelo, y que quizá cambiaría de opinión más adelante y le pediría que se las devolviera, pero no lo ha hecho. Al leerlas ahora, Grace cree que comprende la razón. Leah apenas aparece mencionada, y cuando lo hace solo es una posdata. O peor.

FRANCES: ¡Estás equivocada con lo de la familia! Se puede ser madre y libre. ¡Y también trabajar! Mira a Hepworth. (Aunque, si he de ser sincera, a veces me pregunto por qué nosotros tuvimos más. ¡Un hijo ya es suficiente! ¿Para qué estirar más de lo necesario el amor?)

Leah es la más pequeña de tres.

Grace deposita la carta en la pila de las «privadas». Al reparar en su nombre mencionado hacia el final, sin embargo, vuelve a cogerla.

FRANCES: ¿G sigue ahí todo el tiempo? Has de tener cuidado, V, ya sabes que tienes tendencia a atraer parásitos. Imagino que le resultas muy glamurosa. Su vida debe de ser muy deprimente, todo el día repartiendo antibióticos y regañando a la gente por fumar y beber demasiado. ¡Qué triste! Supongo que deberíamos sentir lástima por ella.

Grace cierra los puños con fuerza, arrugando el papel de la carta. Con un resoplido de impaciencia, vuelve a alisarla, presionándola en el tablero de madera con el pulpejo de la mano. Ha sido una idiotez permitir que la irritara así, pero... ¡«Repartiendo antibióticos»! Menuda ridiculez. Sí, en su consulta había toses y resfriados, pero también un pescador que pudo seguir usando la mano derecha gracias a la pericia y la rapidez mental de Grace, o una niña de tres años que acudió a ella para que le administrara la vacuna triple vírica y la derivó a un especialista renal. Si no llega a ser por Grace, lo más seguro es que su cáncer, poco común, hubiera permanecido meses sin diagnosticar, y posiblemente no lo habrían pillado a tiempo. Esa niña se casó el año pasado y ahora espera un bebé. *Ella* es el legado de Grace. ¿Qué ha dejado Frances? ¿Cuencos de cerámica?

Grace pasa a la siguiente carta en la secuencia y, al leerla, nota como el corazón se le hincha en el pecho y las lágrimas acuden a sus ojos.

> VANESSA: *No creo que debas sentir lástima por G. ¡Es una persona con una vida real, un trabajo auténtico! Está arraigada en esta comunidad de una manera inalcanzable para mí. Es algo que le envidio. La gente confía en Grace. ¡Yo confío en ella! No es para nada un parásito. Es una buena amiga. Agradezco su falta de interés por el mundo artístico; para ella, todo eso no son más que gilipolleces pretenciosas y (en su mayor parte) tiene razón. Nos llevamos muy bien, y si (o cuando) necesito estar sola, se lo digo. Nunca supone un problema.*

Llena de orgullo, Grace deja la misiva en la pila de cartas que quiere que Becker lea. Así verá cómo la quería Vanessa, y también cuán fundamental fue su papel en la historia de la artista. Tras un momento de vacilación, coge la carta en la que Frances menciona a sus hijos de la pila de cartas privadas y la añade a la que entregará a Becker.

Hay otro montón de cartas listo para repasar, las cartas de Carlisle, como las llama ella, pero todavía no se siente del todo preparada para hacerlo, de modo que opta por revisar las fotografías. No tiene ningún problema con deshacerse de muchas de ellas: la mayoría son instantáneas que Vanessa tomó de la isla. Aunque no le gustaba pintar a partir de ellas, le servían de referencia o para recordarle cómo era la luz en un momento o día determinado.

Unas pocas fotos se remontan a su vida en Oxfordshire (en ellas se la ve en fiestas, sobre todo junto a grupos de personas ataviadas con ropa elegante que sostienen bebidas en jardines), y también hay unas pocas instantáneas tomadas allí en Eris: Frances, Mark y algunos otros amigos «del mundillo», una muy poco favorecedora de Grace sentada rígidamente en el banco con vistas a la playa, y otra de Douglas y Emmeline Lennox fechada en 1999.

En la fotografía, los Lennox están bronceados y tienen un aspecto glamuroso, ambos con gafas de sol, fumando, apoyados en el capó del Aston Martin de Douglas. Entre ambos puede observarse un rifle. Grace cree recordar que luego iban a ir a algún sitio a cazar. A Emmeline le gustaba disparar; una tarde dio una vuelta por la isla y regresó con dos conejos que posteriormente cocinaron a la cazadora. Los despellejó ella misma.

Mientras Vanessa le enseñaba a Douglas las piezas en las que había estado trabajando, Grace ayudó a Emmeline a preparar el guiso cortando cebolla, apio y zanahorias mientras escuchaba como se quejaba de sus empleados y de los senderistas que pululaban por su hacienda. El fin de semana anterior, le explicó a Grace, había matado de un disparo a un perro que estaba molestando a las vacas.

—Qué horror —dijo Grace.

Las comisuras de los labios de Emmeline se curvaron hacia abajo.

—Era de unos excursionistas —comentó ella encogiéndose de hombros y con un marcado acento de clase alta, recuerda Grace—, lo habían dejado suelto. Iban con un niño que no paraba de llorar. Menudo escándalo. Ni que hubiera disparado a su madre.

A Grace esa mujer le desagradó profundamente. Recuerda estar limpiando las patatas, con la piel de los nudillos pelada y rojiza, y el placer que obtuvo al pensar en ese momento que lo más probable era que Vanessa no estuviera ni mucho menos enseñándole a Douglas su trabajo.

Coge la fotografía y la mira con detenimiento, examinando la expresión de Emmeline, la firme línea que describe su boca y la ligera elevación de su barbilla. Recuerda la consternación en el rostro de la mujer cuando Douglas y Vanessa regresaron del estudio para cenar, tarde, con la ropa desaliñada y apestando a sexo. Grace recuerda como su engreimiento se disipó como si fuera humo.

Se levanta justo antes de las nueve y descorre la cortina para que entre la luz. La ventana está salpicada de gotas de lluvia y unas cuantas nubes motean el suave cielo. Abre la ventana y, al asomarse, puede saborear la sal en la lengua. Los mojados helechos cobrizos resplandecen en la ladera de la colina, y el verde profundo y apagado del bosque es como una invitación.

Se viste con rapidez y sale de casa antes de convencerse a sí misma de no hacerlo. El último año ha engordado y cada vez está menos en forma; tiene que hacer algo al respecto. El mero hecho de vivir sola en la isla requiere cierto nivel de aptitud física.

La marea está retrocediendo y el agua de la bahía parece un enguijarrado. En el extremo opuesto de la carretera divisa una figura a pie. A esta distancia no puede distinguir de quién se trata, pero parece cargar con algo. ¿Un cubo, tal vez? Un recolector de mejillones.

Le da la espalda al mar y comienza a subir la colina, alarmada por la rapidez con la que se queda sin aliento. Nunca ha sido esbelta, pero sí fuerte (una vez un hombre le dijo que tenía manos de carnicera y unas piernas con las que podría arrancar a pedal un *jumbo*). La pendiente que conduce al bosque es empinada, pero solía subir con Vanessa —más alta y delgada y con piernas mucho más largas— y podía mantener su ritmo. Ahora se detiene cada veinte pasos más o menos, respirando dificultosamente y con gotas de sudor resbalándole entre los pechos y por la parte baja de la espalda.

En la cima de la colina se encuentra el estudio, luego hay una pequeña arboleda y, más allá, otra pendiente más gradual que conduce al bosque. Este está descuidado y es oscuro como una cueva, e igual de frío, y está impregnado de un intenso olor a moho. Al adentrarse en él, el sonido del mar enmudece y solo pueden oírse los siniestros crujidos de los viejos pinos y los graznidos de las gaviotas.

Grace sigue adelante a paso constante. El sendero serpentea en dirección norte, hacia el centro del bosque, y después tuerce bruscamente hacia el suroeste, ascendiendo de nuevo. Acaba de dejar atrás esa curva cerrada cuando, con el rabillo del ojo, distingue algo de un intenso color rojo. Suelta un grito ahogado y el corazón se le acelera. No es nada, no es nadie. Es solo una lata de Coca-Cola. ¡Por el amor de Dios! Aprieta los dientes y va a recogerla. Los excursionistas suelen llevarse su basura, pero no siempre. A veces acuden chavales a esnifar pegamento, gasolina o cualquier otra cosa con la que hayan podido hacerse. No es tan frecuente en invierno.

Lleva consigo la lata hacia el extremo occidental del bosque, donde tiempo atrás dos enormes troncos que unas tormentas tiraron abajo hace ya casi treinta años obligaban al sendero a dar un extenso rodeo. Con el tiempo los troncos se pudrieron, pero esta parte del bosque sigue teniendo un aspecto distinto: el hueco dejado por las copas de los árboles permite que pase la luz, de modo que en el claro crecen pequeñas plantas y arbustos: olmos de montaña, acebos e inhospitalarios majuelos, cuyas bayas relucen cual gotas de sangre. La tierra bajo sus pies es firme y permanece inalterada. Grace se mete entre las hojas, se agacha y, tras acercar una mano al frío suelo, acaricia la superficie con los dedos. El frío y húmedo olor del matorral despierta el recuerdo de una acampada, una noche en la que durmió bajo las estrellas. Otra vida.

Con cierta dificultad, se yergue de nuevo y da media vuelta. Desciende rápidamente la colina en dirección a casa. No es hasta que ha pasado el estudio cuando divisa a alguien sentado en el banco con vistas a la playa. Es el recogedor de mejillones. Un niño ataviado con una chaqueta reflectante y con un cubo azul a los pies.

—¡¿Hola?! —exclama ella con vacilación. No siente ningún deseo de lidiar con un niño perdido. Pero Grace advierte entonces, aliviada, que no se trata de ningún niño. Es Marguerite. El arrugado rostro de la anciana esboza una sonrisa. Se levanta del banco y coge su cubo.

—*Allo!* —La anciana va ataviada con un delantal y unas botas de agua Wellington. La chaqueta reflectante engulle su menuda figura. Alza el cubo para mostrarle a Grace una pequeña colección de mejillones y unas pocas algas—. ¿Quiere un poco? —pregunta con los ojos abiertos y expectantes.

—No, no —dice Grace negando con la cabeza—. No quiero, gracias.

—¿No le gusta?

Grace niega con la cabeza. Le gustan los mejillones, pero se lo pensaría dos veces antes de comer algo recogido en la costa; no hay día en el que no salga una noticia sobre algún vertido de aguas residuales al mar.

—Menuda chaqueta tan vistosa que lleva —opina Grace. Marguerite suelta una risita—. Aunque no parece que abrigue mucho. —Marguerite niega entonces con la cabeza mirándola por debajo de las pestañas medio cerradas, como si la hubieran pillado haciendo algo que no debía—. ¿Le apetece una taza de café? —pregunta, y, tras asentir con otra sonrisa, la anciana avanza a su lado en dirección a la casa.

Marguerite está ya en la setentena, pero a diferencia de Grace se mantiene esbelta y ágil, y tiene los bronceados antebrazos delgados y musculosos. Deja el cubo fuera de la puerta y, tras quitarse las botas de agua, entra en la casa con los calcetines empapados. Los ojos se le encienden cuando ve la mesa repleta de pilas de papeles; después de unos pocos intentos de evitar que coja cosas y las ponga en el lugar equivocado, Grace se rinde y opta por ir a preparar el café mientras Marguerite se maravilla ante distintos bocetos y fotografías, sonriendo ampliamente a Grace cuando reconoce algo o a alguien.

De repente se detiene y mira a Grace con una expresión seria.

—Hay un hombre en el puerto —dice con solemnidad—. Está vigilándola.

¿En el puerto? Grace se acerca a la ventana y coge los prismáticos que descansan en el alféizar.

—¿Ahora? —No hay ningún coche aparcado junto al muro del puerto, no ve a nadie.

—*Non, non, il y a deux jours.*

—En inglés, Marguerite —pide Grace, volviendo a dejar los prismáticos donde estaban—. Si no, no la entiendo.

—Hoy no. —Marguerite niega con la cabeza—. Hace dos días, quizá tres, cuatro o cinco. Un hombre. Vigilando, esperando.

Grace asiente.

—No pasa nada, solo era alguien que necesitaba hablar conmigo.

Marguerite debe de referirse a Becker, aunque tal vez no. Hace ya años que empezó a perder el juicio. Al principio poco a poco, pero últimamente su demencia ha ido a más. Casi dos años de aislamiento a causa del confinamiento no deben de haber ayudado. Teme a los desconocidos y mezcla recuerdos: personas de una determinada época aparecen en otra.

—No tiene por qué preocuparse —dice Grace—. Vino a verme, pero ya se ha marchado.

—¿Él regresa?

—Sí, quizá...

—¡Oh! —Las lágrimas acuden a los ojos de Marguerite mientras juguetea sin parar con las puntas de su pelo.

Grace se sienta a su lado

—No pasa nada, Marguerite. No es un hombre malo. No tiene por qué tener miedo de él. No tiene por qué tener miedo de nada.

—Sí —contesta ella al tiempo que niega con la cabeza—. Sí, sí.

—No es... No es Stuart. Stuart no regresará.

—No —dice Marguerite. Las lágrimas caen por sus mejillas; se las enjuga con las puntas de los dedos—. Pero ¿quizá sí? *On ne sait jamais*. Nunca podemos saber.

Grace coge una de las manos de Marguerite y le aprieta ligeramente los dedos.

—Sí que lo sabemos, Marguerite. Ya se lo he dicho. No regresará. —Stuart era el marido de la anciana; hace veinte años que no lo ve, pero aún la aterroriza—. Vamos, siga mirando las fotografías. —Grace le acerca una caja de zapatos llena de fotografías desordenadas—. Écheles un vistazo a estas mientras voy a buscar el café.

Marguerite hace lo que le han dicho sin dejar de hablar para sí en voz baja y posiblemente en francés, pues Grace no entiende ni una sola palabra. Grace prepara un café fuerte —sabe cómo le gusta a Marguerite— y, tras colocar una taza y el cuenco de azúcar delante de la anciana, observa divertida que esta se sirve cucharaditas de azúcar en el café, una, dos, tres...

—Ya basta —dice Grace riendo al tiempo que coloca la mano sobre la de la anciana.

Marguerite suelta una risita. Tras soplar la bebida para enfriarla, le da un sorbo y sonríe.

—Bueno —afirma—. Muy bueno. —Le da otro sorbo mientras balancea las piernas bajo la silla y mira a su alrededor, ladeando la cabeza como un zorro que aguza el oído para oír a su presa—. ¿Dónde está su amigo?

—¿Mi amigo? ¿Se refiere a Vanessa?

—Sí —responde Marguerite—. ¿Dónde está?

—*Mi amiga* ya no está, Marguerite. Hace tiempo que falleció, ¿recuerda? Vino a su funeral. —La sonrisa desaparece del rostro de Marguerite—. Estuvo muy enferma durante mucho tiempo, y luego murió.

—*Ah, non.*

Vanessa siempre tenía tiempo para Marguerite y era amable con ella sin llegar a entrometerse jamás en su privacidad. Uno de los dones de Vanessa, saber cómo darle a la gente lo que necesitaba.

Ahora Marguerite vuelve a estar llorosa, y esta vez los intentos que hace Grace para distraerla con más fotografías y bocetos son infructuosos.

—Pero ¿dónde está su amigo? —insiste Marguerite frunciendo el ceño.

Así son las cosas. Siempre hay otra pregunta, otro amigo, otro hombre, otra cosa u otra persona a la que temer. Y, un momento después, ya se ha olvidado de todo.

Cuando Grace se ofrece a llevarla en coche a casa, Marguerite lo rechaza.

—Es bueno para mí —dice con una amplia sonrisa y moviendo exageradamente los brazos y los pies como si caminara—. ¡Así me mantengo joven! —Su implante dental de porcelana, reemplazo del incisivo que perdió años atrás, está descolorido a causa de la nicotina y el café; le da una apariencia descuidada—. Gracias, gracias —canta besando a Grace en ambas mejillas—. Gracias, gracias, gracias. —Y se marcha camino abajo hacia el mar haciendo balancear el cubo y canturreando «gracias» al viento.

De vuelta en la cocina, Grace ordena otra vez las pilas de cartas y fotografías y echa un vistazo rápido a las instantáneas de la caja de zapatos, la mayoría de las cuales difícilmente interesarán a nadie. Becker puede quedárselas.

Y, por fin, decide ponerse con las cartas de Carlisle: las que ella y Vanessa se escribieron la una a la otra en un periodo de dieciocho meses en el que Grace dejó la isla y aceptó un puesto de médica suplente en el norte de Inglaterra, al año siguiente de la desaparición de Julian.

Estas no le resultan fáciles de leer.

Enero de 2003

Querida Vanessa:

No estoy diciendo que comprenda cómo te sientes, claro que no. ¿Cómo podría? No puedo fingir que comprendo que te pasaras horas describiéndome sus defectos, sus infidelidades, sus manipulaciones, sus engaños, y luego le dieras la bienvenida a nuestra casa tal y como hacías, llevándotelo a la cama y haciendo planes para viajar con él a Marruecos o a Venecia o adondequiera que estuvierais planeando escaparos. Pero eso ahora ya no importa, ¿verdad?

Ahora nada de eso importa, mi única preocupación eres tú y tu felicidad. Ya sabes que te quiero mucho, y que haría cualquier cosa por ti, lo cual incluye dejarte en paz si eso es lo que deseas. Pero me preocupa muchísimo que estés ahí sola. Sé lo mucho que puedes llegar a asustarte. Si me necesitas, avísame y regresaré, a Eris y a ti.

Con todo mi cariño,

Grace

Leyendo esto, a Grace le sorprende que consiguiera mostrarse tan racional, tan resignada. Cuando lee la respuesta de Vanessa es como si una herida se hubiera abierto en su pecho y por ese amplio agujero ahora entrara dolorosamente el viento sibilante.

No sé cómo responder a tu carta, solo puedo decirte que no quiero que regreses a Eris. Sabes cosas que no deberías saber, y ya no sé cómo comportarme cerca de ti. Espero que comprendas lo que quiero decir.

Hay más, pero Grace no se siente capaz de leerlo. Le da la vuelta a la hoja y coge otra carta, una que apenas contiene unas pocas palabras.

Te necesito. Ven, por favor.

También hay unas cuantas notas posteriores, breves listas de la compra que Vanessa iba dejando por ahí: solicitudes de más paracetamol, más whisky, naranjas, cigarrillos; algunos bocetos pequeños de la vista desde la ventana de la cocina, las nubes, una idea para un jarrón, garabatos divertidos de focas tomando el sol en la playa, curvadas como cruasanes y con las aletas alzadas como si saludaran alegremente.

Al mirar todos estos papelitos, Grace se siente agradecida con su yo más joven, la que supo que no debía tirar nada, que debía guardar cada trozo de papel, atesorar cada palabra que su amiga escribió. Hacia el final, Vanessa dejó de dibujar por completo y sus notas se volvieron esporádicas y, a menudo, incomprensibles. Las pegaba al frigorífico o simplemente las tiraba al suelo para que Grace las recogiera, meros trozos de papel cubiertos en una letra apretada y apenas legible:

por favor ayuda por favor ayúdame grace por favor ayúdame

Diario de Vanessa Chapman

He estado pensando en lo que Frances dijo tiempo atrás sobre lo de desdibujar la frontera entre abstracción y representación; en su momento me pareció que estaba siendo obvia o incluso trivial, pero en cierto modo tiene razón: eso es lo que busco. No tener ataduras. Aunque quizá no pretendo tanto desdibujar como disolver las líneas divisorias entre abstracción y figuración, orgánico e inorgánico, ordinario e insólito.

Así que he estado trabajando en crear un nuevo objeto hecho con algunos de los fragmentos de cerámica rota, un recipiente. No todas las piezas provienen del mismo objeto roto, estoy creando algo nuevo, irregular, insólito; un cuenco que no es un cuenco, un jarrón que no es un jarrón. Estoy pensando en suspender algunos objetos encontrados, de tal forma que tengan una relación directa con el recipiente pero no estén contenidos por él. Vendrá a ser una especie de escultura, supongo. Es difícil de explicar, pero estoy comenzando a verlo. No dejo de dibujar bocetos.

Las formas suspendidas serán estáticas y podrán ser vistas, apreciadas e interpretadas desde distintos ángulos, de manera que la forma del todo cambie.

El espacio entre los objetos es tan importante como los objetos mismos, la sombra tan importante como la luz.

He tenido una idea: ¿¿¿y si lo encierro todo en cristal??? Pero tengo la mente dividida. Me gusta la distancia que crea, pero me pregunto si no provocará asimismo una pérdida de inmediatez. Una pérdida de conexión.

Aunque ¿con quién estoy conectando al fin y al cabo? No tengo planes de exhibir nada. ¿Quién lo exhibiría por mí?

He quemado todos mis puentes y la marea ha subido.

He terminado División.

El pasado viernes fui al vidriero a recoger el cristal y ayer lo monté todo. Tardé mucho en conseguir que todas las piezas estuvieran dispuestas correctamente, me costó que se mantuvieran en su sitio. Pero esta vez disfruté mucho del proceso, sentí que estaba creando algo en lugar de solo reparándolo.

Disfruté mucho sopesando en mis manos cada uno de los objetos, sintiendo cómo tiraban del filamento, estimando la masa de un objeto en relación con otro.

Para cuando terminé, ya era muy tarde, y cuando estuvo todo listo y el cristal colocado en su lugar, retrocedí un paso y me sorprendí a mí misma volviéndome a un lado, como si le preguntara a alguien: «¿Y bien? ¿Qué te parece?». Pero ahí no había nadie. Ni Julian, ni Douglas, ni Frances, ni Grace. ¡Ni siquiera la luna! Solo una isla a oscuras. Me sentí muy triste.

Bajé a casa y me bebí yo sola una botella entera de whisky a modo de consuelo/celebración.

Al menos me gusta la pieza. Todo lo demás que he hecho recientemente me parecía un fracaso. Así pues, ¡progreso! La próxima vez, sin embargo, quizá debería intentar otra cosa. ¿Una obra a una escala más grande? ¿Más compleja? Es algo a considerar. ¡Una nueva dirección a explorar! El trabajo creativo es un lastre tremendo contra la desesperación. Por el momento, debo contentarme con mi propia valoración, con estos brotes verdes. Sé que esto no durará.

La marea no puede ser alta para siempre.

¿Verdad?

Suerte que es verano, porque creo que ahora la oscuridad del invierno podría matarme.

Sueño continuamente con Julian, con su hermoso rostro y su crueldad.

He recibido otra carta de Isobel. Está muy enfadada conmigo. No sé cómo responder a su enojo, no ha contestado a nada de lo que le decía en mi carta, me pregunto si la ha leído siquiera.

Sueño con Julian tan a menudo que se me ocurrió tratar de pintarlo, ver si así podía exorcizar el fantasma. Cuando lo intento, ya no consigo visualizarlo.

Quizá no merezco hacerlo.

Anoche cayó la niebla acompañada de lluvia y envolvió completamente la isla. Es tan espesa que ni siquiera puedo ver el mar desde la ventana de la cocina. He esperado y esperado a que se disipara, pero no lo ha hecho, así que, desquiciada, he ido a pasear por el bosque. Era inquietante y aterrador, la bruma se cernía entre los árboles como un fantasma. No podía dar más que unos pocos pasos sin echar la vista atrás, segura de que había alguien ahí.

A veces imagino cosas realmente terribles.

~

He encontrado un esqueleto de pájaro perfecto. Pequeño, puede que de herrerillo, o de gorrión. He ido a buscar una caja para meterlo dentro y lo he llevado de vuelta al estudio. No tengo ni idea de qué hacer con él, pero estoy entusiasmada. Últimamente me siento muy estimulada por pensamientos relativos a la muerte.

~

Por alguna razón, no paro de pensar en la ocasión en la que me rompí la muñeca. ¡Ese crujido! La impresión de blancura, de mi mente aclarándose. La claridad que proporciona el dolor.

El dolor es claro; la aflicción, oscura.

La soledad también es esclarecedora y reveladora.

El amor, como la aflicción, encubre.

Crear a partir de la destrucción requiere valentía, es un acto de voluntad, es violento, como la esperanza.

He descubierto un bulto pequeño y duro en mi pecho derecho. Es rígido, casi como un pedacito de cartílago bajo la piel. Debo ir a que me lo miren, pero no me gusta el médico que han traído para reemplazar a Grace. Es joven y taimado, y la última vez que fui a verlo no miró mi cuerpo como un médico mira a un paciente, sino como un hombre mira a una mujer.

18

Becker se echa hacia atrás como si hubiera recibido un golpe. ¿Es esto? ¿El inicio de la enfermedad de Vanessa? Por primera vez desde que ha comenzado a leer sus cuadernos, tiene la sensación de estar inmiscuyéndose en su intimidad. No se trata solo de la impresión de estar echándole un vistazo furtivo a su diario privado, de estar fisgoneando algo profundamente personal, es algo peor: sabe algo que la autora desconoce, ha visto el terrible final antes de que ella haya podido siquiera concebirlo.

Deja el diario. Es tarde, pasada la medianoche, la cabeza le zumba a causa del cansancio y, sin embargo, sabe que no podrá dormir. Está solo e inquieto. Helena se ha marchado a Londres. Ha sido un viaje repentino, pero no del todo inesperado. Su hermana está teniendo una de sus periódicas crisis de pareja durante las cuales Helena suele ser convocada para que la aconseje y consuele. Y para conspirar. Son uña y carne esas dos.

Ya se había marchado para cuando Becker ha llegado a casa por la noche. Él había tenido que ir en coche hasta Penrith para echarles un vistazo a un par de esculturas en las que Sebastian está interesado (que estaban muy bien, pero el vendedor pedía demasiado por ellas) y luego, de vuelta a casa, una excavadora se ha soltado de sus amarres y ha caído del remolque del camión que la transportaba en la M6. Milagrosamente, nadie ha sufrido ningún daño, pero ha añadido dos horas a su viaje.

Al llegar a casa ha encontrado una nota:

¡Crisis en Chelsea! Seb me acompañará a la estación. Nos vemos el sábado. Besos.

Ahora se siente nervioso y frustrado. ¿De veras su hermana la necesita? El mes que viene habrá otro novio, y otra ruptura uno o dos meses después.

Coge su copa de vino y se la lleva a los labios. Está caliente y sabe amargo. Tras ponerse de pie, lo vierte en el fregadero, enjuaga la copa y la llena con agua del grifo. Le da un largo trago mientras mira su reflejo en la ventana. Tiene un aspecto pálido y los ojos hundidos en las cuencas. Se da la vuelta y regresa a la mesa, y ve que unas cuantas páginas del cuaderno se han pasado solas. Ahora está abierto en una que todavía no ha leído.

Frío, una ligera neblina se ha extendido por la isla, el mar está inquieto.

Caminando por el bosque esta mañana he encontrado un hueso pelado.

Si creyera en señales, si creyera en fantasmas, Becker pensaría que la misma Vanessa estaba sentada en la habitación con él y había pasado la página sobre su enfermedad para guiarlo hacia aquello que estaba buscando.

Caminando por el bosque esta mañana he encontrado un hueso pelado.

Perfectamente blanco, casi luminoso, seco y suave. Cuando lo he recogido, me he dado cuenta de que estaba roto, una grieta se extendía de punta a punta. He sabido al instante lo que quería hacer, podía ver la totalidad de la nueva pieza.

Me he llevado el hueso al estudio; es elegante, fino y agradable al tacto, ligero y, sin embargo, de algún modo también sustancial. ¿De oveja, tal vez? ¿O de ciervo? G lo sabría.

La sensación que he tenido cuando lo he sostenido creo que ha sido de control.

Becker lee las últimas líneas una y otra vez: es esto. Tiene que serlo. Encontró el hueso y pensó que era de oveja o de ciervo. No hay nada extraño ni siniestro al respecto. Becker se reclina en la silla y exhala un lento suspiro. Cae en la cuenta de que se siente aliviado, realmente aliviado; lo cual significa que, al menos hasta cierto punto, debía de haber sospechado de ella. ¡Qué estúpido por su parte! Grace dijo que era una estupidez, y tenía razón.

Sigue leyendo.

Marguerite ha venido a verme esta mañana. Ha preguntado por Grace y parecía confundida por no encontrarla aquí. Cuando le he explicado que Grace está viviendo en Carlisle y que se fue hace más de un año ya, se ha alterado mucho y ha comenzado a negar con la cabeza diciendo no, no, no.

Le he dado un brandy, lo cual la ha animado un poco. Se ha puesto a hablar en francés. Yo solo podía comprender una palabra de cada tres, pero en su discurso había muchas menciones a hombres malos. Parece estar perdiendo la noción de la realidad; apenas unos pocos momentos después de que le hubiera contado que Grace estaba en Carlisle me ha dicho que la había visto. Yo le he preguntado que cuándo. ¿Hoy? ¿La semana pasada? Ella no dejaba de decir «antes de que sale el sol».

Me he asustado. Me he puesto a imaginar que Grace había regresado y que se encontraba en algún lugar de la isla, en el bosque, observándome. Ahora me parece una completa tontería, pero después de que M se hubiera marchado he llamado a la consulta de Carlisle y he pedido que me pusieran con ella. Me han dicho que estaba con un paciente y que no podía ponerse al teléfono. Me he sentido muy avergonzada. ¿Cómo he podido tener miedo de ella? ¿Qué me ha pasado? ¿Qué nos ha pasado a ambas?

Becker cierra el cuaderno. Se siente desconcertado —no tiene ni idea de quién es Marguerite ni de cuál es la razón por la que Grace no está en la isla—, pero principalmente lo que siente es puro alivio. Vanessa encontró el hueso en el bosque. Lo encontró y lo cogió, igual que cogía guijarros en la playa, no hay nada raro en ello. No habrá ninguna reevaluación fundamental de la figura de Vanessa Chapman. Tampoco habrá deshonra alguna; ni para ella ni para James Becker, su principal seguidor.

Diario de Vanessa Chapman

Le he cogido prestada una escopeta al señor McAndrew, el granjero a quien compro huevos.

No sé si es muy habitual tomar prestada un arma.

La cuestión es que el quad se estropeó y el hombre que vino a arreglarlo era un tipo hosco y extraño. Cuando vino al estudio para que le pagara, se quedó de pie en la puerta, bloqueándome el paso, y cuando intenté pasar a su lado se movió para impedírmelo con una desagradable sonrisa en el rostro. Finalmente le di su dinero y se marchó. Mientras regresaba a su furgoneta, pude oír como se reía. Quería asustarme.

Me sentí más vulnerable de lo que me había sentido nunca.

Se lo conté a McAndrew y él me prestó la escopeta.

19

Son las ocho de la mañana y Becker se encuentra en el Gran Salón de la Casa Fairburn. Apenas hay luz. Ha encendido un único foco para iluminar un cuadro: un gran lienzo de ciento veinte centímetros por noventa pintado con negros y grises. En medio de estas capas de oscuridad puede distinguirse un arco, o quizá una puerta, y en su interior una figura, una persona con un rostro inexpresivo como una máscara y alterado únicamente por una leve insinuación de movimiento alrededor de la boca: el rojo y el blanco de una sonrisa.

En la mano derecha, apoyada en la cadera, Becker sostiene uno de los cuadernos de Vanessa. Lo levanta y lo abre por la página que ha marcado esa misma mañana más temprano.

Lo he pintado. Al hombre en la puerta, he pintado su sonrisa.

No hay ninguna mención a *Negra II*, pero Becker está seguro de que se trata de la pintura a la que Vanessa está refiriéndose: un hombre en una puerta, sonriendo. Una descripción francamente inocua y, sin embargo, el cuadro no lo es para nada. Mediante la diestra aplicación de la pintura y el austero uso del color, transitando esa fina línea entre la abstracción y la representación, Vanessa ha articulado su terror en una pintura tan vívida que casi puede olerse el miedo.

No es Julian, no es Douglas. Solo es un hombre que vino a arreglar algo, un hombre que la asustó. Algunas personas podrían encontrar esta revelación decepcionante o anticlimática, pero Becker está fascinado. Con cada línea que lee, consigue conocerla mejor y comprender qué la estimulaba. Ahora sabe lo siguiente: Vanessa pintaba lo que amaba, pintaba su libertad, pintaba el mar. Pintaba lo que temía.

A menos que se equivoque. Aunque no se imagina cómo podría equivocarse: Vanessa tiene que estar refiriéndose a *Negra II* sí o sí. La única persona que podría confirmarlo es Grace.

Una hora después, más o menos, se encuentra a Sebastian sentado a la mesa de desayuno de la cocina trasera, con una cafetera al lado del codo y sin darse cuenta de que está dejando caer mermelada de frambuesa en lo que sea que está leyendo. Sebastian oye que Becker se acerca y levanta la vista y sonríe. Este le devuelve la sonrisa, aunque desaparece rápidamente de su rostro al darse cuenta de que la página que su jefe está limpiando con una servilleta pertenece a uno de los cuadernos de Vanessa.

Sebastian repara en su expresión.

—Solo es un poco de confitura, Beck, tranquilo.

Hay que ser descarado para mostrarse tan despreocupadamente desconsiderado con algo tan valioso. Becker echa chispas. ¿Tranquilo? Podría darle un puñetazo a ese gilipollas privilegiado.

—¿De dónde has sacado eso?

Sebastian se lo queda mirando con una encantadora sonrisa. Resulta exasperante.

—Te lo birlé ayer, cuando fui a buscar a Hels. No me mires así. Es propiedad mía.

—¿El qué? —masculla Becker—. ¿El libro o Helena?

Sebastian empuja su silla hacia atrás y se sacude las migas del regazo.

—Ese comentario es indigno de ti —dice sin alzar la voz mientras se pone de pie, y tiene razón, lo es, y Becker se odia a sí mismo por haberse puesto en ridículo y haber perdido una vez más la compostura.

—El libro no es propiedad tuya —repone Becker, con la barbilla alzada y los brazos cruzados en el pecho—. Pertenece a la fundación.

—Hay que ver lo posesivo que te pones con ella, Beck —dice Sebastian acercándose tanto a Becker que, de haber sido este un par de centímetros más alto, habrían quedado nariz con nariz—. Con Vanessa, quiero decir, no con tu mujer. —Becker retrocede y Sebastian le da bruscamente el cuaderno—. ¿Has leído ya este? —Becker le echa un vistazo y niega con la cabeza—. Pues échale una ojeada a la última página. Vamos, mírala. Hay una lista de las obras que iban a ser expuestas en la galería de mi padre.

Becker coge el cuaderno y lo examina para ver si ha sufrido otros daños. Sebastian exhala un fuerte suspiro. Becker echa un vistazo a la última página, tal y como le ha indicado.

Glasgow Modern Sept. 2002

Cerámica:

Serie Mar 1-9, serie Eris 1-12, Florecer 1-3, Aliento 4, 7, 8, 9 y 12

¿¿Posiblemente otras obras más pequeñas?? ¿Jarrones de abertura ancha?

Pinturas:

Para mí ella es una loba

La oscuridad no nos incomoda (Negra I), Negra II, Sígueme

Tótem

Norte

La marea siempre sube: Verano e Invierno

Peñasco de Eris: Llegada, Primavera, Invierno e Invierno II

Hueco

Serie Mar: Puesta de sol, Tormenta I y II, Naufragio, Resurgimiento

Ahora es Sebastian quien permanece con los brazos cruzados y una expresión desafiante en el rostro.

—Si no me equivoco, se trata por lo menos de veintinueve piezas de cerámica y dieciocho pinturas —dice con un deje triunfal.

Becker repasa la lista y hace sus cálculos mentalmente: Sebastian tiene razón. Y, sin embargo, cuando recibieron las obras había quince piezas de cerámica en total, y ha advertido de inmediato que también les faltan algunas de las pinturas que figuran en esta lista.

—¡Mi padre tenía razón! —dice Sebastian—. ¿Querías una prueba? Bueno, esta lista lo es, ¿no? Y ahora Grace no puede decir que Vanessa vendió estas obras en persona. Hemos hablado con todas las casas de subastas y hemos preguntado a muchos coleccionistas. No hay ningún rastro de estas obras.

Becker se sienta con pesadez a la mesa de la cocina y mira la lista con el ceño fruncido.

—No tiene sentido —murmura—. Tenemos... cuatro de la serie negra, pero nos faltan *Tótem*, *Norte*... Tenemos *Naufragio*, pero no *Resurgimiento*... Nos faltan al menos... ¡Dios mío! ¡Seis de estas obras!

—¿Verdad? Haswell nos está mintiendo, Becker. Ha estado mintiendo desde el principio, y sinceramente ya no veo ninguna razón para...

—Es posible que Vanessa cambiara los nombres de algunas piezas. Algunos artistas lo hacen, aunque dudo que... —lo interrumpe Becker.

—¡Venga ya! —Sebastian alza ambas manos, exasperado—. Estás agarrándote a un clavo ardiendo.

Está haciéndolo y lo sabe. Asiente al tiempo que se frota la frente con los dedos y cierra con fuerza los ojos.

—Entonces... ¿Qué? ¿Sugieres que ha escondido las pinturas en algún lugar? —Alza la mirada hacia Sebastian, que asiente enérgicamente—. ¿Con qué fin? No puede venderlas. Al menos no de forma legal. ¿Quién estaría dispuesto a darle dinero por ellas sin tener clara su procedencia?

Sebastian vuelve a sentarse y se encoge de hombros de forma exagerada.

—¿Quién sabe? Quizá no es una cuestión de dinero, sino de inquina. O de enfado. A lo mejor esperaba que Vanessa se lo dejara todo a ella, y cuando no fue así...

—Se quedó sin nada.

—¿Sin nada? ¡Le cayó una casa! ¡Una jodida isla! —Sebastian alza el brazo y señala hacia la que, presumiblemente, cree que es la dirección de Eris—. Mira, solo Dios sabe por qué razón se quedó con todas estas obras. Yo lo único que sé es que son propiedad nuestra, y ha llegado el momento de que te encargues de ello. Ha llegado el momento de que te encargues de ella. Y si crees que no eres capaz de hacerlo...

La puerta de la cocina que da al patio se cierra de un portazo y ambos se sobresaltan. Es Emmeline, oscura y encorvada como una bruja, que regresa tras haber sacado a dar un paseo a sus perros.

—¡Ah, hola! —dice Sebastian cambiando su tono de voz; ahora es alegre y respetuoso.

Se levanta de la mesa y se acerca a su madre para saludarla, pero Emmeline le da la espalda y se apoya en la encimera de la cocina mientras los perros dan vueltas alrededor de sus piernas aullando con emoción. La mujer se quita una de sus botas de agua Wellington y se detiene un momento con la rodilla doblada, como un caballo a la espera de un casco, dejando en el aire un pie enfundado en un calcetín.

—¿Madre? ¿Estás bien?

—Estoy... bien —dice ella airadamente, pero está claro que no es así. Sebastian se acerca corriendo a ella y la agarra por un codo. Ella lo aparta—. No me agobies, Sebastian, estoy bien.

—Estás sangrando...

—La maldita perra no para de cruzarse entre mis piernas y hacerme tropezar. Es una carga —suelta Emmeline, y deja que Sebastian la sostenga mientras ella se quita la otra bota. Tiene sangre en las manos, e, incluso a unos tres metros de distancia, Becker puede ver que está temblando. Este se pone de pie, se guarda el cuaderno que Sebastian estaba leyendo en el bolsillo y se escabulle silenciosamente de la habitación sin decir una palabra.

Diario de Vanessa Chapman

El nuevo año ha comenzado de un modo terrible. Celia Gray ha muerto. Ha tenido un accidente de coche en el sur de Francia. No hay nadie más implicado; se salió de la carretera y se estampó contra un árbol. Julian no iba con ella, gracias a Dios.

Pobre, pobre Julian. Lo siento mucho por él. Quería tanto todo esto... A ella también la quería, claro está, pero sobre todo la vida que le ofrecía. ¡Todo ese dinero! Tan prometedoramente cerca y ahora fuera de su alcance...

Dios sabe qué hará ahora.

20

Becker escribe a Grace esa tarde y se sorprende al recibir una respuesta casi de inmediato en la que la mujer lo invita a ir a Eris ese mismo fin de semana. El sábado le iría bien. ¿Se refiere a mañana?, responde él. Sí, mañana.

Llama a Helena para avisarla de que se habrá marchado para cuando ella regrese de Londres, pero salta directamente el buzón de voz. Se siente tentado de echarle un vistazo a su perfil de Instagram, a sabiendas de que encontrará pruebas de una retahíla de almuerzos en restaurantes de moda y copas en distintos bares, tal vez incluso alguna visita al teatro; un atisbo de otra vida de la que él está excluido. El hecho de que esta exclusión sea autoimpuesta no le hace sentir mejor. Al final, opta por no mirar. Demasiado peligroso.

Esta sensación —este anhelo por ella— le hace sentir curiosamente nostálgico de la época en la que no era suya, cuando solo podía fantasear con estar con ella. De un modo extraño, resulta más emocionante considerarla un objeto prohibido que una esposa.

En los primeros días, cuando él acababa de entrar a trabajar en Fairburn, Helena siempre estaba dejándose caer sin avisar por su despacho, asomando la cabeza por la puerta, siempre con prisas, haciéndole alguna pregunta que podría haberle contestado cualquier otra persona, como por ejemplo su futuro marido. Si aparecía otra persona, ella se aturullaba y el rubor teñía sus mejillas.

Becker creyó que eran imaginaciones suyas. ¡Tenía que ser eso! Pero entonces, una tarde de primavera gloriosamente imposible en la que los vencejos volaban bajo sobre el campo y la luz dorada iluminaba las magnolias de color crema que había frente a la ventana de su despacho, ella apareció justo cuando él estaba apagando su ordenador. Iba vestida como si hubiera quedado con alguien: un vestido lencero de seda y del color de la puesta de sol, tacones altos, labios pintados de rojo. Entró en el despacho enseguida y cerró la puerta tras de sí. Rodeó su escritorio y, antes de que él pudiera decir una sola palabra, se inclinó y lo besó en la boca. Luego se irguió de nuevo y se apartó. Esperó un momento a que él dijera algo y, como no lo hizo, sonrió con tristeza.

—Las invitaciones han de salir la semana que viene —dijo ella, y se marchó antes de que él tuviera la sensatez de responder algo.

Cuando lo recuerda ahora, no puede evitar encogerse de vergüenza; menudo cobarde. No hizo nada, no dijo nada. Peor aún: comenzó a esconderse de ella. Se daba la vuelta y huía cada vez que ella aparecía por los pasillos de la casa. Las invitaciones a la boda fueron enviadas.

Y ahí pareció terminar la cosa.

Pero el destino —en la improbable forma de lady Emmeline Lennox— intervino. Un traspié con el brezo, un disparo accidental y Douglas murió. La boda tuvo que posponerse. Y mientras Sebastian consolaba a su afligida madre y lloraba la muerte de su padre, Becker actuó.

A finales de verano, cuando el brezo y las adelfas tiñen de púrpura los campos, Becker fue a buscar a Helena a la estación de tren. Se lo pidió Sebastian, pues este tenía que llevar a su madre al pueblo para supervisar los detalles del funeral. Becker recogió a Helena y la llevó de vuelta a Fairburn, solo que en vez de conducirla hasta la casa principal, la llevó a la caseta del guarda.

Cuando piensa en ello, todavía le cuesta creérselo: el calor del día, las ventanas abiertas, las sombras alargándose a medida que la tarde iba pasando, la seguridad de que Sebastian no regresaría hasta la noche y que podía tener a Helena solo para él durante varias horas.

Después, bajo la luz azulada del crepúsculo, Becker se levantó para ir a buscar unos vasos de agua a la cocina. Cuando volvió, hizo acopio de la valentía necesaria para preguntarle directamente a Helena:

—¿Qué ha sido esto? ¿Te han entrado dudas con la boda?

Ella estaba sentada en la cama con el rostro sonrojado y el pelo húmedo. Había doblado las piernas y tenía las rodillas pegadas al pecho.

—¿Crees que haría algo así a la ligera? —preguntó dolida—. ¿Crees que lo traicionaría solo por capricho?

Becker negó con la cabeza, dándole a ella uno de los vasos y acomodándose de nuevo en la cama.

—No —contestó—, pero lo cierto es que no comprendo por qué has hecho algo así, qué es lo que quieres.

Becker recuerda que estaba temblando y que, al llevarse el vaso a los labios, la mano le tiritaba.

Pareció transcurrir una eternidad hasta que ella respondió.

—Cuando te conocí —dijo ella con cautela—, esa noche en la que todos estuvimos tomando unas copas... ¿Recuerdas? Seb y yo, Emmeline y Douglas, y tú, en la casa grande... Me pareciste muy comedido y reservado... Qué timorato, pensé. Apuesto, pero no del mismo modo que Seb... —Becker hizo una mueca—. Es cierto —afirmó encogiéndose de hombros—, y lo sabes —añadió cruzando las piernas y colocándose una almohada en el regazo—. Entonces Douglas se puso a hacerte preguntas sobre tu trabajo y sobre Chapman, y dejaste de comportarte con mesura y te mostraste abiertamente en desacuerdo con él sobre alguna cosa, una cuestión museística. No estabais de acuerdo en cuál era la mejor manera de exhibir la colección. Alzando la voz, Douglas insistió en que todo debía ser cronológico, de una forma estricta, pero tú protestaste, alegando que las esculturas que acababas de descubrir estaban directamente vinculadas a los primeros paisajes de Oxfordshire, esos en los que Vanessa cogía trozos de hierba y semillas y otras cosas y las pegaba en la pintura, y que las esculturas no eran sino otra forma de usar objetos encontrados y la naturaleza...

—Y él me dijo que me dejara de chorradas —respondió Becker haciendo una mueca—. Que debía parar de pensar como un estudiante de doctorado y comenzar a hacerlo como el conservador de un «espacio comercial».

Helena se rio.

—Sí, y entonces Seb decidió intervenir (poniéndose de parte de su padre, claro está), y no recuerdo qué dijo, con toda probabilidad porque no tenía nada que decir, todo lo que salía de su boca era rematadamente frívolo y simplista, mientras que tú en cambio te mostrabas en todo momento tan... firme. —Ella sonrió, sonrojándose—. Me pareció muy atractivo, y luego no pude parar de pensar en ello, en lo determinado que eras. —Helena se sonrojó aún más—. Justo entonces, esa primera noche, me di cuenta de que tú tenías... profundidad, y de que, por muy adorable que fuera, Seb era un superficial.

Becker revive ahora el delicioso, cálido y vergonzoso placer que obtuvo en ese comentario desdeñoso sobre Sebastian.

—No es culpa suya —añadió Helena—. Se lo han dado siempre todo hecho, nunca ha tenido que trabajar, nunca ha tenido que esforzarse... Aunque, a decir verdad, yo soy igual. Saldría volando si soplara un viento un poco fuerte. Necesito a alguien que me ponga en mi sitio, y quiero que seas tú.

Más tarde, cuando ella estaba en la ducha y Becker en la cocina de la planta baja sirviéndose una copa de vino e intentando pensar qué debía decirle antes de que se marchara, cayó en la cuenta de que tendría que dimitir de su puesto de trabajo. Tendría que renunciar a Vanessa si quería tener a Helena. Y, de repente, se quedó petrificado con la copa a un par de centímetros de sus labios. Había deseado tanto esto, esta oportunidad de estudiar a Vanessa, de leer sus palabras, escribir sobre ella, sumergirse en ella. Toda su vida había conducido hasta este punto, y ahora se vería obligado a dejarlo todo atrás.

«No vale la pena —pensó—. Helena no merece la pena.» Solo lo pensó un segundo —una fracción de segundo, quizá—, pero lo hizo.

Entonces Helena bajó con el pelo largo peinado hacia atrás y recogido en un moño, el rostro limpio de todo maquillaje y los ojos un poco rojos del champú o las lágrimas. Estaba impresionante. Por supuesto que merecía la pena.

—Dimitiré —dijo él—. Nos marcharemos, iremos a algún otro lugar.

Ella frunció el ceño, desconcertada.

—¿Por qué?

—¿Cómo que por qué? —farfulló él—. Estás... prometida con él, Helena, y nosotros...

—¡Becker! —Ella lo besó con la boca abierta—. ¡No seas tan burgués! Sí, será complicado. Él se enfadará y al principio será doloroso, pero lo superará. Estará con otra chica en un mes o dos, y luego con otra un mes o dos después. No te preocupes por Sebastian.

Así que se quedó. Ambos se quedaron. Y Sebastian —el dulce y flemático Sebastian— lo superó. Desapareció unos pocos meses, se fue a hacer submarinismo a las Maldivas y a practicar senderismo a España, ligó con algunas chicas a las que luego dejó con la misma rapidez y, cuando irrumpió la pandemia, regresó solo. Sin rencores, aseguró. En la guerra y el amor, ya se sabe... Ha ganado el mejor.

Becker se pasa el resto de la tarde ordenando su escritorio, enviando emails, hablando con un par de casas de subastas sobre sus próximas ventas y poniéndose en contacto con un coleccionista privado acerca de la posibilidad de un préstamo para la exposición que están planeando celebrar el próximo verano.

Justo antes de dar por finalizada su jornada, Sebastian asoma la cabeza por la puerta. Lleva un traje de noche, con la corbata todavía sin anudar y la barba incipiente cuidadosamente recortada como la de un hombre en un anuncio de loción para después del afeitado.

—¿Por casualidad te llevaste ese cuaderno que estaba mirando? —le pregunta—. Ya sabes, el que tenía la lista.

Becker suspira exasperado.

—Mañana voy a Eris, necesito enseñárselo a Haswell. Es lo único que se parece a una prueba de las obras que nos faltan.

Sebastian asiente.

—Está bien. —Comienza a darse la vuelta para marcharse, pero de repente se lo piensa mejor—. Me mantendrás informado, ¿verdad? Quiero saber cómo reacciona cuando la pongas en evidencia.

Becker asiente, pero no contesta.

—Lo digo en serio, Becker. Esta vez quiero resultados. Tienes que empezar a ser duro con ella.

—De acuerdo —responde Becker—, pero todavía creo que merece la pena al menos intentar que esté de nuestro lado. —Sebastian pone los ojos en blanco, pero Becker prosigue de todos modos—: Tengo la sensación de que todo esto podría resultar ser más complicado de lo que piensas; al fin y al cabo, Grace nos dio el cuaderno con la lista. ¿Por qué haría eso si estuviera tratando de ocultar algo?

Sebastian se encoge de hombros y niega con la cabeza mientras consulta la hora en su reloj. Tiene la capacidad de concentración de un mosquito, piensa Becker, ya está pensando en otra cosa, saliendo por la puerta, de camino a su cena.

—Tú mantenme informado —dice Sebastian ahora con el móvil en la mano, leyendo algo mientras comienza a alejarse. Ya casi está fuera de la vista cuando se detiene y se vuelve—. ¿Te has preguntado alguna vez, Beck, por qué nos lo dejó todo?

—¿Cómo dices?

—¿No te parece extraño? —insiste Sebastian—. Que Haswell fuera amiga de Vanessa, su cuidadora, su compañera durante veinte años y, sin embargo, como tú mismo dijiste, Vanessa no le dejara nada. ¿Por qué crees tú que hizo eso?

Diario de Vanessa Chapman

No sé bien cómo escribir sobre esto. Relataré todo lo que recuerdo, aunque dudo que consiga ser completamente fiel.

Estaba trabajando en el estudio alrededor de las cuatro, estaba oscuro, todavía no había caído la noche pero el sol no había aparecido en todo el día.

Hacía frío y mucho viento.

Me pareció oír el ruido de un coche y salí, pero no vi nada, ninguna luz en la carretera que conduce a la isla ni en el camino, así que volví a meterme dentro y seguí trabajando. Acababa de meter unas cuantas piezas en el horno para cocer el esmalte cuando me pareció ver que algo pasaba por delante de la ventana.

Un segundo o dos después, un hombre apareció en la puerta. Reconocí al tipo que el pasado invierno había venido a arreglar el quad y supe de inmediato que iba a hacerme daño.

La escopeta estaba apoyada contra la pared y la

cogí. Él comenzó a acercarse a mí. No decía nada, no hacía ningún ruido, solo caminaba hacia mí. Yo levanté el arma. Él siguió adelante y yo traté de disparar, pero la escopeta se había atascado. Intenté golpearle con ella, pero fui demasiado lenta.

Él me agarró y me tiró al suelo.

Yo gritaba y gritaba mientras él me apretaba la garganta con una mano y, con la otra, intentaba abrirme los pantalones tejanos.

Debí de cerrar los ojos, porque lo siguiente que recuerdo es un horrible ruido gorgoteante y que él ya no estaba encima de mí. Me di cuenta entonces de que había alguien más en la habitación.

Grace había enrollado uno de mis alambres cortadores de arcilla alrededor del cuello del tipo y tiraba de él hacia atrás. Él pataleaba y forcejeaba para liberarse mientras intentaba meter los dedos por debajo del alambre para impedir que le cercenara la garganta.

Estuvo así un rato, resistiéndose, dando patadas y emitiendo unos desagradables sonidos de atragantamiento.

No creo que en ese momento yo hiciera nada. Estaba de rodillas, creo. Al cabo de poco, él dejó de forcejear. Grace lo empujó hacia delante para que quedara bocabajo en el suelo. Todavía con el alambre alrededor del cuello del tipo, ella me pidió a gritos que llamara a la policía.

Yo seguía sin reaccionar. Temblaba con tanta violencia que tenía la sensación de que no podía controlar mis movimientos.

Ella volvió a gritar, «¡Por el amor de Dios, ve a llamar a la policía, coge la escopeta y llama a la policía!».

Finalmente me puse de pie y corrí hacia la casa. Llamé a la policía. Entre lágrimas, les dije que un hombre nos había atacado y que mi amiga lo había matado. Fui incapaz de contestar a sus preguntas, solo lloraba y lloraba.

No estaba muerto.

Cuando volví al estudio, lo oí chillar y gritar. Grace le había atado los tobillos con un cordel y las muñecas con su cinturón. Todavía tenía el alambre alrededor del cuello.

Permanecimos ahí hasta que llegó la policía. Grace con una rodilla en la parte baja de la espalda del hombre y sosteniendo el alambre, y yo de pie apuntándolo con la escopeta.

Mientras esperábamos, él no dejó de hablar, detallando todas las formas en las que me haría daño y las cosas que me haría y las herramientas que usaría.

La policía tardó una hora y media en llegar.

Grace se quedó a pasar la noche.

Le debo mi vida.

Se lo debo todo.

21

Grace recuerda una noche en la que —cosa poco frecuente— estaban juntas en el estudio, charlando. ¿Bebiendo vino, tal vez? El sol todavía estaba alto en el cielo, era verano. Vanessa estaba sentada al torno y hablaba de su trabajo de un modo en el que no solía hacerlo con Grace.

—Lo que pasa con la arcilla es que puedes hacer que tenga el aspecto que quieras. —Tenía la cabeza inclinada y llevaba el pelo recogido en la nuca; un mechón le caía por delante de un ojo y, de vez en cuando, se lo apartaba con un movimiento de cabeza, pasándose la mejilla por el hombro—. Eso hace que resulte complicada.

Metió las puntas de los dedos en el agua y luego volvió a colocarlas en la masa de arcilla que estaba dando vueltas en el torno.

—No me refiero al hecho de trabajar con ella. La cerámica es muy simple. Y sí, la porcelana es más difícil, claro está, pero no digo que sea complicada en ese sentido. Lo que quiero decir es que puedes hacer cualquier cosa. ¡Cualquier cosa! Entonces ¿qué haces? Hay demasiadas posibilidades.

Volvió a mojarse las puntas de los dedos y a encoger un hombro.

—Un escultor llamado Isamu Noguchi, un hombre muy muy brillante que murió en la década de los ochenta, dijo una vez que la arcilla es demasiado fluida, demasiado simple, te proporciona demasiada libertad... ¡Ay! —De repente se irguió, riéndose. La masa de arcilla se había desplomado sobre sí misma, doblándose por la mitad como un borracho sobre la acera cuando los bares han cerrado—. Yo en cambio no creo que pueda llegar a disponer de demasiada libertad...

Sonrió a Grace mientras se limpiaba las manos y le daba un sorbo a su vino. «Es un rosado —pensó—, o quizá algo con gas.»

—¿Quieres probar? —le preguntó Vanessa extendiendo una mano e indicándole que se acercara.

Grace se echó a reír, negando con la cabeza.

—Aunque, claro, puede que tuviera razón —prosiguió Vanessa, limpiándose otra vez las manos y volviendo a colocarlas sobre la masa informe de arcilla para centrarla de nuevo—, pues cuando a alguien le atormentan las dudas como a mí, disponer de tantas opciones es un problema... —Empezó desde el principio, metiendo los dedos en el cuenco de agua y poniendo en marcha el torno.

»Lo que me gusta de trabajar con arcilla —dijo— es que cuando las cosas van mal, no importa. Descartas lo que estuvieras haciendo, vuelves a comenzar y haces una nueva forma. Cada vez empiezas de cero y haces algo nuevo... No es para nada como la pintura, donde todos los falsos inicios y las equivocaciones permanecen. Aunque raspes la pintura y vuelvas a comenzar, las imágenes perdidas permanecen en el lienzo como fantasmas. Con la arcilla, una vez que has hecho una nueva forma, la vieja ya no existe, ¡ha desaparecido! Aunque quieras que vuelva, ya no es posible. De nada sirve intentarlo. Así que tienes que aprender a olvidarte de lo que había antes. —Vanessa se inclinó hacia delante mordiéndose el labio inferior y con el ceño fruncido, concentrada.

Grace está ahora en su dormitorio, que antaño también fue la habitación trasera y la habitación de invitados. De hecho, todavía la considera la habitación de invitados a pesar de que es el lugar en el que ella duerme, del mismo modo que todavía considera la casa propiedad de Vanessa en vez de suya. Siempre será la casa de Vanessa, y la habitación que se encuentra en el costado sur de la casa, la que tiene vistas al mar, siempre será la de Vanessa. Mientras Becker esté allí, sin embargo, si decide pasar la noche, Grace dormirá en la habitación de Vanessa y él en la de invitados.

Hay momentos en los que, por su propio bienestar mental, Grace no se permite a sí misma recordar según qué cosas, y las últimas horas significativas que pasó en la habitación de Vanessa se cuentan entre ellas. Desde entonces, la habitación no se ha usado. No ha permanecido intacta que se diga —Grace la limpia de vez en cuando y en verano abre las ventanas para dejar que entre el aire marino y que el dormitorio huela a sal y algas en lugar de a polvo y humedad—, pero fundamentalmente la habitación tiene casi el mismo aspecto que el día en que la ambulancia recorrió la carretera hasta la isla para llevarse el cadáver de Vanessa. Los muebles siguen en su sitio: la cama, el escritorio, la cómoda pegada a la pared... Incluso la silla que hay junto a la cama y en la que Grace solía sentarse sigue en el mismo sitio.

Grace no tiene por qué dormir en esa habitación. Podría hacerlo en el sofá, u ofrecerle este a Becker, pero eso levantaría sospechas, ¿no? Resultaría incómodo y extraño. Y, al fin y al cabo, no es más que un dormitorio. No es un templo, no es un lugar sagrado. No está encantado.

Lo primero es lo primero. Tiene que dejar lista la habitación de invitados: deshacer la cama, lavar las sábanas y retirar sus enseres personales (como las camisas que cuelgan del respaldo del sillón o el cepillo para el pelo y la crema hidratante que descansan sobre la mesita de noche). No debería haber ninguna razón para que a él se le ocurriera mirar dentro del armario, pero aun así Grace coge los dos lienzos que guarda detrás de sus abrigos y los lleva al salón. Aparta el viejo biombo de lino y abre la puerta que hay detrás, que conduce a una pequeña habitación sin ventanas. Nunca supieron para qué servía. «¡Un escondite para curas!», le gustaba decir a Vanessa, pero en esta zona no había escondites de esos. Vanessa lo utilizaba como cuarto oscuro. Ahora Grace lo usa de trastero.

Al apartar el biombo, no puede evitar sentir remordimientos de conciencia. Los cuadros no son legítimamente suyos. Hasta ahora se ha permitido a sí misma considerarlos un descuido, un par de lienzos que había guardado en el armario y de los que luego se había olvidado. Ahora está incumpliendo de forma deliberada los deseos de Vanessa, y se siente incómoda. Aunque, si es sincera consigo misma, tampoco sería la primera vez.

Además, tiene muchas cosas para darle al señor Becker: cajas en el salón llenas de bocetos, dos lienzos sin terminar ni enmarcar, y aún más cuadernos y cajas de cartas. Se ha tomado la molestia de colocar las cartas de Douglas Lennox en lo alto de la pila. Se trata de unas misivas que lo retratan como alguien exigente y agresivo, dolido por el rechazo de Vanessa, y resentido hasta la enajenación: «¿Cómo puedes asegurar que no significó nada? ¿De veras vas a usar a mi esposa como excusa? Nunca has parecido preocuparte demasiado por las mujeres de tus otros amantes». Grace es consciente de que esto es una mezquindad por su parte, pero hay una razón: no es fácil someterse al escrutinio público, pero tampoco lo es que quede expuesta una persona a quien has querido.

Envuelve el más pequeño de los lienzos en una vieja toalla y lo lleva al trastero. El espacio está bastante vacío, con la excepción de un par de maletas viejas y unas pocas cajas con sus propios papeles personales, que llevó después de dejar la casita que tenía alquilada en el pueblo. Apoya el pequeño lienzo contra una de las viejas maletas y va en busca del más grande. Al darle la vuelta para que quede de cara a la pared, la sábana con la que lo ha envuelto se retira un tanto, revelando la parte superior del marco de madera y el título que le puso Vanessa: *Tótem*.

Dejar atrás el pasado es una empresa necesariamente selectiva. Hay recuerdos que atesoramos y otros que optamos por soltar. En lo que respecta a los retratos y las cartas que ha escogido quedarse, Grace se aferra a lo que Vanessa y ella significaron la una para la otra. Eso no es algo que pueda someterse a explicación, interpretación o especulación; era algo que les pertenecía tan solo a ellas dos. Y ahora solo a ella.

Durante todos esos años ella durmió en la habitación de invitados, y, cuando escribían sobre Vanessa, se referían a Grace como compañera o cuidadora, o amiga, o a veces incluso pareja. Todos estos términos, sin embargo, obviaban algún aspecto fundamental, aunque ninguna de las dos llegó a explicar nunca cuál exactamente: Vanessa, porque estaba en su naturaleza resistirse a explicaciones, y Grace, porque nunca se lo preguntaron.

¿Qué podría haber dicho si alguien le hubiera preguntado? ¿Cómo podría haberlo explicado cuando todos los demás amores se ven como relaciones subordinadas al amor romántico? Lo que Vanessa y ella tenían no era romántico ni tampoco había subordinación alguna. «Solo una amiga», es lo que dice la gente. «Ah, no es más que una amiga.» Como si una amiga fuera algo normal y corriente, como si una amiga no pudiera significarlo todo.

«Mi querida amiga —podría haber dicho Grace si le hubieran preguntado—, era mi querida amiga.»

En la cocina, se sienta a la mesa y hace una lista de las cosas que tiene que comprar antes de que llegue Becker: leche, pan, huevos y beicon para desayunar, un pollo para la cena, verduras. Vino. Hace mucho que no cocina para nadie, mucho tiempo desde la última vez que hubo invitados en casa. Muy al principio, antes de que Grace se mudara a la habitación de invitados, los amigos del mundillo del arte acudían a menudo de visita, y a veces gente del pueblo iba allí a almorzar, o a beber, aunque no solían quedarse a no ser que la marea les impidiera marcharse. Seguramente la última persona que se quedó a dormir fue Julian. Y no era un invitado como tal, solo apareció un día sin que nadie se lo hubiera pedido.

22

Eris, verano de 2002

Había un hombre en la cocina de Vanessa. Su pelo rubio ya raleaba ligeramente y tenía el torso bronceado. Vestía unos pantalones cortos de esos algo caídos que suelen ponerse los jóvenes y nada más. Cuando se volvió hacia ella, Grace reparó en que los llevaba tan bajos que dejaban a la vista unas marcadas crestas iliacas y algo de vello púbico.

—Tú debes de ser Grace —dijo el hombre, ofreciéndole una mano para que se la estrechara—. Yo soy Julian. ¿Qué vas a cocinarnos esta noche?

Grace ignoró su mano y dejó las bolsas de la compra sobre la mesa de la cocina.

—No voy a cocinar. He ido a comprarle algunas cosas a Vanessa —contestó—. Si no lo hiciera yo, se moriría de hambre.

—Muy amable por tu parte —declaró Julian. Tras echarle un vistazo al interior de una de las bolsas, sacó un paquete de carne picada, enarcó una ceja y volvió a colocarlo donde estaba—. ¿Has comprado cigarrillos? —preguntó mirándola con una sonrisa.

Grace le dio la espalda.

—Puede que se muera de hambre, pero de fumar no se olvidará —dijo, y se marchó de la cocina. Se dirigió a la entrada y salió por la puerta principal; cruzó el patio y comenzó a subir la colina.

Vanessa estaba sentada al torno con un pie en la rueda y completamente concentrada en la tarea que tenía entre manos y, sin embargo, antes de que Grace pudiera hablar, dijo con un tono de advertencia:

—Estoy trabajando.

—Te he traído algo de comida —explicó Grace.

—Gracias —respondió Vanessa sin levantar la mirada; en vez de eso, giró un tanto los hombros, como intentando darle la espalda a la puerta. A Grace.

Esta permaneció inmóvil. Siguió en la puerta un minuto, dos, en completo silencio, esperando que Vanessa la mirara, que le ofreciera alguna explicación —de su comportamiento, de por qué estaba él allí—, que dijera algo, lo que fuera.

Pero Vanessa no cedió. Frustrada, Grace se dio la vuelta y entonces se dio cuenta de que él la había seguido desde la casa. Estaba en el sendero, a media colina, con un cigarrillo en la mano, observándola con su estúpida sonrisa en los labios.

Ella iba a tener que pasar a su lado. Iba a tener que

soportar su mirada de camino al coche, sentir los ojos de ese hombre en sus pálidas y rollizas extremidades, en las manchas de sudor que se extendían bajo sus axilas, en su rostro, hinchado por su alergia veraniega. Grace comenzó a descender por el sendero, pero él no se movió. Se limitó a permanecer ahí de pie, fumando, y cuando ella pasó por su lado dijo en voz baja:

—*À bientôt.*

Por aquel entonces Grace todavía tenía su casita en el pueblo, de modo que podría haber evitado tener que volver a ver a Julian. El problema era que no podía soportar la idea de mantenerse alejada. La presencia de ese hombre en la isla la fastidiaba. Tenía que saber por qué, tenía que saber durante cuánto tiempo.

El día de ese primer encuentro, ella regresó más tarde con la esperanza de que se hubiera marchado, pero el pequeño coche deportivo seguía aparcado en el patio.

Grace aparcó a su lado y subió de nuevo la colina. La puerta del estudio estaba abierta.

—¡¿Vee?! —exclamó Grace. El estudio estaba vacío.

¡Vacío! Vanessa apenas había salido del estudio en semanas. Trabajaba obsesivamente para preparar la exposición individual que celebraría en Glasgow. Grace no había exagerado cuando le había dicho a Julian que, si no le llevara comida, Vanessa no comería. A veces tenía que suplicarle que se tomara un descanso, que diera un pequeño paseo, que fuera a nadar como hacía antes. «No es bueno que estés encerrada todo el día así —le decía—, respirando únicamente polvo y pintura. Tienes que descansar.» Vanessa se ofendía, se negaba a hacer lo que le decía y seguía trabajando aún más duro.

Y ahora, en cuanto él aparecía, ¿el torno dejaba de dar vueltas y el estudio estaba vacío?

¿Acaso Vanessa había olvidado todas las cosas que le había contado sobre él: que era infiel, despilfarrador, superficial, egocéntrico, con tendencia a sufrir arrebatos de mal genio...? ¿Se le había ido todo de la cabeza en cuanto había aparecido en su llamativo coche con su bronceado y su sonrisa? La rabia comenzó a acumularse en el interior de Grace como una borrasca y unas nubes iracundas se agolparon detrás de sus ojos.

Hecha una furia, descendió la colina en dirección a la casa. La puerta principal estaba cerrada. Vaciló y aguzó el oído. Se planteó incluso la posibilidad de llamar, pero también era su casa, ¿no? ¿No había pasado a ser también suya a lo largo de todas esas semanas y meses que habían vivido las dos juntas? Empujó la puerta y llamó a Vanessa.

La casa estaba cálida y en silencio. Cruzó el salón en dirección al dormitorio de Vanessa. La cama estaba deshecha y el aire cargado, y olía a humo de cigarrillos y a sexo. La cocina estaba hecha un asco, con platos en el fregadero y restos de café molido en la encimera y en el suelo. Había una botella de coñac abierta sobre la mesa de la cocina al lado de un cenicero que estaba hasta los bordes. Todo lo que ella había seleccionado cuidadosamente en los estantes del supermercado, teniendo en cuenta las necesidades y los deseos de Vanessa, se encontraba junto a la cocina Aga, todavía dentro de las bolsas de la compra, cubiertas ya con gotas de condensación.

Grace estaba a punto de marcharse cuando oyó un grito. Corrió hacia la ventana abierta y miró fuera. Vanessa estaba en la playa con Julian; este la perseguía y, cuando la agarraba, ella chillaba. Estaban jugando como niños.

Grace sabía que debería marcharse, pero no se sentía capaz de hacerlo, simplemente no podía marcharse sin antes mirar a Vanessa a los ojos. Encendió el hervidor de agua y se preparó una taza de té; intentó tomárselo, pero tenía un nudo en la garganta, así que se dio por vencida. Decidió entonces acercarse a la ventana y permanecer a la espera con la vista clavada en lo alto de los escalones. Por fin aparecieron. Se detuvieron jadeantes en el último escalón para darse un beso y Julian aprovechó para deslizar una mano bruscamente entre las piernas de Vanessa. Con el rostro encendido a causa de la vergüenza y la ira que borboteaban cual ácido en su interior, Grace se obligó a sí misma a regresar a la mesa. Que la pillaran mirándolos resultaría insoportable.

—¡Anda! —exclamó riéndose Julian cuando la vio—. Estás aquí. ¿Qué nos has traído hoy? ¿Champán? ¿Ostras? ¿Carne picada? —Volvió a reírse—. Estábamos pensando en encender una hoguera en la playa, ¿qué te parece? ¿Nos has traído algo para hacer una barbacoa?

—No se puede. La marea está subiendo —respondió con amargura Grace.

—¡Ay, Grace, *ma petite boule*! ¡Eres una auténtica aguafiestas! ¿No te parece una aguafiestas, Nessa?

Vanessa se sentó a la mesa, extendió una mano para coger la de Grace y le apretó con suavidad la punta de los dedos. Tenía el rostro profundamente sonrojado a causa de la excitación, el esfuerzo, ¿o quizá la vergüenza?

—Deberías marcharte —le dijo Vanessa a Grace sonriendo pero evitando su mirada. Volvió a apretarle la mano—. Venga, iré a verte pronto.

Grace le hizo caso. Al pasar por delante de la ventana de la cocina de camino al coche, pudo oír la voz de Julian por encima de la risa de Vanessa:

—¿Por qué está aquí siempre? ¿Qué es lo que quiere esa *petite boule de suif*? ¿Está colada por ti, Ness? ¿Es eso?

Unos meses antes ese mismo año, Grace había sido ascendida y había dejado Carrachan para encargarse de la nueva consulta de Eris. A la hora del almuerzo, si hacía bueno, podía encontrársela en uno de los bancos que había a lo largo del muro del puerto, comiéndose un sándwich, y fue ahí donde Vanessa la encontró al día siguiente.

—Estás enfadada —dijo Vanessa mientras se sentaba al lado de Grace.

Lo estaba; había tenido una mañana espantosa. La media hora previa al almuerzo la había pasado con la madre de un niño que se había caído al lago de la cantera que había a pocos kilómetros al norte del pueblo y se había ahogado. La madre estaba deshecha de dolor y desesperada por culpa del insomnio. «Por favor, doctora, deme algo.» Pero Grace ya le había recetado todas las pastillas que podía darle sin ponerla en peligro, de modo que había tenido que negarse. Aunque no iba a contarle a Vanessa todo esto, no le interesaría. Era demasiado egoísta para comprenderlo.

Grace no levantó la mirada y siguió masticando tercamente su sándwich de atún con maíz.

—Se dirigió a mí como si fuera una sirvienta —dijo al fin.

Vanessa se rio.

—Julian le habla así a todo el mundo, yo no me lo tomaría como algo personal.

—¿A ti te habla así?

—Bueno, no, a mí no —replicó Vanessa—. Pero yo soy su esposa.

Entonces Grace se volvió hacia ella.

—¿Lo eres? ¿Es así como te ves a ti misma? ¿Como su *esposa*? —Grace pareció escupirle la palabra a Vanessa, que se encogió.

—Bueno... no digo que sea una vocación —comenzó

a decir Vanessa al tiempo que sus mejillas se sonrojaban—. Solo es un hecho. No estamos divorciados. —Se puso de pie—. Todavía no nos hemos divorciado. —Apartó la vista de Grace y se volvió hacia el mar—. Mira..., no vengas a casa en un día o dos. Julian solo te molestaría. ¿De acuerdo? El jueves voy a Glasgow a ver a Douglas para hablar de la exposición. Regresaré el sábado o, como muy tarde, el domingo. Para entonces él ya se habrá marchado.

Grace alzó una mano y se protegió los ojos del resplandor del mar.

—¿Se habrá marchado de nuestras vidas?

Vanessa se volvió hacia ella con una expresión de desconcierto.

—No está en tu vida, Grace —repuso—. Está en la mía.

Mientras se alejaba, Grace le dijo:

—Os oí hablar de mí. A él y a ti. Oí lo que me llamó y lo busqué en el diccionario. «Bola de grasa.» Me llamó «bola de grasa» y tú te reíste.

Vanessa aminoró un momento el paso, pero no se volvió.

A la tarde siguiente, cuando Grace regresó a casa después del trabajo, Vanessa estaba sentada en el escalón de la puerta de entrada, tomando el sol y con una botella de vino casi vacía al lado. Al ponerse de pie se balanceó ligeramente.

—¿Has venido en coche? —le preguntó Grace iracunda, y corrió hacia ella—. Estás borracha, Vanessa, y has conducido por el pueblo. ¡Por delante de la escuela! ¡Debería...! —La agarró por el cuello de la camisa, arrugándoselo con el puño—. ¡Debería llamar a la policía!

—¡Grace! —Vanessa se aferró al antebrazo de su amiga con ambas manos—. Por favor...

Esta la soltó. A continuación le arrebató a Vanessa la llave del coche, que sostenía en la mano, y, tras pasar a su lado, se metió en la casa y cerró de un portazo tras de sí.

Vanessa la encontró en la cocina, bebiendo agua directamente del grifo.

—Bola de sebo —dijo Vanessa—. Eso es lo que te llamó. Pero no..., no lo dijo con mala intención.

Grace se irguió y cerró el grifo.

—Sí que lo hizo. —Se quedó mirando a Vanessa y reparó en sus ojos vidriosos y su expresión petulante. Le entraron ganas de abofetearla—. Los hombres como él... sienten un desprecio especial por las mujeres como yo. Las mujeres *feas*. Lo he notado toda la vida. Una mujer fea apenas es un ser humano para un hombre como tu marido. Es una actitud repugnante, pero lo cierto es que tampoco es tan sorprendente. Lo que es peor, lo que resulta rematadamente abyecto, es que las mujeres como tú, las guapas, las *elegidas*, cooperéis con ese desprecio. Sonriendo como colegialas solo porque un hombre os presta atención. Riéndoos con cobardía ante sus crueldades. Es patético.

—No es para nada así —repuso Vanessa. Se mordió el labio y se echó a llorar.

Grace se volvió hacia otro lado, asqueada. Vanessa le agarró una muñeca.

—Yo no soy así.

Grace colocó una mano sobre la de Vanessa y tiró de sus dedos para apartarla, pero no la soltaba; Vanessa la rodeó por la cintura con los brazos y siguió llorando, con la cara pegada a la tela de su camisa. Grace permaneció rígida y con las manos a los lados, respirando lenta y profundamente.

—No sé por qué le dejo hacerlo —murmuró Vanessa—. No sé por qué le dejo volver.

—Te agasaja —dijo Grace—. Explota tu vanidad.

—Sí —contestó contra la nuca de Grace—. Lo hace. Cuando me toca, noto como si mis huesos fueran a derretirse. Por unos momentos, por unas horas, me siento deseada. Es tan poderoso sentirse deseada... —Grace intentó zafarse de nuevo, pero Vanessa no la dejó—. Me agasaja, me cautiva, me seduce, y eso me hace sentir genial. —Alzó la cabeza y miró a Grace a los ojos—. El sexo es una pasada, y resulta increíble que alguien haga que te sientas así en la cama.

Grace consiguió desembarazarse al fin del asfixiante abrazo de Vanessa. Quería taparse los oídos con las manos y ponerse a cantar como una niña para no tener que oír la voz de Vanessa, pero esta, siguiéndola por la cocina, no paraba de hablar.

—Aunque, claro, luego, en cuanto se corre, comienza a hablar de dinero, de las cosas que necesita, de lo mucho que debe, de los lugares a los que quiere ir... ¡Y me llama «egoísta»! ¡A mí! —Negó con la cabeza—. Quiere saber por qué, si yo tengo todo lo que necesito (la casa, el estudio, la isla), no puedo *darle* nada.

Grace soltó una risa ahogada, incrédula.

—No puede ser que piense que tú tienes de sobra para compartir. ¡Por el amor de Dios, si apenas puedes pagar la factura de la luz!

Vanessa se sorbió la nariz y se enjugó las lágrimas de los ojos. Fue hasta el fregadero y, tras coger un vaso del armario, abrió el grifo.

—Está desesperado —dijo entre tragos—. No me lo ha dicho pero, leyendo entre líneas sus palabras, creo que le ha pedido prestado dinero a gente a la que no debería haberle pedido prestado dinero.

—¿Y espera que tú lo saques del apuro? Si ha cometido una estupidez, debe asumir su responsabilidad...

Vanessa se dio la vuelta y se la quedó mirando con los ojos llenos de tristeza.

—Se trata de lo de Celia Gray. Él pensaba que le había tocado la lotería. Pensaba que ya no tendría que preocuparse nunca más. Pero entonces ella murió, y ellos dos aún no se habían casado porque nosotros todavía estamos casados, así que no se llevó nada...

—¡Te culpa a ti! —exclamó Grace escandalizada—. ¡Te culpa a ti y, lo que es peor, a ti te da lástima!

Vanessa se bebió el agua que le quedaba en el vaso y lo dejó en la encimera.

—Así es —indicó—. ¿No es una estupidez? Me da lástima y permito que me influya, permito que me convenza de cosas y pierdo la noción... del lugar en el que me encuentro. Y de quién soy. Descuido las cosas que realmente me importan, como mi trabajo... —Se pasó los dientes por el labio inferior—. Y tú.

Grace agachó la cabeza.

—Jamás debería haber dejado que ese jodido vampiro cruzara el umbral. —Vanessa volvió a acercarse a Grace y le tocó la barbilla con el nudillo del dedo índice. Esta cerró los ojos—. Sí que estaba siendo cruel contigo, Gracie. Lo estaba siendo y no sé por qué me reí, porque no tuvo ninguna gracia. No me pareció gracioso entonces y no me lo parece ahora. Es imperdonable.

Grace exhaló un suspiro.

—Pero te perdono —dijo en voz baja y sin abrir los ojos.

Vanessa pasó la noche en casa de Grace. Se levantó antes de que el sol saliera para evitar la marea y condujo de vuelta a Eris. Al día siguiente, el jueves, volvió a levantarse temprano, esta vez para ir a Glasgow a ultimar con Douglas los planes de la exposición.

Ese día, a la hora del almuerzo, mientras se comía un sándwich sentada en su banco del puerto, Grace vio el pequeño coche deportivo rojo de Julian recorriendo a toda velocidad la carretera que unía la isla y el pueblo y luego ascendiendo la colina y adentrándose en este al doble de la velocidad permitida.

El domingo las tiendas del pueblo estaban cerradas, de modo que Grace fue en coche al mercado de Carrachan a comprar comida y flores para darle la bienvenida a Vanessa. Sin embargo, cuando por la tarde llegó a la isla, vio que el coche de Vanessa ya estaba aparcado en el patio. La puerta principal de la casa estaba abierta, pero cuando Grace llamó a su amiga no obtuvo ninguna respuesta. La encontró en el estudio, arrodillada en el suelo.

Tenía sangre en el pelo, y también en la ropa y en las manos.

23

Lo primero que Becker ve es el arma. Ahí mismo, en el pasillo, apoyada contra el banco. Grace se da cuenta de que se ha quedado mirándola.

—No te preocupes —dice con una sonrisa burlona—. Es solo para aparentar. No voy a pedirte que te caces la cena.

Becker se ríe nerviosamente.

—¿Es la misma? —pregunta.

Grace frunce el ceño.

—¿La misma...?

—La que... Vanessa tomó prestada, ya sabes, del granjero.

—¡Aaah! —Grace asiente. En sus ojos puede percibirse que ha comprendido lo que Becker quiere decir y su rostro se sonroja—. Has leído esa parte.

—Es... horrible.

Grace vuelve a asentir.

—Sí, lo fue. No es que la escopeta nos sirviera de mucho, la verdad. —Se queda un momento pensativa—. Aunque supongo que podríamos haberlo matado a golpes con ella. —Se vuelve y conduce a Becker al salón, donde tres cajas de papeles descansan sobre la mesilla de centro—. Esas son para ti —dice señalándolas con un movimiento de mano—. Más que suficiente para tener contento a tu jefe.

«Qué va, ni por asomo.» Pero Becker ya ha decidido que no abordará el tema de inmediato. De momento expresa entusiasmo y gratitud, y la sigue a la cocina, donde la mujer llena el hervidor de agua mientras él permanece de pie junto a la cocina Aga, mirando la costa por la ventana.

—¿Quién era el tipo? —pregunta.

—¿Quién era...? Ah, ¿sigues con lo de la escopeta? Un hombre cualquiera. Stuart Cummins. Camionero y, de vez en cuando, también mecánico. Su esposa, Marguerite, venía a mi consulta con bastante regularidad: dedos rotos, labios partidos, pequeñas heridas en la cabeza... Y también por otras cosas, cosas de mujer. —Grace le tiende una taza de té. Su expresión es inescrutable y mantiene la mirada gacha—. Nunca llegó a denunciarlo. Vivían en una de esas casitas que hay en el muelle, puede verse desde aquí. —Señala por la ventana—. La suya es la última a la izquierda.

—¿La del final? —Becker recuerda el angustiado rostro que vio en la ventana, el que luego desapareció—. ¿Y ya no viven ahí?

—Marguerite sí. Stuart hace mucho que murió, gracias a Dios.

De modo que era ella.

—¿Marguerite... —dice él en voz alta— estaba casada con el hombre que atacó a Vanessa? Se la menciona en uno de los cuadernos, un día fue a visitar a Vanessa y parecía estar confundida por algo...

Grace sonríe con tristeza.

—Marguerite hace años que no está bien. Ahora tiene alzhéimer, pero incluso antes de eso su estado mental era muy frágil. Su marido le hizo muchas cosas muy crueles. Ahora bien, ¿sabes cuál me parece la más cruel de todas? Que nunca le dijera cuándo iba a aparecer. —Ambos permanecen de pie, mirando las casitas del puerto por la ventana—. Se marchaba para realizar algún trabajo y ella nunca sabía cuándo iba a regresar, si sería al cabo de un par de horas o de un par de días. No tenía paz mental alguna. Se pasó muchos años siempre a la espera, de pie en la ventana, pendiente de su regreso.

Se hace un claro en las nubes y, de repente, una luz cálida inunda la cocina. Grace le sonríe.

—¡Mira eso!

Las arenas se han teñido de color dorado y las nubes de amarillo pálido y rosa. Se quedan un momento en silencio, viendo cómo el viento despliega su magia, azotando las aguas verdes y haciendo que se formen crestas de espuma blanca. Luego una nube pasa por delante del sol y la luz desaparece. Grace se vuelve. Se sienta a la mesa con su té y le hace una seña a Becker para que se una a ella.

—¿Qué fue de él? —pregunta—. Me refiero al marido, el mecánico.

Grace se encoge de hombros.

—No tengo ni idea. Recibió una pena más corta de lo que se merecía. Si hubieran sabido todas las cosas que le había hecho a Marguerite... —Entrelaza los dedos, haciendo un puente con las manos sobre el que apoya la barbilla—. Después de que atacara a Vanessa, me mudé aquí. Mantuve la casita del pueblo porque todavía hacía guardias rotativas y, en cualquier caso, entre las mareas y mi horario laboral no podía estar siempre aquí. Pero venía tan a menudo como podía. Vanessa se había quedado muy afectada y tenía mucho miedo. Durante una época dejó incluso de pasear sola por el bosque y comenzó a guardar armas por todas partes. —Grace suelta una extraña risa—. Cuchillos en el estudio, un martillo junto a la puerta principal...

Niega con la cabeza y aprieta los labios hasta que forman una fina línea.

—Me cabreaba muchísimo eso. —Sus ojos oscuros parecen negros bajo la luz apagada—. Y todavía me cabrea. Que alguien mancille un lugar de ese modo... es otra violación además de la original. Sucede constantemente. Vas a pasear a algún lado, o a nadar, o a correr..., lo que sea: a hacer algo que disfrutas. Vas a un lugar, digo, y es precioso y puro, y estás haciendo eso que tanto te gusta, y entonces alguien (no siempre un hombre, supongo, pero por lo general un hombre) viene y lo transforma en un lugar feo. Y ya nunca puedes sentirte segura de nuevo. Y ya nunca vuelves a ser la misma. El lugar ha cambiado y tú también, y nunca para mejor.

Becker tiene la sensación de que habla en parte para él y en parte para ella. Suena enfadada y resentida, y él se siente estúpido e incómodo. Quiere pedirle perdón, pero ¿por qué? ¿Por haber invocado de pasada un acontecimiento traumático? ¿Por el comportamiento de los hombres? ¿De todos los hombres? ¿De algunos? Mientras piensa en algo que decir, el humor de Grace cambia junto con el tiempo. El viento se lleva las nubes y su rostro se ilumina.

—¿Te gustaría ver el estudio? —pregunta.

Se encuentra al socaire de la colina, cuya pendiente se ha vuelto de un verde sombrío ahora que el sol ha desaparecido por detrás del Peñasco de Eris. Un transitado sendero asciende por la empinada inclinación que, al cabo de unos doscientos metros, se nivela al llegar a la pequeña planicie en la que se levanta el estudio.

Presa de la emoción, Becker no puede evitar mordisquearse la uña del pulgar mientras Grace manipula el candado, y contiene el aliento cuando la mujer empuja la enorme puerta metálica y esta se abre pesadamente. Y ahí está: un espacio cavernoso con estantes en la pared de la derecha, un viejo torno de alfarero a la izquierda y el horno al fondo.

Becker se adentra en el espacio. El aire está más frío y seco dentro, y huele a polvo y a azufre. A través del ventanal que Vanessa hizo abrir en la pared, con vistas al sur, puede verse la herbosa pendiente que desciende hasta el mar y, más allá, la isla de Sheepshead.

En medio de la estancia hay una mesa de caballetes sobre la cual descansan más pilas de cajas.

—Todo esto es lo que todavía he de revisar —dice Grace—. Como puedes ver, hay bastantes cosas. —Se dirige a la caja más cercana—. Encontré también un montón de fotografías, no sé si te interesará verlas.

¡Claro que sí! Suponen un fascinante registro de los años que Vanessa pasó en Eris; hay decenas y decenas de instantáneas de la casa, de los trabajos en el tejado, de la renovación del granero... Y decenas más de la propia isla y su paisaje cambiante: helechos ocres, brezos púrpuras, tojos de un amarillo eléctrico.

—¿Las usaba como referencia para pintar? —pregunta Becker mientras examina numerosas fotografías del mar en distintas horas y en distintos climas, así como de árboles caídos en el bosque o de montones de algas desperdigadas cual cadáveres por la arena.

—No solía. Bueno, al menos no al principio —responde Grace. Está abriendo y cerrando los armarios que hay en la pared del fondo del estudio, en busca de algo—. Más adelante sí, cuando cayó enferma y le resultaba más difícil trabajar fuera. Pero le gustaba tenerlas por si acaso. Para recordar la luz, decía, aunque luego se quejaba de que nunca tenía el mismo aspecto en la fotografía.

—Y tenía razón —afirma él seleccionando otra fotografía—, es imposible reproducir la luz en una instantánea.

En la imagen que sostiene se ve a dos personas hombro con hombro, con los codos apoyados en una barandilla, y de fondo un mar bravío. Una de las personas es Grace (mucho más joven pero esencialmente con el mismo aspecto: el pelo cortado a lo tazón, el rostro suave y redondo, la barbilla hundida debajo de una tímida sonrisa). La otra persona es alta, desmañada y de piernas largas, va ataviada con un chaleco y pantalones cortos, y el pelo rubio oscuro le cae por los huesudos hombros. Becker supone que se trata de Vanessa, aunque no puede estar seguro, porque su rostro está oscurecido. No, oscurecido no: borrado. Lo han rascado.

—¡Ay, madre! —Grace reaparece a su lado—. Esa es una fotografía muy antigua. Es mía.

Becker le da la vuelta: «Grace y Nick, Saint-Malo '81».

—Pensaba que era Vanessa —dice él.

Grace niega con la cabeza mientras le coge la fotografía. La estudia un momento.

—No, qué va. Es Nick. No sé por qué haría esto...

—¿Vanessa le rascó la cara? —pregunta él. Se da cuenta de que no le sorprende del todo; en sus diarios queda claro que tenía mal genio y que, ocasionalmente, podía actuar con cierto rencor.

—A veces se comportaba de un modo un poco raro. Era algo posesiva —dice Grace en voz baja—, lo cual siempre me pareció injusto teniendo en cuenta que exigía absoluta libertad para sí misma. Nick Riley era un amigo mío de la universidad. Durante un tiempo fuimos compañeros de piso. Y una vez salimos de acampada con otra chica, Audrey. Fue ella quien debió de sacar la foto. —Grace parece incómoda, como si estuviera un poco avergonzada—. Nick y yo llegamos a tener una relación muy estrecha. No se trataba de una relación romántica, pero... era una persona muy especial para mí. Era un chico bastante guapo. Y Vanessa siempre consideró que la belleza era su ámbito.

Grace se guarda la fotografía en un bolsillo de su cárdigan. Luego se da la vuelta y se dirige a un pequeño armarito de madera que hay debajo de la ventana y abre un cajón.

—Eso puede hacerla parecer una persona difícil, cosa que no era para nada —prosigue—. Simplemente a veces podía ser algo irascible, eso es todo. ¡Ah, aquí está! —Coge algo del cajón, una caja de madera—. Mira —dice dejándola sobre la mesa—. Ven a echarle un vistazo a esto.

La caja es de palisandro con incrustaciones de nácar. Grace abre la tapa: dentro hay huesos. Huesos y fragmentos de hueso rotos y descoloridos, no tan perfectos como el de *División II*. A Becker le parecen diminutos, como si procedieran todos de algún animal pequeño, tal vez un roedor, aunque qué sabrá él.

—¿Podría llevarme todo esto? —pregunta—. Creo que podría resultar útil. Y, en cualquier caso, son... cosas que recogió para usar en sus obras de arte, ¿no?

—Mmm... Está bien. —Grace asiente, y vuelve al armario—. En algún lugar hay otra caja llena de guijarros y conchas, y otra con plumas, y... ¡Ah, mira esto! —Coge una caja pequeña, más sencilla, y al abrirla deja a la vista el pequeño cráneo de un pájaro.

Con cuidado, Becker lo coge y lo sostiene entre el pulgar y el índice. Le da la vuelta y examina las cavidades oculares y el pequeño pico.

—¿Un gorrión, tal vez? —sugiere Grace.

Becker se encoge de hombros. No tiene ni idea, pero le recuerda algo que ha leído en uno de los cuadernos.

—Vanessa escribió que había encontrado el cráneo de un pájaro... ¿o quizá todo un esqueleto? De hecho, fue alrededor de la misma época en la que escribió que había terminado *División*... Creo que por aquel entonces tú no estabas aquí, ¿verdad?

Grace ignora la pregunta y coge unos fragmentos de hueso.

—Estoy bastante segura de que ninguno de estos es humano —dice—. Mira qué ligeros son. —Le tiende uno de los trozos más grandes—. Los huesos humanos son mucho más densos que los de los animales. Este será de cordero. Creo recordar que había unos más grandes en algún lugar. —Echa la cabeza ligeramente hacia atrás y se lleva los dedos a los labios, reflexionando—. Hizo copias, ¿sabes? Con moldes de yeso. Así es como creó *División II*. Encontraba huesos o fragmentos de hueso y luego los unía con cerámica, lo cual es formidable puesto que es justo lo que se usa hoy en día en medicina para reparar y reemplazar huesos.

—Grace —la interrumpe Becker, que ve una oportunidad y decide aprovecharla—. En cuanto a las cerámicas... Quería preguntarte acerca de las que hizo para la exposición individual que iba a tener en Glasgow.

Grace vuelve a prestarle atención y se lo queda mirando con las cejas enarcadas y una expresión expectante.

—En la última página de uno de los cuadernos que me diste hay una lista de las obras que Douglas y ella acordaron exhibir. ¿Te acuerdas? En esa lista aparecen unas treinta piezas de cerámica, pero casi ninguna de ellas llegó a Fairburn. ¿Sabes adónde fueron a parar? ¿Puede ser que Vanessa las vendiera? Y, de ser así, ¿hay algún comprobante de esas ventas?

Grace cierra la caja de palisandro.

—¿Sabías que le curé la muñeca? —le pregunta ella—. Te lo conté, ¿no? Fue entonces cuando nos conocimos. Tropezó con esa tapa de hormigón que hay ahí, justo a la derecha del sendero. La de la fosa séptica. —Vuelve a dejar la caja en el estante—. Nos conocimos a causa de un hueso roto —dice ella volviéndose de nuevo hacia él y sonriéndole alegremente—. Y luego ella comenzó a usar huesos rotos en su obra. Me gusta pensar que es algo significativo. —Se queda un momento callada, y a continuación su expresión vuelve a ponerse seria—. ¿Puedo confiar en ti, Becker?

—Claro que sí —responde él con la esperanza de que al fin conteste a su pregunta.

Pero no lo hace, se limita a sonreír otra vez y dice:

—Bien. Entonces te dejaré solo para que puedas husmear tranquilamente en el estudio e iré a preparar la cena. ¿Media hora te parece bien? Cierra bien cuando hayas terminado. Ahí a la derecha hay una linterna, cógela o no verás nada. Y ve con cuidado al regresar, el terreno es muy irregular.

Él observa entonces que la mujer enfila con cuidado el sendero que desciende por la ladera hasta que desaparece en la oscuridad. Poco después oye cerrarse la puerta principal de la casa.

Se ha quedado solo.

Una fina luna se oculta detrás de un velo de nubes y el haz de luz de un faro barre el mar. Marea muerta, pronto cambiará. Un graznido, agudo y angustiado, lo sobresalta. Una gaviota argéntea sobrevuela por encima de su cabeza y él vuelve a entrar en el estudio.

Al fin tiene a Vanessa solo para él.

Revisa el contenido de la caja que tiene más cerca y se pone a examinar bocetos, muchos de los cuales apenas son unas pocas líneas en una hoja. Entre los dibujos de la isla y el bosque, también encuentra bocetos de personas: una figura arrodillada y otra tumbada vistas desde distintos ángulos. ¿Estudios, tal vez? No de ningún cuadro que él haya visto, piensa Becker.

Mientras revisa todos estos papeles, todas estas cajas, tiene la impresión de que no importa cuántas cosas examine, de alguna forma siempre habrá más, y más, y más: Grace es como una maga que no deja de hacer aparecer de la nada cartas y bocetos. O tal vez como un gato que le lleva sus tesoros. Solo que no son sus tesoros, ¿no? Y, en cualquier caso, lo que los gatos llevan no son tesoros, sino animales que han matado.

Grace está ocultándole cosas. El modo en que ha ignorado su pregunta sobre las cerámicas que faltan se lo ha dejado muy claro. Puede incluso que lo esté haciendo literalmente: la casa no es grande, pero es posible que haya algún trastero; un sótano, tal vez, o un ático. ¿No ha mencionado en un momento dado una despensa? Supone que tendrá que darle la oportunidad de negarlo.

Se dirige al fondo del estudio, abre el horno e inhala el aroma a polvo y ceniza. Siente un cosquilleo en la piel al imaginarse a Vanessa allí, abriendo esa misma puertecilla para comprobar con el corazón en un puño si la pieza ha sobrevivido a la cocción. Si pudiera, a Becker no le importaría nada pasar allí la noche, entre sus cosas, a pesar del frío. Pero no quiere mostrarse irrespetuoso. Y todavía tiene cosas que hacer y preguntas pendientes.

Cierra la puerta metálica y, agarrando la linterna con los dientes, pone el candado. Apenas se ha dado la vuelta cuando la linterna parpadea una vez y luego una segunda antes de apagarse del todo, dejándolo completamente a oscuras. Coge su móvil del bolsillo y, al cabo de unos segundos, consigue encender la linterna. El haz de luz ilumina una estrecha franja de hierba que tiene delante; más allá, la oscuridad es total. Becker empieza a descender por el sendero, sosteniendo el móvil frente a él y advirtiendo que no hay nada de cobertura.

La casa está iluminada y cálida, y en la cocina se mezcla el olor a pollo asado con el del humo de la leña. Grace abre una botella de vino tinto. Su pálido rostro está sonrojado y tiene manchas de sudor bajo las axilas.

—¿Bebes vino? —le pregunta a Becker, y le tiende una copa antes de que él pueda contestar—. Siéntate, siéntate —dice, y luego comienza a ir de un lado a otro, farfullando para sí: «¿Dónde he puesto...?», «¿Dónde está...?». Por fin encuentra las cerillas que no encontraba y enciende una vela.

Con el vino, la luz tenue, y la vela recién encendida sobre la mesa puesta con esmero, la escena parece extrañamente romántica, y Becker siente una inesperada punzada de pánico. No puede evitar pensar en la patrona del relato de Roald Dahl que atrae jóvenes a su establecimiento para luego envenenarlos y disecarlos. Se saca el móvil del bolsillo.

—Aquí no hay cobertura —dice lastimero.

—Solo en lo alto del peñasco —informa Grace—, y no te recomiendo que vayas ahí arriba a oscuras. ¿Tienes que llamar a alguien? Hay wifi. Puedes usar el whatsnosequé ese.

Él sonríe.

—WhatsApp.

—El problema es que no tengo ni idea de cuál es la contraseña —añade ella frunciendo el ceño.

—Suele estar en el router.

—¡Ah, sí! Está instalado en el dormitorio de Vanessa. Iré a verlo.

Desaparece y regresa un momento después con un trozo de papel en el que ha escrito el código.

—Gracias —dice él levantándose de la mesa—. Solo quiero ver qué tal está Hels, iré a hacer la llamada... —Indica que va a ir al salón.

—Claro.

Helena no contesta, así que le envía un mensaje avisándola de que no tiene cobertura y que le escriba por WhatsApp si lo necesita. Espera unos segundos para ver si le responde, pero las pequeñas marcas de verificación permanecen obstinadamente grises, de modo que regresa a la cocina, vuelve a sentarse a la mesa y le da un largo trago a su copa de vino. Intenta no imaginarse a Sebastian pasándose por su casa para ver qué tal está Helena.

—¿Todo bien? —pregunta Grace sin volverse hacia él.

—Sí, todo bien —asegura Becker. Da otro sorbo. Ahora que ha pensado en Sebastian, puede oír mentalmente su voz diciéndole que resuelva este asunto de una maldita vez—. Grace, tengo que preguntarte acerca de las pinturas y las cerámicas que aparecen en esa lista que he mencionado antes.

Grace se inclina para abrir el horno, saca la bandeja con el pollo asado y la deja de forma ruidosa sobre los fogones de la cocina.

—Siempre estuve aquí para Vanessa —dice.

—Sí —repone Becker frustrado—. Ya lo sé, yo...

—No, no lo sabes. —Se vuelve hacia él y, tras quitarse los guantes, se seca el sudor de la frente con el dorso de una mano. Su expresión es sombría—. Siempre estuve aquí para ella, desde el momento en que nos conocimos cuando se rompió la muñeca. Yo era la persona en quien confiaba, de quien dependía. Se abstraía en su trabajo y se olvidaba de comer, de modo que le traía comida. Cocinaba para ella. Arreglaba lo que se estropeaba o, si no podía hacerlo yo misma, buscaba a alguien que lo hiciera. La llevaba de aquí para allá. Le hacía la vida más fácil. La escuchaba cuando hablaba, aunque la mitad de las cosas sobre las que hablaba me resultaban ajenas. Estuve aquí cuando la atacó aquel hombre. La protegí. Y también estuve aquí para ayudarla a rehacer su vida cuando todo se desmoronó. Después de lo de Julian. —Abre un cajón y saca un cuchillo y un tenedor para trinchar y se los tiende a Becker—. ¿Harás los honores? —pregunta señalando el pollo con un movimiento de cabeza—. Hay algo que debo enseñarte.

Mientras Becker trincha con escasa pericia el pollo, se prepara para la temida confrontación. Sabe lo que Grace va a decirle: que se merece una recompensa por todo lo que ha hecho, y lo cierto es que una parte de él está de acuerdo con ella. Le parecería justo que, después de todo lo que hizo por Vanessa, fuera recompensada, pero —al igual que Sebastian e incluso que ella misma— sabe que esto no tiene nada que ver con lo que es justo, sino con lo que Vanessa estipuló en su testamento.

Cuando Grace regresa a la cocina, frunce el ceño al ver el desastre que Becker ha hecho con el pollo y le da un paño de cocina. Luego deja un trozo de papel en la mesa delante de él y coge el cuchillo y el tenedor de trinchar.

—Lee esto —dice mientras se dispone a terminar ella el trabajo que él ha empezado.

Becker ve que se trata de una nota escrita con la ahora familiar letra de Vanessa en un papel con manchas marrones oscuras.

¡J, no podemos seguir dando vueltas y más vueltas y más vueltas!

El fin de semana estaré de regreso y para entonces debes haberte marchado. No hay más dinero en el bote.

Nos hemos querido y nos hemos odiado y ahora podemos al fin ser libres el uno del otro.

¿No es maravilloso?
Debes encontrar tu propio camino.
Te quiere,

Nessa

—Esa semana habían estado juntos —dice Grace ofreciéndole un plato a Becker—. Pasando tiempo juntos, durmiendo juntos. También discutieron, puesto que, tal y como era habitual, él quería dinero. Yo los dejé solos, me fui a mi casita del pueblo. No quería estar alrededor de todo eso. Y, para serte sincera, él no me caía nada bien. —Se sirve a sí misma y se sienta—. En cualquier caso, él llegó el sábado. Estuvieron unos pocos días juntos y, el jueves, Vanessa se marchó en coche a Glasgow para ver a Douglas Lennox y terminar los preparativos de la exposición; para entonces apenas faltaba un mes más o menos para la inauguración. Vanessa se llevó unos cuantos cuadros en el coche, los que ahora tienen en Fairburn. El resto, todas las cerámicas y los lienzos más grandes, serían trasladados más adelante en una furgoneta. La mayoría de estas obras estaban en el estudio, listas para ser empaquetadas.

»Así pues, como digo, Vanessa se marchó el jueves. Lo hizo temprano a causa de la marea. Julian todavía estaba durmiendo, de modo que ella le dejó esta nota que te acabo de mostrar. —Grace le da un mordisco a la comida y luego la mastica, negando al mismo tiempo con la cabeza—. Esto no puede divulgarse, ¿lo comprendes, Becker? Ella no quería que nada de esto fuera público.

—Sí, de acuerdo —responde Becker con impaciencia—, pero ¿nada de qué? ¿Qué es lo que quieres decir?

—Vanessa dejó la nota al lado de la cama y, cuando regresó el domingo, se la encontró en el estudio en medio de los escombros. Todas las cerámicas estaban hechas añicos y los lienzos, rajados. Todo había quedado destrozado.

24

Eris, verano de 2002

Cuando Grace llegó ese domingo, el coche de Vanessa estaba aparcado en el patio, pero la casa estaba vacía, de modo que enfiló el sendero que ascendía por la colina en dirección al estudio. A medida que iba acercándose, comenzó a oír un extraño ruido como de raspado. Era como si una herramienta de torneado estuviera rozando un torno, solo que sonaba más alto, mucho más alto.

Cuando alcanzó la puerta del estudio, se dio cuenta de que era Vanessa; estaba llorando arrodillada, y el ruido procedía de su garganta. Estaba en el suelo y tenía manchas de sangre en el pelo, en la ropa y en las manos. También había sangre en el suelo.

—¡Vanessa! —Grace corrió hacia ella y se arrodilló a su lado—. ¿Qué ha pasado? ¿Estás herida, Vanessa? ¿Qué ha pasado?

Vanessa no contestó, seguía haciendo ese espantoso ruido y apretaba los puños con tal fuerza que la sangre comenzó a resbalar entre sus dedos.

—¡Vanessa! ¡Para, para! —le dijo Grace mientras tiraba de los dedos de Vanessa intentando abrirle los puños; se puso a llorar y a gritar ella misma—: ¿Dónde estás herida? ¡Contéstame! ¡Dime qué ha pasado, por favor!

—Todo —susurró Vanessa.

Señaló a su alrededor al tiempo que abría el puño. Fragmentos de porcelana ensangrentada cayeron al suelo.

—Lo ha destrozado todo.

Grace apenas se atrevía a mirar el estropicio. Había escombros por todas partes. Unos obscenos tajos se abrían cual heridas en los lienzos apoyados en las paredes.

—Tus manos —dijo Grace. Vanessa abrió el puño derecho y Grace cogió el arrugado trozo de papel que sostenía, una nota. Para Julian—. ¿Dónde está, Vanessa? —preguntó Grace—. ¿Dónde está Julian?

Vanessa negó con la cabeza y cerró los ojos.

Cuando finalmente volvió a abrirlos, Grace la ayudó a ponerse de pie y, con un brazo alrededor de sus hombros y otro sosteniéndole con fuerza la muñeca izquierda, la guio hacia el lavabo. Vanessa no se resistió a que Grace le colocara las manos debajo del agua corriente; permaneció en silencio y sin moverse mientras hacía todo lo que podía para quitar las astillas de porcelana que todavía tenía en las palmas y los dedos.

Ninguna de las dos dijo nada más.

Un poco después, llevó a Vanessa de vuelta a la casa y la sentó en el borde de la bañera para limpiarle la sangre de la piel y desinfectarle y vendarle las manos. Le dio una pastilla para dormir y la metió en la cama. Luego volvió al estudio. Recogió los trozos más grandes de cerámica y los colocó cuidadosamente sobre la mesa en distintos grupos, intentando averiguar qué fragmentos pertenecían a la misma pieza. Barrió y fregó el suelo, vertiendo los restos de sangre y escombros en la hierba, donde acabaron filtrándose en la tierra.

Era una noche hermosa y templada, con una suave brisa procedente del mar, por encima de los arbustos de tojo, y que llevaba consigo un aroma a algas y coco, pero cada bocanada de aire que Grace tomaba le sabía a sangre y a desinfectante. Cuando por fin hubo terminado, se sentó en la cocina y se bebió un whisky para eliminar el sabor metálico que tenía en la boca.

Luego fue a ver cómo se encontraba Vanessa, que seguía durmiendo, y llamó al contacto de emergencia de la consulta para avisar de que no podría ir al día siguiente. Fue la primera vez en una década que faltaba al trabajo.

Se quedó dormida en la mesa de la cocina, con una botella de whisky abierta delante de ella.

En algún momento, pasada ya la medianoche, se despertó con un sobresalto. Tras erguirse, se limpió la baba de la boca, movió circularmente los doloridos hombros e inclinó la cabeza a un lado y a otro para desentumecer los músculos del cuello. Cuando ya estaba a punto de ponerse de pie, se dio cuenta de que no estaba sola y de que Vanessa estaba sentada al otro lado de la mesa en la oscuridad, con el rostro pálido cual máscara mortuoria.

—¡Joder! —dijo Grace con un grito ahogado—. Me has asustado. —Se levantó para encender la luz.

—¡No! —gritó Vanessa, y luego, en un tono más amable—: Por favor.

Grace volvió a sentarse.

—¿Cómo te encuentras? ¿Cómo tienes las manos? —Vanessa no contestó, así que Grace añadió—: Mañana me he cogido el día libre. Llamaré a la policía a primera hora.

—No.

—Es un delito de daños contra la propiedad, Vanessa.

—*No.*

Grace exhaló lentamente.

—Está bien..., pero al menos avisemos a la galería...

—No, Grace. No «tenemos» que avisar a nadie. No llames a nadie. No se lo digas a nadie. No hagas nada.

—Pero tienes que contárselo a...

—¡No me digas lo que tengo que hacer! —dijo entre

dientes Vanessa—. Lo ha destrozado todo. ¿Lo entiendes? Todo.

—Lo sé, yo...

—Déjame sola, por favor. Por lo que más quieras, vete a la cama y déjame sola.

Cuando Grace se despertó a la mañana siguiente, el teléfono estaba sonando. Vanessa estaba sentada en la cocina, quitándose los vendajes de las manos.

—No lo cojas —dijo cuando vio a Grace acercarse al aparato—. ¿Podrías ir al pueblo a buscarme unos cigarrillos? —Unas largas ojeras del color de un moratón se extendían bajo sus ojos y tenía el rostro hinchado, pero su mirada era lúcida y su tono de voz firme.

—Claro —respondió Grace con cautela—. ¿Necesitas algo más? ¿Te preparo algo para comer?

Vanessa negó con la cabeza. Cuando Grace se acercó para inspeccionar sus manos, Vanessa apartó la cara, pero no se resistió.

—Mantenlas limpias y secas —dijo Grace—. No intentes hacer demasiadas cosas.

—¿Qué voy a hacer? —preguntó Vanessa, y comenzó a reírse en un tono agudo y extraño.

El teléfono sonaba continuamente, pero Vanessa no contestaba. No hacía nada. Apenas se movía de la cocina. Se quedaba ahí sentada, fumando, bebiendo café y mirando el mar y la carretera que conducía al pueblo como si esperara que fuera a llegar alguien.

Hasta que, después de seis días, a última hora de la tarde del sábado, llegó alguien.

Al principio Grace se sintió aliviada. Estaba paseando por la playa cuando vio que un coche de policía recorría despacio la carretera. «Por fin ha entrado en razón», pensó. Apretando el paso, se apresuró a acceder a los escalones: quería estar presente cuando Vanessa hablara con los policías.

Estaban todos en la cocina: dos hombres uniformados permanecían incómodamente de pie cerca de la puerta mientras Vanessa seguía sentada a la mesa de la cocina, fumando. Grace empujó un poco a uno de los agentes para abrirse paso y entrar.

—Soy amiga de Vanessa —anunció Grace—. También vivo aquí.

—Bueno, no exactamente —dijo Vanessa con los ojos clavados en las ascuas de su cigarrillo.

Los agentes de policía intercambiaron una rápida mirada.

—Estábamos hablando sobre el señor Chapman y la última vez que fue visto —indicó el mayor de los dos agentes.

—Ha desaparecido —explicó Vanessa enseguida, mirando a Grace por primera vez desde que esta había entrado en la cocina.

—¿Desaparecido? —repitió Grace.

—Eso es lo que dice Isobel. Al parecer, no acudió a su cumpleaños.

Grace soltó una breve carcajada.

—¿Y eso... quiere decir que ha *desaparecido*? ¿Que no acudiera a un cumpleaños?

Vanessa se encogió de hombros.

—Raro es. No la llamó ni nada. Eso es inusual. Tienen una relación muy estrecha.

—Tengo entendido que el señor Chapman estuvo aquí de visita —dijo el primer policía.

Grace tardó un momento en darse cuenta de que estaba dirigiéndose a ella.

—Así es —respondió—. Estuvo aquí la semana pasada..., no, la anterior. Se marchó el jueves. Yo no estaba aquí, me encontraba en la casita que tengo en el pueblo, pero lo vi... Bueno, vi su coche. Lo vi cruzando el pueblo el jueves, sobre la hora de comer.

—¿Vio su coche?

—Sí, un deportivo rojo. No se ven muchos de esos por aquí. Y conduce como un lunático, así que llama la atención.

El segundo policía, el más joven de los dos, esbozó una sonrisa de satisfacción.

—¿Como un lunático? ¿Quiere decir que iba rápido?

Grace asintió.

El más mayor se volvió hacia Vanessa.

—¿Y no sucedió nada... raro durante la visita de su

marido? ¿No hubo ninguna discusión ni nada parecido?

Vanessa frunció el ceño.

—Bueno... Sabe que estamos separados, ¿no? Nos vamos a divorciar. Pero seguimos llevándonos bien. Vino a verme para hablar de dinero y...

—¿Vino hasta aquí para eso? —quiso saber el más joven—. ¿Desde Oxford? ¿No podría haberla llamado?

—Ya le he dicho que todavía somos amigos —señaló Vanessa. Su tono de voz, suave y sombrío, se volvió duro como el cristal—. ¿Comprende lo que significa llevarse bien?

El policía se sonrojó hasta las orejas. Vanessa prestó entonces atención al otro.

—Como he comentado, me parece extraño que no acudiera al cumpleaños de su hermana, pero tampoco es del todo impropio que Julian desaparezca. Es una persona con... muchos amigos. Normalmente tiene unas cuantas novias y un sinfín de acreedores. Y bebe bastante. Como pueden ver, no está aquí. —Señaló a su alrededor con una mano—. Pueden echar un vistazo si así lo desean. Que yo sepa, se marchó el jueves tal y como Grace les acaba de decir, poco después de que yo me hubiera ido en coche a Glasgow. Cuando regresé el domingo alrededor del mediodía, su coche ya no estaba, así que supuse que había vuelto al sur.

No echaron ningún vistazo. Dieron por válido lo que les había explicado y, tras darle una tarjeta y la típica monserga de «si recuerda algo...», se marcharon.

Cuando los agentes de policía ya estaban en el coche recorriendo la carretera de camino al pueblo, Vanessa se puso de pie y dejó la cocina. Luego salió de casa y comenzó a ascender la colina. Grace fue tras ella.

—¿Por qué no se lo has contado? —preguntó alzando la voz.

Vanessa la ignoró, pero cuando Grace volvió a hacerle la misma pregunta, se volvió con expresión furiosa.

—¿Contarles qué, Grace? ¿Que destrozó todas mis obras? ¿Y si le ha pasado algo? Si les cuento lo que hizo pensarán que yo le he hecho algo a él. La prensa se enterará y los periodistas comenzarán a acampar en la playa y a deambular por mi isla. Nunca me dejarán en paz.

—Pero... ¿cómo van a pensar que tú has tenido nada que ver con su desaparición? —protestó Grace—. Estabas en Glasgow, Vanessa, estabas en la galería; ¿cómo podrías haberle hecho algo?

Vanessa no dijo nada; permaneció inmóvil, mordiéndose el labio inferior y mirando a un lado. Parpadeó furiosamente y luego, tras echarse el pelo por encima del hombro con un movimiento de cabeza, se volvió y se alejó hacia el estudio.

El teléfono sonaba y sonaba; Grace tenía prohibido contestar.

Otro policía apareció unos pocos días después, uno distinto, un hombre ataviado con ropa de civil. Procedía del sur e insistió en hablar solo con Vanessa. Grace se quedó esperando en el pasillo y oyó como el tipo le hacía las mismas preguntas que los otros agentes de policía, y luego unas cuantas más.

«¿Cuál es la naturaleza exacta de su relación con la señora Haswell? —le preguntó a Vanessa—. ¿Dónde duerme? ¿Qué tal se llevaban la señora Haswell y el señor Chapman? ¿Discutieron alguna vez?» Al final del interrogatorio, el detective le explicó a Vanessa que, si bien algunas personas podían confirmar que el deportivo rojo había sido visto por el pueblo ese jueves a la hora del almuerzo, un testigo aseguraba haberlo visto recorriendo la carretera de vuelta a la isla unas horas después ese mismo día, al anochecer.

—¡Yo no estaba aquí! —le gritó Vanessa—. ¿Cuántas putas veces he de repetirlo?

Grace volvió a entrar en la habitación, interviniendo con rapidez para calmar la situación antes de que Vanessa se metiera en problemas.

—¿El jueves al anochecer, ha dicho? —preguntó—. ¿A qué hora exactamente?

El detective se la quedó mirando con los ojos entornados.

—¿Dónde estaba usted el jueves al anochecer?

—Bueno, yo..., el jueves estuve en la consulta hasta las seis, supongo, o quizá hasta algo más tarde —dijo Grace—. Dentro de poco tenemos una inspección y hay mucho papeleo pendiente, y luego le llevé a Marguerite su Diovan porque había vuelto a olvidarse de recogerlo y...

—¿Marguerite?

—Es una paciente.

—¿Suele hacer visitas a domicilio?

—La verdad es que no, pero Marguerite vive justo a la vuelta de la esquina de la consulta, en una de las casitas del puerto, y..., bueno, está muy sola, así que intento pasarme a verla de vez en cuando. Como estaba diciendo, no había recogido su medicación para la presión arterial, de modo que se la llevé yo misma y ella me invitó a cenar, lo cual agradecí, pues había estado liadísima y no había tenido tiempo de hacer la compra, así que cenamos y...

—¿Qué comieron?

Grace se encogió de hombros.

—Mmm... Sopa de cebolla francesa. Y ensalada. Nos tomamos una copa de vino tinto cada una, y luego un café.

—¿A qué hora se marchó?

—Me quedé un rato porque, como he dicho, está muy sola. Pero todavía había algo de luz. Aun así, la marea ya había comenzado a cubrir la carretera, por lo que... —Grace miró la tabla de mareas que colgaba de la pared de la cocina—. Debían de ser entre las ocho y media y las nueve y media.

—¿La marea había subido?

—Estaba subiendo. —Grace le echó un vistazo a Vanessa, que miraba fijamente por la ventana y no parecía escucharlos—. Ya empezaba a ser demasiado tarde para venir a la isla.

—¿Empezaba? —repitió el detective.

—Bueno —dijo Grace—, si alguien conduce un todoterreno y sabe lo que está haciendo, podría haberlo logrado...

—La isla no es propiedad privada, ¿sabe? —señaló Vanessa uniéndose de pronto a la conversación—. Cualquiera podría haber venido. La gente suele visitarla para subir al peñasco, sobre todo en verano.

—¿De noche? —preguntó el detective.

—Al *anochecer* —respondió Vanessa enfáticamente—. Dependiendo del tiempo, la puesta de sol puede ser impresionante.

Grace frunció el ceño y se mordió el labio inferior.

—Vanessa —dijo en voz baja—, ¿no pensarás...? No creerás que intentó volver a la isla cuando la marea estaba subiendo, ¿verdad?

Vanessa se llevó una mano a la boca con los ojos repentinamente relucientes a causa de las lágrimas.

El detective, sin embargo, comenzó a negar con la cabeza.

—Eso no puede ser. Nuestro testigo lo habría visto,

¿no? Y, en cualquier caso, a estas alturas su coche habría aparecido.

Vanessa se mordisqueó un poco el labio inferior.

—Hubo un incidente hace tiempo..., ¿seis, quizá siete años? —Se volvió hacia Grace en busca de confirmación; esta asintió—. Fue antes de que yo viviera aquí. Alguien tuvo problemas en la carretera que une la isla y el pueblo. La marea arrastró su coche y pasaron semanas hasta que lo encontraron.

—Aunque ese día hubo una tormenta —intervino Grace—. Una tormenta terrible.

El detective se la quedó mirando un largo rato.

—¿Y el día que desapareció el señor Chapman?

—Calma chicha —contestó Grace—. En verano, la mayor parte del tiempo las aguas de esta bahía permanecen en calma.

El detective asintió lentamente y volvió a consultar sus notas. Luego miró de nuevo a Vanessa.

—¿Podría indicarme el nombre del hotel en el que se hospedó en Glasgow? —preguntó.

Vanessa inclinó la cabeza a un lado y exhaló un suspiro.

—No me hospedé en ningún hotel —dijo mirándolo a los ojos—. Me alojé en el *pied à terre* que Douglas Lennox tiene en Blythswood Square. Si se lo pregunta, probablemente él lo negará. Teme la reacción de su esposa. Cree que si se separa de él, lo dejará pelado.

La mirada del detective pasó de Vanessa a Grace y luego de vuelta a Vanessa.

—¿Mantiene relaciones sexuales con el señor Lennox?

Vanessa apretó los labios como si reprimiera una sonrisa.

—Es un galerista que expone mi obra. Y, de vez en cuando, nos acostamos.

El detective echó hacia atrás su silla y se puso de pie.

—¿Tiene algún inconveniente en que eche un vistazo por la casa, señora Chapman?

Dos días después acudieron más policías, una docena, y rastrearon toda la isla tal y como Vanessa había temido que sucediera. Registraron la casa, subieron al peñasco y miraron por el acantilado, peinaron el bosque... No encontraron nada a excepción de unos restos de sangre en el estudio.

—Es mía —le explicó Vanessa al detective—. Se me cayó un jarrón al suelo y me corté recogiendo los trozos. —Alzó una mano todavía vendada.

En casa, el teléfono no dejaba de sonar y Vanessa ya no podía permitirse ignorarlo, no mientras la policía anduviera husmeando por la isla, de modo que se vio obligada a responder las llamadas enojadas de Douglas y las histéricas de Isobel.

Lo sobrellevó todo con glacial indiferencia; su rostro era una máscara. Contestaba a todas las preguntas de los policías: ¿estaba deprimido? (un poco, a veces; seguía en duelo, su novia había muerto en un accidente seis meses atrás), ¿tenía problemas de dinero? (sí, sí, sí, ya se lo he dicho, sí), ¿cree que podría haberse quitado la vida?, etcétera.

La sangre resultó ser de Vanessa, tal y como ella les había dicho.

Más o menos un mes después de la visita de la policía, un pescador encontró una cartera negra en su redes a un par de millas al suroeste de la isla de Sheepshead; en su interior estaban las tarjetas de crédito de Julian.

No encontraron ningún otro rastro de él ni de su coche.

Había desaparecido.

25

—¿Julian lo... destrozó todo? —Becker ha repetido esto varias veces, como si fuera incapaz de asimilarlo.

Los detalles de la desaparición de Julian —el coche desaparecido, la cartera— fueron conocidos en su momento, pero ¿esto? ¿Este acto de vandalismo? Nunca había oído nada al respecto.

—¿Destruyó todo lo que Vanessa había hecho, todas las obras en las que había estado trabajando? ¿Y por eso ella canceló la exposición?

Grace asiente. Está sentada frente a él con las manos en el regazo y la cabeza agachada hasta casi el pecho. Se pasa el dorso de la mano por la mejilla.

—Pero... ¿por qué no se lo contó a Douglas, al menos? Podría haberse ahorrado mucho dolor, y gastos: el proceso judicial, años de recriminaciones...

Grace levanta la mirada y niega lentamente con la cabeza.

—Douglas habría querido acudir a la policía, y ella lo

sabía. Habría querido que presentara una reclamación al seguro, o que solicitara una compensación penal, y ella... tan solo no quería hacerlo. Créeme, intenté convencerla, pero estaba asustada... —Su voz se apaga y agacha de nuevo la cabeza.

—¿Asustada? ¿Quieres decir de la policía? ¿Temía que sospecharan de ella?

Cuando ella vuelve a levantar la mirada, Becker puede percibir cautela en su expresión.

—S-sí —admite ella recelosamente—. Temía que sospecharan de ella, temía lo que supondría para su refugio, Eris, que la gente pensara que Julian estaba en algún lugar de la isla. Pero por encima de todo esto... creo que en realidad también se sentía desconsolada. Y estaba en shock. Se negaba a reconocer lo que había pasado, la violencia que había tenido lugar.

Grace se sirve un poco más de vino; mientras le llena su copa, Becker repara en que le tiembla la mano.

—Lo siento —dice él—, hablar de todo esto debe de resultar duro.

Grace inclina la cabeza y esboza una sonrisa triste.

—La cambió —comenta en voz baja—. Lo que sucedió ese verano cambió su forma de ver el mundo... —Se toca otra vez la cara y vuelve la mirada hacia la ventana. Un coche con las luces largas encendidas alcanza al punto más alto de la colina del otro lado de la bahía—. No estoy segura de que volviera a ser ya la misma.

Durante un minuto o dos beben su vino en silencio.

A Becker la cabeza le va a mil, y las preguntas se arremolinan en su mente. En particular, se pregunta si será capaz de mantener en secreto esta confidencia. Tampoco es que haya jurado hacerlo, ¿no? Ha dicho que comprendía que Vanessa no quisiera que se hiciera público, pero no ha prometido nada. Y, siendo realista, no puede ocultarle esto a Sebastian.

—Grace —dice al fin—, entiendo por qué Vanessa temía lo que pudiera suceder si esto salía a la luz, pero creo que tengo el deber de contarle a Sebastian Lennox lo que pasó con esas obras.

—¡No, no lo tienes! —Ella niega con la cabeza enérgicamente—. Estamos hablando de unas piezas que fueron destruidas hace veinte años, mucho antes de que Fairburn heredara el legado artístico de Vanessa. No tienen nada que ver con Lennox. Por favor, Vanessa odiaría que todo este asunto fuera desmenuzado y que todo el mundo especulara sobre lo que hizo o dejó de hacer. Si tienes algún respeto por su memoria, no harás nada.

Becker se siente dividido entre el hecho de que Vanessa realmente odiaría que esto fuera público y el hecho de que, al mismo tiempo, forma parte de su historia, una parte fundamental de su historia. Sin duda, debió de influir en todo lo que vino después. Piensa en *División II* y sus delicados componentes encerrados en una vitrina de cristal, protegidos del mundo.

Hasta ahora.

—¿Recuerdas algún detalle de las piezas que fueron

destrozadas? —pregunta Becker—. ¿Qué aspecto tenían o qué tipo de formas eran? ¿Jarrones, cuencos, algo más escultural...?

Grace niega con la cabeza.

—Lo siento, la verdad es que no recuerdo demasiado bien las cerámicas... Los cuadros los recuerdo algo mejor, pero las piezas de porcelana las confundo todas. —La mujer se encoge de hombros con cierto sentimiento de culpa.

Becker experimenta una fugaz punzada de ira. «Vivías con un genio —piensa—, y ni siquiera prestabas atención.»

—Los nombres tampoco ayudaban —prosigue ella—. Siempre eran muy vagos. *Florecer*, *Aliento*... Nunca comprendí por qué no se limitaba a llamar a las cosas lo que eran. Supongo que esto me convierte en una filistea, pero ¿por qué *La esperanza es violenta*? ¿Por qué no *Faro de Sheepshead*? ¿Por qué *Tótem*? ¿Por qué no *Grace con pájaro*?

—*¿Tótem?* —repite Becker—. ¿*Tótem* era un retrato? ¿Tuyo?

—Aparezco yo sosteniendo una talla de madera de un pajarito —contesta ella en un tono arisco.

No está seguro de si se debe a la cantidad de vino que ha bebido o a lo escasamente iluminada que está la cocina, pero tarda un rato en darse cuenta de que Grace está llorando.

—Lo siento mucho, Grace... —dice entonces.

Alarga el brazo por encima de la mesa y le da unas torpes palmaditas en la muñeca. Ella vuelve la mano y se aferra a los dedos de la de él, apretándoselos momentáneamente. Luego inclina la cabeza y se enjuga las lágrimas que caen por sus mejillas con la tela de la camisa. Permanecen un momento así sentados hasta que, gracias a Dios, el móvil de Becker emite un pitido, proporcionándole una excusa para retirar la mano.

—Disculpa —dice Becker mirando el mensaje que ha recibido. Es de Helena; está cansada, se irá a dormir pronto. Él consulta la hora en su reloj con el ceño fruncido: apenas son las 21.30.

Grace se sorbe la nariz.

—¿Va todo bien? —pregunta.

Él asiente.

—Sí, todo bien, es... mi esposa.

—¿Algún problema? Pareces preocupado.

—Ah, no. No es nada. —Becker sonríe—. No es nada.

Grace tamborilea con las puntas de los dedos en una de sus mejillas.

—Está claro que es algo.

Becker niega con la cabeza.

—Cosas mías. Me preocupo por ella. El embarazo y el estrés de la situación en Fairburn...

Grace enarca las cejas.

—¿La situación? ¿Te refieres a nuestra situación?

—¡No, no! —exclama Becker negando de nuevo con la cabeza—. No me refiero a eso.

Se percata de que está borracho. Debe de estarlo porque, antes de que se dé cuenta, está hablando más de lo debido y abriéndole a Grace su corazón.

—Helena estaba prometida cuando nos conocimos —le explica—. Con Sebastian Lennox.

Las cejas de Grace se acercan todavía más al nacimiento del pelo y Becker se sonroja mientras juguetea con las borlas del mantel.

—Ella..., bueno..., cambió de idea. —Levanta la vista—. No fue cosa mía —dice, y Grace sonríe—. No, no, lo digo en serio. No es que yo intentara arrebatársela ni nada. Nunca habría imaginado ni por un segundo que sería capaz de dejarlo por mí. Él es mucho mejor partido.

Grace inclina la cabeza a un lado y mira a Becker a los ojos.

—Tu Helena parece que sabe juzgar bien a las personas —señala—. No todo el mundo quiere a alguien llamativo, predecible o terriblemente rico. Algunas personas ven más allá, ¿no? Y, a veces, a la gente como nosotros le atraen otras cosas más sutiles.

Becker asiente, sonriendo como un bobo, sin tener del todo claro qué quiere decir. «¿La gente como nosotros?» ¿Se refiere a ella y a él? ¿Qué cree ella que tienen en común ellos dos?

—¿Y este Sebastian ahora quiere librarse de ti? —pregunta Grace inclinándose hacia delante mientras sirve el resto del vino tinto en la copa de Becker.

—En realidad —contesta Becker sonrojándose aún

más—, Sebastian se mostró mucho más indulgente de lo que yo lo habría sido en las mismas circunstancias. —Se ríe nerviosamente—. El problema es su madre. Yo no le caía bien, para empezar, porque me considera un plebeyo; pero ahora me detesta, y me trata de un modo bastante... desagradable.

—Oh, Emmeline siempre fue desagradable —responde Grace poniéndose de pie.

—Ah, claro. —Becker empuja su silla hacia atrás y se levanta para ayudarla a recoger la mesa—. Se me olvidaba que la conoces.

Grace rechaza su ayuda con un movimiento de mano y él se hunde de nuevo en su asiento.

—Muy poco —dice—. Vino aquí en un par de ocasiones con Douglas, pero no tenía mucho tiempo para alguien como yo.

Becker puede imaginárselo: para Emmeline, Grace debía de ser poco más que una sirvienta.

—Supongo que debería ser más comprensivo con ella, después de todo por lo que ha pasado.

Grace suelta una risa burlona.

—Después de sufrir décadas de infidelidades podría pensarse que estaría feliz de deshacerse de ese viejo verde.

—Las circunstancias fueron realmente estremecedoras —murmura Becker—, y además del dolor por la pérdida está el sentimiento de culpa...

—¿Sentimiento de culpa? —repite Grace volviéndose hacia él—. ¿Por qué?

El cerebro de Becker, ofuscado a causa del vino, tarda unos segundos en procesar el hecho de que ha hablado de más, pero ahora ya es demasiado tarde: puede ver por la expresión de Grace que esta ha entendido lo que quería decir.

—¿Fue Emmeline quien le disparó? ¡Dios mío! ¡Es increíble!

—La familia procuró que no saliera a la luz —explica Becker maldiciéndose a sí mismo en silencio—. Todo el mundo quería protegerla... Ya había sufrido bastante.

—Entiendo —dice Grace. Ahora está apoyada en la encimera de la cocina, doblando y desdoblando el paño de cocina que tiene en las manos—. Increíble —repite—. Esa mujer podría acertarle a un conejo en el ojo con una escopeta de perdigones.

Becker se yergue.

—¿Cómo dices?

Grace asiente.

—Oh, sí, Emmeline es una excelente tiradora. Solía jactarse de que podría haber ido a las Olimpiadas si por aquel entonces hubieran permitido que las mujeres participaran.

Becker aparta su copa de vino y, algo tambaleante, se pone de pie. Le cuesta pensar con claridad. ¿Acaba Grace de sugerir que Emmeline podría haber disparado a Douglas a propósito?

—Yo... probablemente debería irme a la cama —dice.

—¡Vaya! —Está claro que Grace se siente decepcionada—. Quería enseñarte otra cosa. Hablar de una cosa contigo antes de que te lleves los cuadernos de vuelta a Fairburn. Pero antes he de estar segura de que puedo confiar en ti, Becker. —Se lo queda mirando con unos ojos enormes e implorantes—. Puedo confiar en ti, ¿verdad?

Grace atraviesa la cocina y enciende la luz principal. Becker se sienta. Entrecerrando los ojos a causa del resplandor, ve como ella abre la caja que ha cogido antes, la que contenía la nota de Vanessa a Julian, y saca un cuaderno.

—Como estoy segura de que ya habrás imaginado, lo que hay aquí dentro es lo que habría preferido quedarme. Puedes llevarte los cuadernos, pero te agradecería que no los exhibieras. Por favor. Hazlo por el bien de ella —dice Grace tendiéndole el cuaderno—, y por el mío.

Este cuaderno, otro Life Vermilion, es idéntico a los que ha estado leyendo en Fairburn, solo que en este la letra de Vanessa no parece tan elegantemente fluida y enlazada, sino que se ha vuelto enmarañada y errática. Su mano ya no sigue las líneas de la página y se extiende en todas direcciones, formando ángulos extraños y llenándola por completo. Muchas de las páginas están en blanco salvo por leves y lo que parecen inconexos restos de lápiz que conforman unas pocas frases apenas legibles.

—Cuando el cáncer regresó —explica Grace—, metastatizó y se le extendió al cerebro. —Se muerde el labio inferior mientras contempla a Becker hojeando el cuaderno—. Sufría dolores de cabeza terribles y comenzó a perder la visión del ojo derecho. Hacía tiempo que había dejado de trabajar con cerámica, no tenía la fuerza necesaria para moldear la arcilla, pero ahora ya ni siquiera podía pintar, y le costaba incluso dibujar. Se volvió, en estas páginas y en la vida real, mucho menos coherente. Como podrás observar, a veces no parece estar escribiendo para sí misma como en los cuadernos antiguos, sino más bien a alguien. A Frances, en ocasiones, o a mí.

Becker examina las páginas intentando encontrarles algún sentido a los garabatos de Vanessa. Algunas cosas sonaban mucho a ella:

Busco sustancia: sustancia literal, física. ¿Madera, otra vez, o piedra?

Otras, no tanto:

¿dónde está él dónde estás tú dónde estoy yo?

Algunas cosas eran insoportables:

¿está apagándose la luz o lo estoy haciendo yo?

Y otras, desesperadas:

Tienes que ayudarme. Me lo debes.

La última frase la subrayó tan enérgicamente que llegó a rasgar el papel.

—Me suplicó que la ayudara —dice Grace—. A partir de cierto punto, todo giró alrededor de eso. Todas nuestras conversaciones. Cuando se dirigía a mí, no me hablaba de otra cosa, suplicaba y suplicaba y, al final, lo hice. Hice lo que me pedía que hiciera.

Durante un largo momento Becker se queda mudo.

—¿La ayudaste? —repite al fin, sintiendo un hormigueo en la piel a pesar del calor que hace en la cocina. Se le ha formado un nudo en la garganta duro como el hueso de un melocotón.

—No creo que haya nada conclusivo en los cuadernos —prosigue Grace en voz baja—. Vanessa escribe sobre morfina en alguna ocasión, pero no hay nada que me incrimine. Nada que pueda condenarme, creo. De todos modos, en el caso de que esto saliera a la luz, dudo que pasara nada. Estoy segura de que ya es demasiado tarde para demostrar nada. Tuvimos mucho cuidado. Le di la dosis una noche con tormenta, pasaron tres días hasta que la ambulancia vino a recogerla. —Grace mira a Becker directamente a los ojos—. No temo a la ley, y tampoco es una cuestión de prestigio profesional, pues tengo claro que esta vez ya estoy jubilada para siempre. —Exhala un suspiro que le estremece todo el cuerpo—. Pero si la gente leyera esto, surgirían especulaciones y se generaría controversia, pues la prensa volvería a fisgonear su vida. Ella los detestaba, ¿sabes? Siempre lo hizo.

Odiaría que ahora se pusieran a desmenuzar sus huesos. —Al dejar la mesa, coloca una mano con suavidad sobre el hombro de Becker—. Es todo por ella. Todo lo que hice y todo lo que hago.

Becker permanece un rato sentado a solas en la cocina, intentando encontrarle un sentido a lo que acaba de oír sobre Julian y Emmeline, y también sobre lo que Grace hizo por Vanessa. A Vanessa. Tiene la cabeza embotada y parece incapaz de deshacer el nudo de sus pensamientos: cada hilo del que tira solo parece enmarañarlos aún más.

Finalmente decide irse a dormir. Cruza el salón a oscuras procurando no chocar contra ningún mueble, se sienta en la cama y, con la cabeza apoyada en las manos, escucha las olas mientras espera a que la habitación deje de dar vueltas de una vez. ¿Y ahora qué? ¿Qué sucederá mañana? ¿Va a contarle la verdad a Grace, que van a abrir la vitrina de *División II*? ¿Que tal vez incluso ya lo han hecho y que es posible que el último aliento de Vanessa se haya evaporado?

Lo despierta un fuerte pitido. Se ha olvidado de apagar la alarma. Se sienta en la oscuridad con un fuerte martilleo en la cabeza. Reprimiendo un quejido, busca a tientas su móvil en la mesita de noche. Tira algo al suelo.

Mierda.

No es la alarma, es una llamada de WhatsApp de Helena.

—¿Beck? ¿Puedes oírme? —dice ella en un tono lloroso y con eco, como si estuviera en una habitación vacía.

—Sí, te oigo. ¿Qué pasa?

—¡Ay! —Se echa a llorar y a Becker le da un vuelco el corazón.

—¿Qué sucede, Helena? ¿Dónde estás? ¿Helena?

—Hay sangre. Estoy sangrando.

—¡Dios mío! ¿Dónde estás? ¿Te encuentras en Londres?

—No, estoy en casa, en el cuarto de baño, yo...

—Está bien, está bien. —Becker procura que su voz suene lo más tranquila posible—. ¿Es...? ¿Cuánta sangre? ¿Es solo una mancha?

—No creo —contesta con un hilo de voz.

—Llama a una ambulancia. No, yo llamo a la ambulancia. No, joder, no puedo. No tengo cobertura. Llama tú, yo llamaré a Sebastian y le diré que vaya a esperar la ambulancia contigo. Sal del cuarto de baño, Hels, baja a la planta baja y asegúrate de que la puerta principal no esté cerrada con llave. Hazlo ahora, yo llamaré a Seb.

—Está bien. —Ella emite un extraño ruido, algo entre una risa y un lloro—. Tengo miedo, Beck.

Las manos le tiemblan mientras llama a Sebastian. La llamada suena y suena. Cuelga y vuelve a intentarlo, y luego otra vez. A la tercera, Sebastian contesta.

—Helena está sangrando, tienes que ayudarla. —Becker procura no alzar demasiado la voz, esforzándose por disimular el pánico que siente—. ¡Tienes que ir con ella, ahora! ¡No hagas preguntas, por favor! ¡Sal ya!

—¡Voy! —dice Sebastian—. ¡Ahora mismo voy!

Becker apenas ha colgado cuando recuerda la marea. Se viste apresuradamente, cruza el salón a toda velocidad hacia la puerta principal y sale corriendo. Las olas están comenzando a lamer la carretera. Vuelve a entrar corriendo en la casa y coge el resto de sus cosas. Tiene que dejarle una nota a Grace, pero no encuentra nada donde escribirla. Coge un puñado de papeles de la caja que Grace sacó. Son cartas y tarjetas, no puede usarlas. Encuentra un recibo en uno de los bolsillos de su abrigo y garabatea la nota en él. Mientras lo hace, repara en una palabra escrita en la carta que hay en lo alto de la pila: *División*. Coge la carta, se la guarda en la chaqueta y sale corriendo por la puerta.

26

Cuando Grace abre los ojos, ve la silla que hay al lado de la cama, tapizada con una anodina tela de color naranja ya desvaída, y, detrás, una pared desnuda. Por un momento se siente desorientada y luego recuerda que se encuentra en la cama de Vanessa. Se queda mirando la pared, intentando acordarse de qué pintura colgaba allí antes, cuál de los cuadros era el que Vanessa veía encima de su cabeza cuando Grace se sentaba a su lado.

¿Cuál era? *Amanecer en invierno*. Una pintura del canal en la que podía verse la carretera alejándose sobre una extensión de mar de color verde hielo y que conducía el ojo hacia el pueblo y la nieve de las colinas. Uno de los primeros paisajes que Vanessa pintó de Eris, y uno de sus favoritos de siempre. Muchas de esas primeras pinturas fueron paisajes matutinos; le encantaba pintar en la playa o en la colina al amanecer, llena de ilusión y deleitándose en su libertad. Ahora *Amanecer en invierno* está en Fairburn. Grace se pregunta dónde estará colgado. No consigue imaginárselo bajo unos focos en una majestuosa galería de techos abovedados. Era un cuadro más bien humilde, corriente.

¡Puede preguntárselo a Becker! Acaba de recordar que no está sola, que tiene a alguien con quien hablar.

Le echa un vistazo al reloj que hay junto a la cama y se da cuenta de que es tarde. La marea ya habrá subido. Se da la vuelta; a través del hueco entre las cortinas, divisa un cielo azul. Siente una pequeña punzada de alegría: todavía le duran los efectos embriagadores del vino; aunque Becker bebió un poco más que ella. Y se siente descansada, pues ha dormido muchas horas y lo ha hecho profundamente. Y eso se debe a él. Al bienestar que le proporciona tenerlo allí con ella.

La noche anterior fue maravillosa. Volver a cocinar para alguien, compartir una comida, beber vino, hablar hasta las tantas. Se pregunta si será capaz de convencerlo para que se quede otra noche. Hay pasta, y salchichas del carnicero, y...

Siente una punzada, un intenso pinchazo en el estómago. Le contó lo de la morfina. Eso fue una imprudencia. Aunque él también confió en ella, ¿no? Le habló de su matrimonio y de los problemas que tenía en Fairburn. Han establecido un vínculo, ahora son amigos. Puede confiar en él. Pueden confiar el uno en la otra.

Consulta la hora: son casi las nueve. Debería despertarlo. En la ducha, planea el día: café, un desayuno rápido, un paseo por el bosque, una excursión al peñasco. En el camino de vuelta podrían visitar algunos de los otros lugares de la parte sur de la isla a los que a Vanessa le gustaba ir a pintar. ¿Y luego quizá podrían ir otra vez al estudio? ¿O mejor un paseo por la playa? Y una invitación para que se quede un poco más. Como alguien que no se da cuenta de lo hambriento que está hasta que prueba el primer bocado de una comida, Grace no ha tomado consciencia de lo sola que se sentía hasta que ha aparecido Becker.

Se permite a sí misma dejarse llevar por una ensoñación y fantasea con un futuro en el que Becker va a pasar unos días a la isla, o quizá incluso unas semanas, a veces con su esposa y el bebé, otras solo. Van a pasear a la playa y Grace cocina y se quedan charlando hasta tarde, bebiendo vino y hablando de Vanessa. A ella la invitan a Fairburn, Sebastian Lennox la ve de otro modo, la valora y la considera útil, alguien que puede aportar algo. Ayuda a archivar las notas y la correspondencia de Vanessa, tiene un papel, una nueva misión.

No es más que una fantasía. No es idiota. Y, sin embargo, resulta innegable que existe un vínculo entre ella y Becker. Los une Vanessa y ahora también la isla de Eris, aunque su conexión es más profunda que eso. Lo ha buscado en internet y ha leído sobre él: no es como la gente de Fairburn, no proviene de una familia rica.

Es como ella, una persona luchadora, no alguien a quien todo le ha venido dado. Sospecha incluso que comprende algunas cosas sobre James Becker mejor de lo que su pudiente esposa o su jefe podrían llegar a hacer nunca.

De vuelta en el dormitorio, descorre las cortinas. Hace un día espléndido. El mar está animado, con un color aguamarina tropical en las zonas iluminadas por el sol y un profundo azul atlántico donde las nubes proyectan sombras. El aire está despejado y la vista es tan nítida que Grace puede distinguir incluso los alcatraces posados en los acantilados de Sheepshead. Desde lo alto del peñasco podrán ver hasta el infinito.

Se viste con unos pantalones de senderismo y ropa abrigada —haga sol o no, hará frío— y sale silenciosamente al pasillo. Al cruzar el salón repara en que la puerta de su dormitorio —la de la habitación de invitados— ya está abierta. ¡Está despierto! Aunque no lo ve en la cocina; debe de haber ido a dar un paseo. Está preparando café cuando repara en el trozo de papel sujeto bajo el molinillo de pimienta.

Lo siento mucho. He tenido que irme. Una emergencia. Te escribiré un email luego para explicarlo.

Gracias por todo. B

El corazón se le encoge como si un puño se lo agarrara y luego apretara y apretara hasta que no quedara en él una gota de sangre. Se echa a llorar como un niño decepcionado y después la acomete una ira salvaje, como si hubiera recibido un fuerte bofetón en la cara. Odia a Becker. Al impactar en la pared, la cafetera suena como el chasquido de un disparo.

27

Londres, 1981

Grace estaba en la cola de la cafetería de la universidad cuando, desde el otro lado de la sala, oyó el inconfundible deje pijo de Paul.

—Es terrible, colega. Se queda ahí quieta y ya está. Es como hacerlo con una tabla de planchar.

Chanzas, risas.

Grace agachó la cabeza hasta pegar la barbilla al pecho, pero con el rabillo del ojo pudo ver su mata de pelo de color rubio pajizo y su rechoncha figura: Paul, el hombre con el que había estado acostándose las últimas tres semanas, el hombre con el que había perdido la virginidad.

—En serio, ha sido una auténtica decepción. Pensaba que las feas eran las que más se esforzaban.

Más risas estruendosas. La gente empezaba a volverse hacia ellos, mirándolos y escuchándolos.

—¿No se supone que han de estar agradecidas?

El pánico paralizó a Grace: si se movía ahora, llamaría la atención sobre sí misma. Podría verla alguien. Ellos mismos, y se darían cuenta de que los había oído, de que había estado presente para el veredicto, para su humillación, lo cual no haría sino que se regodearan aún más en el escarnio.

—Eres un capullo, ¿lo sabías? —Otra voz, clara como una campana, se alzó por encima del ruido—. Sí, estoy hablando contigo, Paul Connolly, gordo de mierda. ¿En serio crees que alguna mujer puede sentirse agradecida por tenerte a ti sudando encima de ella?

La salvación había llegado en la improbable forma de Nicholas Riley, un chico delgado, pálido como la leche y con un puñado de pecas en la nariz, guapo de un modo discreto, listo y dotado de un ingenio lo bastante perverso para resultar interesante. Nicholas estaba sentado solo a la mesa contigua a la de Paul y sus amigos y, cuando dijo eso, se volvieron hacia él y unos cuantos incluso se pusieron de pie y se inclinaron hacia él profiriendo insultos. Grace se retiró silenciosamente de la cola, dejó la bandeja en el montón y huyó, hambrienta pero aliviada.

Después de ese día, Grace intentó evitar a Nicholas. Le daba vergüenza tener que reconocer el incidente, verse obligada a admitir que había estado presente en su propia humillación pública. Aun así, no dejaba de encontrárselo por todas partes; era como si estuviera buscándola: lo veía sentado en la hilera de delante de ella en una conferencia, en el césped de Russell Square a la hora del almuerzo, detrás de ella en la cola para comprar entradas en el cine del Brunswick Centre.

—Debe de estar escrito en las estrellas —dijo él dándole unos golpecitos en el hombro para que se volviera—. Sin duda, estamos predestinados —añadió guiñándole un ojo. Y en ese momento ella lo supo: iban a ser amigos.

La hacía reír. «No eres como las otras chicas», solía decir, lo cual la hacía reír más que ninguna otra cosa: era un estúpido cliché, algo que la gente dice en ridículas películas románticas, pero que resultaba ser cierto en el caso de Grace. No era como las otras chicas. Era distinta de un modo difícil de precisar, pero a Nick no le importaba. Nunca le pidió explicaciones ni que se disculpara por nada.

Nick tenía otra amiga, Audrey, y esta tampoco era como las otras chicas, aunque era diferente en un sentido más convencional. No era rara, solo un poco estrafalaria. Audrey iba un curso por delante y estudiaba Psiquiatría. Era una chica alta, angulosa e intimidantemente lista. «A Audrey no le cae bien la gente —decía Nick—. Por eso quiere ser psiquiatra, para descubrir por qué todo el mundo es tan espantoso.» Pero a Audrey le caía bien Nick. También le caía bien Grace, y a esta le caía bien Audrey, si bien a veces habría preferido que no existiera, pues siempre que Audrey estaba presente Nick dejaba ligeramente de lado a Grace.

Los tres se mudaron juntos a un apartamento, un antro sucio e infestado de ratones situado encima de un quiosco de Goodge Street, y durante un tiempo fueron inseparables. Estudiaban sin pausa, aislándose de forma deliberada de todo y alejándose cada vez más de los demás estudiantes y de sus propias familias. Por fin Grace había encontrado su lugar, a su gente, y desechó la vergüenza de la soledad como un abrigo viejo.

En verano hicieron un viaje a Francia en el Vauxhall Astra de Nick. Estuvieron una semana acampados en un acantilado de Saint-Malo, jugando a las cartas y bebiendo vino barato hasta que terminaban vomitando. En Navidad ninguno de los tres regresó a su casa a ver a sus familias, sino que se quedaron en ese horrible apartamento que compartían, comiendo pizza o curry para llevar y viendo películas en VHS.

A principios de enero Grace cayó enferma. Comenzó a sufrir un dolor abdominal que fue cada vez a más hasta que desarrolló fiebre y se puso a delirar. Nick llamó a un taxi y la acompañó al hospital universitario, donde le dijeron que se le había reventado un quiste y que se le había infectado. La hospitalizaron de inmediato y estuvo ingresada ocho días, recibiendo fluidos y antibióticos por vía intravenosa.

Hasta el cuarto día no estuvo lo suficientemente despierta para extrañarse de que ni Nick ni Audrey hubieran ido a visitarla. Se llegó a plantear si habían ido y, en su delirio, se había olvidado, pero las enfermeras, que no dejaban de preguntarle si no deseaba llamar a nadie, insistieron en que no había acudido nadie a verla.

En el apartamento no había teléfono, de modo que cuando le dieron el alta del hospital no fue nadie a buscarla para llevarla a casa. Se marchó sola, haciendo caso omiso a las miradas de lástima de las enfermeras al salir al implacable frío de la calle.

Cuando llegó a su edificio, se detuvo un momento fuera para calmarse y practicar su indiferencia. Ascendió la escalera y abrió la puerta.

El apartamento estaba frío de una manera que sugería que la calefacción no se había encendido desde hacía días, y silencioso de una forma que evidenciaba la ausencia de sus habitantes. Audrey y Nick se habían llevado todas sus cosas y no habían dejado ninguna nota ni ninguna dirección. Grace no sabía dónde vivían sus padres, y tampoco tenía ningún número de contacto. No le habían dicho a nadie en la universidad que iban a abandonar los estudios, y habían dejado de pagar el alquiler.

No podía comprenderlo y no había nadie que pudiera explicárselo. Grace había empezado a verse a sí misma como una parte integrante de su grupo de tres. ¿Ahora qué era, pues? Tenía perfectamente claro que se trataba de un sentimiento injustificado: al fin y al cabo, la suya había sido una relación de amistad, no una aventura amorosa, y no había razones para lamentar la ruptura. Nadie había muerto, no tenía por qué sentirse afligida.

No obstante, la vuelta a las clases fue angustiosa. Estaba convencida de que todo el mundo sabía y comentaba lo que había pasado: Grace había querido a Nick y Audrey, pero ellos dos no la querían a ella.

Intentó centrarse en los estudios, pero estaba agotada. A causa de la depresión o de la enfermedad, apenas podía levantarse de la cama por las mañanas. Comenzó a tener pensamientos preocupantes de forma persistente e intrusiva: no dejaba de imaginarse a sí misma haciéndose daño o quitándose la vida, y pensaba en cómo le haría sentir eso a Nick. Le preocupaba, sin embargo, que este pudiera no enterarse, que ni siquiera llegara a descubrirlo; temía suicidarse para nada.

O que un día él regresara y viera en lo que se había convertido.

Estaba muy asustada.

Hizo lo que se suponía que debía hacer: acudió a su médico para pedirle ayuda, y este se la proporcionó. La derivó a una psicóloga, una mujer amable y paciente con la que nunca llegó a sincerarse del todo. Aun así, hizo lo que le aconsejaba: descansar y permitir que su cuerpo se recuperara. Pospuso los estudios un año, dejó el apartamento y se mudó a un estudio, se puso a trabajar de secretaria, hacía de voluntaria en una residencia de ancianos y hablaba con la psicóloga una vez a la semana. Empezó a comer mejor, a hacer ejercicio, a dormir.

Luego regresó a la universidad, trabajó duro, terminó sus estudios.

Hizo todo lo que debía.

Con el paso del tiempo, el sentimiento que perduró no fue tanto la conmoción que le había supuesto el abandono, ni tampoco el dolor o el rechazo, como una vergüenza insoportable, la humillación de caer en la cuenta de que había reglas que no comprendía y que, por más que lo intentaba, nunca conseguía sentir lo que debía del modo adecuado.

Dejó Londres tan pronto como pudo y se marchó al norte, a Edimburgo, y de ahí al oeste. Pensó que los pueblos pequeños, las aldeas rurales, serían más indulgentes; ahí podría intentarlo de nuevo, hacerlo bien, comportarse como es debido, escapar de su inadecuación.

Solo que esta la siguió, nunca dejó de hacerlo, hasta que llegó a Eris.

28

Al recorrer la carretera, ese limbo entre la isla y el pueblo, puedes imaginarte que estás en otro mundo; el lecho marino parece un espacio inexplorado, siempre cambiante.

Grace rara vez la recorre a pie, pues siempre le da algo de miedo, incluso en días como el de hoy en el que la marea está baja, los cálidos rayos del sol le iluminan el rostro y los ostreros trinan, las gaviotas graznan y el cielo es reconfortantemente azul.

Para cuando llega a la rampa que hay al final de la carretera, ya le cuesta un poco respirar. Asciende con esfuerzo la colina y, al acceder al aparcamiento del puerto, divisa a Marguerite. Está de rodillas, podando sus rosas y cantando para sí en voz baja con una entonación perfecta. Cuando Grace se acerca ella, se sobresalta. Tras ponerse rápidamente de pie, alza una mano para protegerse los ojos del sol y sonríe.

—¡Ah! *Madame le médecin!* ¿Me trae las pastillas?

Cada vez más, según Marguerite va siendo menos consciente de la realidad presente, ubica a las personas según el contexto en que las conoció. Así, Grace es su doctora, Grace le lleva su medicación.

—Hoy no hay pastillas —dice Grace—. Solo pasaba a saludar.

Marguerite asiente.

—Venga, venga —dice cogiendo a Grace de la mano. Sus dedos están congelados, tan fríos como la tierra—. ¿Quiere té?

Grace la sigue hasta la cocina que hay al fondo de la casa. Mientras Marguerite llena el hervidor de agua, Grace extrae un par de tazas del armario. Las guardó sucias y ahora están cubiertas de un floreciente moho verdoso.

—Voy a echarles un agua, ¿le parece? —pregunta Grace.

Marguerite asiente, sonriendo con timidez. Cuando extiende una mano para coger la cajita de té de un estante, Grace distingue en la parte inferior de su antebrazo un moratón de un oscuro color púrpura en el centro y con los bordes verdosos.

—¡Au! —dice Grace haciendo una mueca y señalándole el brazo—. Eso debió de doler.

—Au, *oui* —contesta Marguerite con una expresión seria—. Yo caigo, ¿sabe? No es mentira. De verdad, de verdad, *c'est vrai*.

Esto también surge del pasado, de los días en los que

Marguerite iba a ver a Grace con una herida y una historia inventada para explicar el accidente: había resbalado en un témpano de hielo, se había golpeado en la cabeza con la puerta de un armario. Y cuando Grace indagaba cuidadosamente en busca de la verdad, Marguerite se mantenía en sus trece e insistía en que «No es mentira, *c'est vrai*». Ahora, en cambio, casi seguro que es cierto. Grace le dice que la cree y Marguerite sonríe cual niña que ha recibido un elogio.

Para cuando dejan la cocina y se trasladan al salón, sin embargo, la anciana se muestra inquieta y no para de asomarse por la ventana cada par de minutos para mirar el aparcamiento que hay al otro lado de la calle.

—Creo que regresa pronto —dice juntando y separando sus huesudas manos, deformadas por el paso del tiempo y las repetidas fracturas.

—No, Marguerite, no tiene de qué preocuparse —dice Grace con firmeza—. No va a regresar.

—¿No? —Marguerite sonríe con cautela, esperanzada: quiere creerla.

—Vamos, siéntese —le sugiere Grace—. Siéntese y tómese el té. Cuénteme, ¿cómo se ha hecho daño en el brazo? ¿Se ha caído en casa o fuera?

Marguerite se lo piensa un momento y luego niega con la cabeza lentamente. Se lleva un torcido dedo índice a los labios.

—Usted hace algo por mí, yo hace algo por usted —dice.

—De acuerdo —contesta Grace, aunque no está segura de qué conversación exactamente están teniendo ahora—. ¿Qué quiere que haga por usted?

Soltando una risita, Marguerite da unas palmaditas con las manos, y Grace puede entrever un atisbo de la chica animada y coqueta que debió de ser en otra época. Trabajaba como camarera en un sórdido hotel de Lille cuando conoció a Stuart, un corpulento camionero de enormes manos e irresistible sonrisa; este la convenció para que hiciera las maletas y comenzara una nueva vida con él al otro lado del canal de la Mancha. La peor decisión que Marguerite tomaría nunca.

Llegó a Eris en 1992, y Grace la conoció al año siguiente, el año de las tormentas. El mismo año que Nick Riley apareció, sorprendiendo a Grace en el trabajo. No, sorprendiendo, no: *sorpresa* no alcanza a describir lo que sintió cuando Nick apareció de la nada sin previo aviso. Se quedó pasmada, sí. Estupefacta. Helada.

Aun así, Grace siempre se ha reprochado a sí misma que su atención estuviera centrada en otra cosa la primera vez que Marguerite fue a verla a la consulta. Esta le dijo que quería algo para el dolor. Había tenido un accidente, se había caído de la bicicleta. En retrospectiva, Grace sabe que debería haber hecho más por ella. Debería haberle hecho más preguntas, debería haber insistido más, no debería haber permitido que la convenciera de que no pasaba nada y que no hacía falta implicar a nadie más. ¿Por qué habría que hacerlo, cuando no era más que una caída? *C'est vrai*, no es mentira.

Grace estaba distraída y le siguió la corriente, mientras pensaba para sí que una caída podía explicar una costilla rota, y posiblemente también la mejilla fracturada y el diente partido, pero no las amoratadas marcas de dedos que tenía en el cuello, los brazos y los muslos.

Ahora Marguerite vuelve a estar de pie, observando la isla por la ventana.

—*L'île ne se souvient pas* —dice volviéndose hacia Grace, que se encoge de hombros y niega con la cabeza como diciéndole «no te entiendo»—. La isla no recuerda.

Grace aprieta los labios y reprime un suspiro. Su paciencia para este tipo de conversación dispersa y enigmática es limitada. Marguerite la mira expectante, pero Grace niega otra vez con la cabeza, de modo que Marguerite se vuelve para seguir mirando por la ventana.

—Creo que él regresa pronto —repite en voz baja para sí.

Lo triste, lo cruel, piensa Grace, es que, si bien Marguerite recuerda a Stuart, parece haberse olvidado del otro hombre, el tipo del que se enamoró cuando su marido fue a prisión. Ahora ya está muerto, pero compartieron varios años de felicidad. En vez de recordar con cariño a su dulce y amable granjero, permanece junto a la ventana, angustiada y temerosa, esperando eternamente la llegada de la bestia.

Cuando Grace se marcha, Marguerite la sigue hasta la puerta y toma su mano en el momento en que sale fuera.

—¿Adónde fue su amigo? —pregunta escrutando el rostro de Grace con la mirada—. ¿Qué pasó?

—No pasó nada, Marguerite —responde Grace retirando cuidadosamente la mano—. No hay nada de lo que preocuparse. Todo va bien.

El sol está bajo y brilla con palidez. Grace camina con una mano alzada para protegerse los ojos del resplandor. Un dolor de cabeza está naciéndole en la parte trasera del cráneo. Siente ahí una tirantez, como si alguien estuviera tirándole del pelo. Su paso es pesado, está molida, siente los efectos del vino de la noche anterior.

Le ha dicho a Marguerite que todo va bien, pero está claro que eso no es cierto. La anciana está demasiado enferma para vivir sola, cada vez le cuesta más desenvolverse por sí misma. Podría sufrir una caída grave, dejarse el gas encendido, incendiar la casa, envenenarse al comer de platos sucios... Grace debería llamar a la consulta el lunes y pedirles que envíen a una trabajadora social a su casa. ¿Sería eso lo correcto? Desde luego no sería lo más amable: la sacarían de su pequeña casita y la meterían en una horrible institución. No. Grace prefiere tenerla ahí, en el puerto, donde pueda seguir echándole un ojo.

De vuelta en la carretera, el aire es frío y húmedo al socaire de la isla. A su derecha, en la arena, algo se mueve, y Grace se sobresalta y se le acelera el corazón. Cuando vuelve a mirar, sin embargo, ve que no hay nada, solo la luz plana convirtiendo las sombras en bestias. Levanta la vista hacia la casa y apura el paso. Desde este ángulo solo se ve el extremo más estrecho del edificio, el de la cocina. Parece una construcción pequeña y desprotegida, como si una marea alta o una fuerte tormenta pudieran llevársela por delante.

El año en que Grace conoció a Marguerite, hubo dos grandes tormentas. La casa sobrevivió a ambas, aunque el tejado de uno de los graneros se vino abajo. La primera tormenta tiró el pino más viejo del bosque, cuyas raíces dejaron un enorme agujero en el suelo. La segunda tiró tres árboles más y dañó una sección de la carretera. Meses después esta fue reparada, pero en el bosque los gigantes caídos siguieron en el suelo años, retornando lentamente a la tierra.

Vanessa no llegó a conocer la isla antes de las tormentas, pero Grace sí. Grace recuerda la isla antes de que los árboles cayeran y también después, antes de que la carretera sufriera daños y después de que fuera reparada; puede distinguir cicatrices que nadie más ve.

Las personas también tienen de estas, ¿no? En la superficie o debajo siempre hay algún residuo, alguna marca causada cuando una bifurcación divide el sendero que recorren y su vida cambia por completo. Para

Marguerite fue marcharse de casa e ir allí (y, más adelante, el encarcelamiento de Stuart y la liberación que eso supuso para ella). Para Vanessa, fue ir a Eris, y también la desaparición de Julian y todo lo que comportó.

Diario de Vanessa Chapman

Hay un vacío en la casa que resulta aciago. Subo al estudio cuando todavía está oscuro y regreso cuando vuelve a estarlo; le doy vueltas y más vueltas y más vueltas en la cabeza, haciendo bocetos y escuchando y mirando y esperando. Nada viene. Nadie viene.

Solo la marea.

29

Cuando llega a lo alto de los escalones, Grace se detiene unos segundos para recobrar el aliento y luego, en vez de ir a casa, sigue ascendiendo la colina y, pasando asimismo por delante del estudio, se dirige hacia el bosque.

La luz está menguando y las sombras se agolpan y espesan. Marguerite tiene una expresión para describir este momento: «*L'heure entre chien et loup*», la hora entre el perro y el lobo. El tiempo en el que una cosa puede parecer otra, cuando algo benigno puede parecer amenazador, cuando un enemigo puede hacer acto de presencia con la apariencia de un amigo.

Cuando era una niña pequeña, de unos tres o cuatro años, Grace se pilló la mano derecha en una puerta (¿quién la cerró?, ¿el viento?, ¿su madre?), y se cercenó la punta del dedo corazón. La llevaron corriendo con su dedo cercenado al hospital, donde un cirujano consiguió cosérselo de nuevo.

Grace apenas recuerda nada, se lo contaron más adelante, presumiblemente cuando preguntó por qué tenía el dedo corazón de la mano derecha un poco deformado y algo más corto que el de la izquierda.

Lo que sí recuerda es que pasó una noche en el hospital. Ahora, como adulta y médica, no logra imaginar por qué la retuvieron por algo tan leve, pero así fue. Y lo que recuerda es esto: cuando sus padres acudieron a buscarla a la mañana siguiente, sintió un terror apabullante. No quería marcharse con ellos y se aferró gritando a la enfermera de sala. Estaba convencida de que no eran sus padres, estaba segura de que los verdaderos la habían abandonado, que ya no la querían, y que esos impostores se habían presentado en su lugar. Esos enemigos tenían una apariencia amigable, pero eran lobos con piel de cordero.

El miedo no duró demasiado, pero de vez en cuando volvía a ella en forma de pesadilla, y Grace se despertaba entonces cubierta de sudor, convencida de que había tenido lugar alguna equivocación cósmica y ella no estaba donde debía. No conseguía entender a qué se debía esta sensación, su infancia no fue feliz ni infeliz, sus padres no eran muy cariñosos, pero desde luego tampoco eran crueles. No la desatendieron. Podría decir incluso que fue querida. Simplemente no parecía tener nada que ver con ellos, eso era todo. Para cuando llegó a la adolescencia, sus padres y ella eran completos desconocidos.

Aunque nunca lo mencionaron, Grace está segura de que sus padres nunca llegaron a perdonarla por esa escenita en el hospital. ¿Por qué pensaría algo así una niña pequeña?, debieron de preguntarse. Y con motivo: en efecto, ¿por qué pensaría algo así una niña pequeña? ¿Por qué una niña imaginaría que sus padres la han abandonado? ¿Qué le pasa?

Como adulta —y como médica—, Grace se ha hecho esta pregunta multitud de veces. Ha leído mucho al respecto y sabe que los vínculos afectivos se establecen en los primerísimos años de la vida y que los bebés deben ver satisfechas sus necesidades por una presencia consistente que los calme, los alimente y les dedique la debida atención. ¿Careció ella de todo eso? ¿Es esa la razón por la que no siente las cosas del mismo modo que los demás? ¿Es esa la razón por la que a veces cree sentir afecto cuando únicamente la están tratando con mera amabilidad, por la que siente todo contacto como caricia o agresión, sin posibilidad de término medio?

Sigue adelante y se adentra en el bosque. Ahí es muy fácil imaginar figuras entre los árboles que, bajo la luz crepuscular, se transforman en animales, en hombres, en monstruos. En algún lugar del centro del bosque, una lechuza grazna. A Grace se le pone la piel de gallina y se le acelera el pulso: puede sentir las palpitaciones en la cabeza y en el pecho. Sigue adelante, adentrándose más en la oscuridad, atravesando el bosque en dirección al sitio en el que cayeron los árboles.

Por lo general, las bifurcaciones en el camino de Grace se han visto motivadas por los abandonos que ha sufrido. Comenzando, supone ella, por el primero, ese abandono infantil imaginario. Luego estuvo el de Nick y Audrey, y después, en cierto modo, también el de Vanessa. Vanessa le cambió la vida a Grace más que nadie, conocerla alteró su curso de forma irrevocable. Vanessa fue la respuesta a una pregunta que no tenía ni idea de haber estado haciendo.

Tras su muerte, Grace tuvo que devolver el equipo y las medicinas que había estado usando para cuidar de ella durante sus últimas semanas, pero fue creativa con su contabilidad farmacéutica, de modo que un frasco entero de morfina se quedó en el fondo del cajón del tocador de Vanessa.

El día que acudieron a llevarse su cadáver, Grace permaneció junto a la ventana de la cocina, observando la ambulancia mientras se alejaba hacia el pueblo. Se quedó escuchando el atronador silencio que se había hecho en la casa, temerosa de la oscuridad y deseando que subiera la marea para estar segura de que estaría a salvo y no la molestaría nadie.

Fue a dar un paseo: atravesó ese mismo bosque hacia lo alto del peñasco y luego volvió a bajar a casa; esa noche también oyó la lechuza.

Al día siguiente se dirigió a la habitación de Vanessa, pero vaciló ante la puerta cerrada. Cayó en la cuenta de que no quería morir sin nadar una vez más en el mar; deseaba sentir el impacto y el dolor del agua fría, y el alivio que seguía cuando su cuerpo se aclimataba; deseaba saborear la sal en los labios y hundir los dedos de los pies en la arena, sumergirse, escuchar el fragor de las olas rompientes.

Una última vez. Así pues, dio media vuelta, fue al cuarto de baño a coger su traje de baño del colgador de la parte trasera de la puerta y bajó al mar.

Al día siguiente volvió a quedarse delante de la puerta y, de nuevo, optó por no entrar. Ese día dio un paseo por la playa y, al siguiente, subió al peñasco. Y continuó así día tras día, buscando cosas que hacer, formas de mantenerse ocupada, encontrando cada día algún modo de resistirse a la llamada del frasco que guardaba en el cajón.

Unas pocas semanas más tarde recibió una llamada de su vieja consulta de Carrachan. Andaban cortos de personal, le dijo el administrador; uno de sus dos médicos de cabecera había dimitido inesperadamente y estaban desesperados; ¿había alguna manera de persuadirla para que regresara, aunque fuera a tiempo parcial?

Y con eso comenzó un nuevo capítulo. Vanessa había fallecido, pero la gente todavía necesitaba a Grace. El frasco de morfina continuó en el cajón.

Ya ha anochecido cuando vuelve a salir del bosque. Camina lenta y cuidadosamente y pasa por delante del estudio siguiendo el sendero y procurando no tropezar. La casa está oscura, pero se permite a sí misma imaginar que no está sola, que alguien está dentro esperándola, que solo tiene que abrir la puerta principal y encender la luz y el lugar cobrará vida; que entrará en una cocina con olor a cebollas friéndose en mantequilla, música en la radio y una botella de vino abierta en la mesa.

Abre la puerta principal. Enciende las luces. El silencio resuena como una campana. Cierra la puerta con llave tras de sí y se dirige a la cocina, donde ve la caja de zapatos repleta de cartas. La que descansa en lo más alto llama su atención. Está segura de que no le enseñó a Becker esta carta. Había otra en lo alto de la pila.

Esta carta sabe muy bien cuál es. Y la odia. Es una muestra de la Vanessa más pretenciosa y desagradable. No quiere leerla y, en realidad, tampoco necesita hacerlo: ha leído y releído sus palabras tantas veces que las frases más brutales han quedado grabadas en las paredes de su corazón tan profundamente como si hubieran usado un bisturí.

Querida Fran:

Muchas gracias por enviarme el libro de relatos de Ted Chiang. Me está encantando. En estos momentos su extraña melancolía me resulta intensamente conmovedora.

Sigo perdida, incapaz de trabajar. Me muevo sin rumbo fijo, sin propósito.

Intento poner la mente en blanco y dejar que las manos me guíen, dejar que la pintura o la arcilla me guíen, pero parece que soy incapaz de parar de pensar y, al poco, me encuentro a mí misma paralizada, a un tiempo a la deriva y atrapada.

Grace es una presencia constante. Se muestra cauta y solícita. No puedo respirar cuando ella está en la misma habitación que yo. Su atención resulta asfixiante, no puede saber cuánto sufro. Es incapaz de cierta profundidad de sentimiento. Ignora cómo es experimentar el tipo de amor sexual que me unía a Julian. Sé que no es culpa suya y sé también que solo se trata del modo en que está hecha, y, sin embargo, su falta de comprensión me enfurece.

La quiero, pero también me da lástima. Y desearía que no se aferrara tanto a mí. Imagino cómo sería si no estuviera aquí. Imagino la libertad y el miedo de mi vida sin ella.

Sé que estás enfadada conmigo por haberme perdido tu exposición en Bristol y que este último par de años no he sido la mejor amiga y he estado aún más ensimismada en mis cosas de lo habitual.

Por favor, perdóname. Te echo mucho de menos.

¿Podría ir a verte? Si pudiera escaparme de este lugar un tiempo, creo que comenzaría a sentirme yo misma otra vez.

Te quiere,

Vanessa

Frances nunca contestó. Vanessa se sintió profundamente herida, e incluso cuando —un año o así más tarde— hablaron y Frances le explicó que nunca había recibido la carta, su amistad ya nunca volvió a ser igual, no del todo.

A Grace se le emborrona la visión y parpadea para apartar las lágrimas de sus ojos. Incluso ahora, todos estos años después, las palabras de Vanessa la hieren en lo más hondo. ¡No es «incapaz de cierta profundidad de sentimiento»! En todo caso, lo que sucede es que siente demasiado, siente de un modo desproporcionado.

Y, en ocasiones, actúa en consecuencia.

La razón por la quc Franccs nunca contcstó la carta de Vanessa es que nunca la recibió. Grace, en una de sus periódicas comprobaciones del estado mental de Vanessa en las semanas y meses posteriores a la desaparición de Julian, abrió la carta que había prometido llevar al buzón del pueblo. Herida por las palabras de Vanessa, llevó a cabo ella misma una maldad: se quedó la carta y permitió que Vanessa creyera que su amiga más antigua la había abandonado.

Todo vale en el amor y la guerra, y la amistad también es amor, ¿no? Y, a veces, también una especie de guerra.

30

Cuando entra en la sala del hospital y los ve —Helena en la cama y Sebastian a su lado, cogiéndola de la mano—, Becker siente como si hubiera viajado a una dimensión alternativa. En esta nueva realidad todo es exactamente tal y como debería haber sido: la preciosa e ilustre Helena Fitzgerald está casada con el rico, apuesto y aristocrático Sebastian Lennox y pasa sus días y sus noches en el esplendor de la Casa Fairburn, no relegada a los estrechos confines de la caseta del guarda como una sirvienta. En esta nueva realidad, James Becker no se ha infiltrado en un mundo al que no pertenece; no ha impedido que Helena lleve la vida que se merecía ni, con ello, le ha roto el corazón a Sebastian. Está solo y nadie lo quiere. Se limita a observar las cosas desde fuera, con la nariz pegada al cristal.

Justo donde debería estar.

Becker siente frío y se le forma un nudo en el estómago; es como si un abismo se hubiera abierto bajo sus pies y estuviera cayendo en él. Y es culpa suya. Por no haber estado ahí cuando ella lo necesitaba. Por haberse planteado, aunque solo fuera durante una fracción de segundo, escoger a Vanessa por encima de Helena. Es culpa suya por no haber escuchado esa voz en su cabeza, esa voz silenciosa que, sin palabras, no ha dejado de decirle que algo malo va a pasar.

Justo cuando está pensando esto, Helena vuelve la cabeza hacia él y lo mira directamente a los ojos.

—¡Beck! —exclama con voz quebrada, retirando la mano que le sostenía Sebastian y extendiéndola hacia Becker. Este llega a su lado en un segundo y le da un beso—. Gracias a Dios que estás aquí —dice—. Pensaba que nunca llegarías.

Él la abraza con más fuerza mientras un sollozo comienza a formarse en su pecho.

—No llores, cariño —le susurra Helena al oído—. Estoy bien. Estamos bien. Estamos bien.

Cuando al fin se separan, Becker cae en la cuenta de que están solos. Sebastian se ha ido. Y todo está bien. Helena se encuentra bien, el bebé se encuentra bien. Ha sido una pérdida de sangre normal. Bueno, un poco más de lo normal, pero no sucede nada malo. No han encontrado nada malo.

—¿Cuál de las dos cosas? —le pregunta con un gruñido Becker al médico—. ¿No sucede nada malo o no han podido encontrar nada malo?

—Déjale en paz, Beck —dice Helena—. Estoy bien.

Y, desde luego, parece estarlo. Un poco pálida, eso sí, y algo dolorida. Con las mejillas sonrosadas, los ojos oscuros y húmedos y los labios mordisqueados. Se aferra a la mano de Becker con tal fuerza que a este empiezan a dolerle los dedos.

Han pasado cinco días desde que Becker se marchó de Eris y Helena lleva tres en casa. Becker se ha tomado la semana libre del trabajo y ambos se han recluido en su propio confinamiento: apenas han salido de casa salvo para dar breves y sosegados paseos. Han encendido la chimenea varias veces y leído libros, también han visto la televisión y hecho el amor con cuidado. Han comido bien y evitado el alcohol. Becker no se ha fumado un solo cigarrillo en setenta y dos horas.

Y está que se sube por las paredes.

Esta mañana, un técnico de un laboratorio privado de Londres ha abierto la vitrina de cristal de *División II* y desanudado el hueso del filamento de oro que lo sostenía. Becker no ha estado presente. Ha preferido quedarse en Fairburn con su esposa, de modo que ha tenido que esperar, deambulando por el estrecho pasillo que une el salón y la cocina, hasta que los técnicos han llamado para comunicarle que, efectivamente, una inspección visual ha confirmado que el hueso es humano y que ahora tendrán que extraer una pequeña muestra para enviarla a analizar. Podrán determinar de forma aproximada la antigüedad del hueso, así como el sexo y la edad de la persona a la que pertenecía. Esperan tener respuestas dentro de una semana, o dos como mucho.

A media tarde, cuando Becker ha terminado al fin con el teléfono (tras hablar con el técnico, Sebastian y el conservador de la Tate Modern), Helena, que se ha pasado la mayor parte del día en el sofá intentando leer, ya ha tenido suficiente.

—Por el amor de Dios, Beck, por favor, ve a ver cómo queman cosas. Estás volviéndome loca.

Es 5 de noviembre, la Noche de Guy Fawkes, y en la casa principal se celebra una fiesta para los vecinos y los trabajadores de la hacienda y sus hijos.

—¿Estás segura de que estarás bien?

Helena hace una mueca.

—Estaré perfectamente, pero no puedo garantizar tu integridad si no paras de estar encima de mí. ¡Vete!

Y así lo hace.

Desde el puente puede ver el grupo de gente que se ha reunido en el patio del ala oeste de la casa principal, donde han preparado la hoguera; oye risas y los gritos de los niños corriendo atolondradamente por la explanada. Se da cuenta de que, si quiere, puede fumarse un cigarrillo, pues el humo de la hoguera disimulará el olor a tabaco.

Se apoya en la barandilla y mira el río. A pesar de la escasa luz que hay, puede ver que el agua está del todo helada. Respira hondo y siente una aspereza en los pulmones y la tirantez de un músculo en el pecho: es la sensación de estar tentando al destino. Mete las manos en los bolsillos en busca del papel de liar, pero encuentra otra cosa. La carta que cogió de la cocina de Grace. Se había olvidado por completo de ella.

Apenas hay luz suficiente para poder leerla.

Febrero de 2003

Querida Grace:

Perdona que no haya podido contestar tus últimas cartas, entre las cuestiones legales y las goteras del tejado no he tenido mucho tiempo libre. Creo que los abogados han llegado finalmente a un acuerdo con Douglas; supondrá un gran alivio que el asunto se resuelva, ha sido una carga y una distracción. Andaré todavía más justa de dinero, pero hoy en día no voy a ningún sitio y no gasto nada, de modo que no representará ningún problema.

He recibido un mensaje de Isobel: sigue enfadada conmigo. A pesar de la carta que le envié, se aferra a la ficción de que no le ofrecí mis condolencias. Ahora está en Francia. Al parecer, un hombre que encaja con la descripción de Julian ha sido visto en algún lugar de la Riviera. Por alguna razón, dudo que siguiera esa pista si ese avistamiento hubiera tenido lugar en Riad o en Rhyl. Es una pérdida de tiempo, claro está.

He encontrado una forma de trabajar. Estar sola ha sido de ayuda. Soy más creativa cuando he de apañármelas sola, siempre ha sido así. Puedo seguir mi propio horario y no tengo que preocuparme de nada ni de nadie. No he estado pintando mucho, pero he comenzado a trabajar en una nueva serie de esculturas hechas con objetos encontrados y cerámica. La llamo División. Es una nueva dirección, y creo que promete.

No sé cómo responder a tu carta, solo puedo decirte que no quiero que regreses a Eris. Sabes cosas que no deberías saber, y ya no sé cómo comportarme cerca de ti. Espero que comprendas lo que quiero decir.

Es mejor que seamos libres la una de la otra.

Te quiere,

Vanessa

Una repentina ráfaga de viento está a punto de arrebatarle la carta de los dedos. El pulso se le acelera. Oye unos vítores a su espalda y el crepitar de la savia a medida que la hoguera prende. Los niños gritan aún más.

«Es mejor que seamos libres la una de la otra», casi las mismas palabras que Vanessa usó en su nota a Julian Chapman. En sus diarios, esta escribe constantemente acerca de la libertad, y también habla a menudo de ella en las entrevistas. Parece ser lo que más valoraba, por encima del amor, la amistad o incluso la compañía. ¿Hasta dónde habría sido capaz de llegar, se pregunta Becker, para liberarse? ¿Qué quiere decir exactamente cuando escribe que Grace «sabe cosas que no debería saber»? ¿Qué es lo que sabe Grace? La sensación de pánico que Becker creía haber dejado atrás en el hospital regresa y se posa sobre sus hombros como una capa.

A un lado de la hoguera, un grupo de niños chilla emocionado alrededor de Sebastian, que parece estar repartiendo chucherías. El señor de la hacienda mientras hace gala de su generosidad, piensa Becker. Cuando Sebastian lo ve, lo saluda con la mano y sonríe tan afectuosamente que Becker no puede evitar reprocharse a sí mismo su propia falta de benevolencia.

—¡Ahí estás! ¿Cómo estás? ¿Cómo se encuentra nuestra chica?

Becker nota que, por una fracción de segundo, su sonrisa flaquea.

—Está bien —dice—. Mucho mejor. De hecho, me ha echado de casa. Al parecer, le molesta que esté encima de ella.

—Ah, bueno, es posible que te pueda ayudar con eso. Tengo una misión que podría llevarte un día o dos. ¿Puedes ir a Eris antes de la semana que viene?

Becker hace una mueca.

—Preferiría no tener que marcharme ahora mismo. ¿Por qué quieres que vuelva a Eris?

Sebastian está a punto de contestarle cuando un anciano se acerca a él con un niño al lado. Es Graham Bryant, el antiguo guarda. Aunque ahora Becker piensa en él más bien como el cabeza de turco. Bryant saluda a Sebastian y, tras presentarle a su nieto, pregunta por Emmeline.

—Supongo que saldrá en breve —le dice Sebastian con una amplia sonrisa al tiempo que le alborota el pelo al nieto—. No se vaya. Estoy seguro de que querrá saludarlo.

La sonrisa desaparece de su rostro al volverse hacia Becker.

—Me preocupa lo que pueda suceder si la prueba de ADN termina confirmando que el hueso pertenece a Julian Chapman. No vamos a poder controlar la historia porque la primera persona a la que se le notificará será la hermana de Chapman. En ese caso, cabe la posibilidad de que no acuda a la prensa...

—Pero teniendo en cuenta lo que he leído sobre Isobel —lo interrumpe Becker—, es muy probable que sí lo haga.

Sebastian asiente.

—Y entonces se producirá un auténtico frenesí mediático en Eris. La prensa querrá saberlo todo sobre la isla, la casa, el lugar en el que fue hallado el hueso...

Becker entiende adónde quiere llegar.

—Grace entrará en pánico —dice.

¿Quién sabe lo que podría hacer? Podría incluso comenzar a librarse de todo aquello que considere privado, o delicado. Sebastian le coloca una mano en el hombro.

—Sé que ahora mismo no quieres dejar sola a Hels, y lo comprendo. Pero se encuentra mejor, tú mismo lo has dicho. Y yo puedo echarle un ojo.

Becker deja a Sebastian junto a la hoguera. En su despacho, a oscuras, se sienta a su escritorio y le escribe un breve email a Grace para explicarle por qué tuvo que marcharse precipitadamente de Eris y preguntándole si le parecería bien que volviera esta semana para recoger el resto de los papeles. Luego se lo piensa: ¿No sería mejor hablar con ella por teléfono? Resultaría más amistoso. Sí, la llamará. Borra el mensaje, apaga el ordenador y sale de su despacho. Al hacerlo, repara en un haz de luz que hay en el pasillo. La puerta que conduce al Gran Salón está abierta.

La galería está a oscuras a excepción de los focos que iluminan los cuadros. Becker se adentra poco a poco en la penumbra y se detiene delante de *Negra I – La oscuridad no nos incomoda*, el primer paisaje marítimo de Vanessa. Sus algas verdes y sus salpicaduras de óleo carmesí absorben el resplandor del foco, haciendo que la imagen del lienzo parezca agitarse y revolverse.

—Espantoso, ¿verdad?

Becker se sobresalta. De algún modo, Emmeline ha aparecido de repente a su lado. Bajo esa luz tenue se la ve pequeña y pálida, tan insustancial como un fantasma.

—Si dependiera de mí —prosigue, echándole un vistazo al cuadro—, lo llevaría fuera y lo echaría a la hoguera con el Guy. Realmente espantoso —repite volviéndose y dándole la espalda a la pintura y a Becker. Comienza a caminar despacio por la galería en la dirección contraria de las agujas del reloj, hacia la pared norte, donde cuelgan más paisajes marinos—. Solo se las legó a Douglas para fastidiarme —comenta ella.

Becker se ríe y ella se vuelve de golpe hacia él. ¡Lleva zapatos planos, es eso! Por eso parece tan pequeña y silenciosa, no se ha puesto los tacones que suele llevar. ¿A causa de su reciente caída, quizá? Está a punto de sentir lástima por ella cuando Emmeline le dedica una mirada de un desprecio tan intenso que casi puede sentir cómo lo fulmina.

—¿De veras cree eso? —consigue tartamudear él—. ¿En serio piensa que, cuando estaba muriéndose, Vanessa la tenía a usted en mente?

Él la sigue y pasa por delante de *Monótono*, un paisaje de la playa bajo la luz de la luna, por *Naufragio* y *Llegada* y *Para mí ella es una loba*, recorriendo toda la galería hasta que finalmente se detiene delante de *La esperanza es violenta.*

—Este sí que me gusta —dice Emmeline—. Las pinceladas son distintas, más forzadas. Casi puede sentirse su dolor. Y el cielo, esa oscura línea en el horizonte del color de la sangre. Se nota que era consciente de que se acercaba su final. —Emmeline se vuelve hacia Becker y sonríe con frialdad—. Todas esas tonterías que Douglas dijo cuando le preguntaron por el legado de Vanessa, ¿las recuerda? Todas esas sandeces sobre la intimidad, sobre su vínculo... —Se ríe con amargura—. Podía ser un auténtico idiota.

Emmeline sigue adelante. Fuera se alzan unos vítores; están quemando el Guy. La luz de las llamas danza en los cristales de las ventanas, haciendo que sus sombras —la suya y la de Emmeline— salten de forma inquietante por las paredes.

Casi han terminado su vuelta a la galería cuando Emmeline se detiene de nuevo, esta vez delante de *Negra V - El bosque por los árboles*. Resopla y chasquea la lengua para mostrar su desaprobación.

—A veces hay que alejarse un poco para entender lo que uno está viendo realmente —dice Becker—. Desde aquí, puede apreciarse que...

—¿De veras cree que necesito lecciones para apreciar una obra de arte, señor Becker? —lo interrumpe Emmelinee—. ¿De usted? —Frunce el labio—. Dudo mucho que pueda usted enseñarme nada, y menos todavía a reconocer lo que tengo delante.

Esta vez, cuando continúa andando, Becker no la sigue y deja que se aleje. Se queda en medio del salón, permitiéndose un momento para imaginar que esa pequeña figura encorvada que tiene delante no es más que una benévola anciana que ha ido a visitar una galería de arte y se ha equivocado de camino mientras buscaba los bodegones.

Emmeline tarda una eternidad en llegar al otro extremo del salón. Cuando lo hace, se da la vuelta.

—¡Necesito que haga algo por mí! —exclama.

Iluminado de lado, su rostro parece una máscara mortuoria. Atenazado por el pavor, pero decidido a no mostrar debilidad, Becker se apresura a acercarse a ella y pregunta tan educadamente como puede:

—¿De qué se trata, lady Emmeline?

—Necesito que resuelva de una vez este asunto con la mujer esa de la isla de Eris y, cuando lo haya hecho, quiero que presente su dimisión, coja a su esposa y se largue de aquí.

Becker niega con la cabeza.

—No voy a hacer eso, lo sabe muy bien.

Ella suspira de forma cansina y levanta la mirada al techo mientras se pasa un nudoso dedo índice por los pálidos labios.

—Lo digo por su bien tanto como por el mío, señor Becker. Sin usted, el experto en Chapman, Sebastian perderá su interés en todo esto —la anciana hace un gesto vago con la mano— y se centrará en alguna otra cosa. Solo necesita un empujón. Le cuesta mucho pasar página, ¿no le parece?

—No, la verdad es que no —responde fríamente Becker.

—Bueno. —La sonrisa de Emmeline no se extiende a sus ojos—. Hace un momento estábamos hablando de cómo, a veces, hay que retroceder un poco para entender lo que uno está viendo, ¿no? Estoy segura de que si usted hiciera eso, si retrocediera un poco, entendería...

—Mire —la interrumpe Becker, y ella se queda boquiabierta; su pasmo es tal ante semejante afrenta que Becker casi quiere reírse—. Comprendo que Vanessa Chapman no sea su artista favorita —dice en cambio—, pero no pienso dimitir solo porque usted me lo pida.

—Pues no lo haga por eso —dice ella con brusquedad—. Dimita por su propio bien. Dimita porque cada vez que se marcha usted de esta hacienda, mi hijo va corriendo a ver a su esposa. ¿No le molesta? Su coche apenas ha salido por la verja y él ya está ahí para ver cómo está ella y atender todas sus necesidades. —La risa de Emmeline es ahora grave y ronca—. ¿No le da que pensar, señor Becker? Después de todo, usted ya sabe qué tipo de mujer es. Ya sabe con qué facilidad...

—Sé perfectamente qué tipo de mujer es Helena —la vuelve a interrumpir Becker—, y lo que no comprende usted es que Sebastian también. Puede que su hijo todavía la quiera, pero también acepta la elección que tomó ella porque la respeta. Y también a mí, de modo que, aunque le guste pasar tiempo con Hels (una persona a quien conoce desde la adolescencia, que era amiga suya desde mucho antes de que comenzaran a salir), no creo que sea algo de lo que me tenga que preocupar. Porque, como ha dicho usted, la conozco.

Esta vez la risa de Emmeline suena cruel.

—Es usted un idiota —dice—. Está tan ciego como lo estaba Douglas.

Becker ya ha tenido suficiente. Empieza a andar en dirección a la puerta. De camino, levanta la mirada hacia *Negra II*. El haz de luz del foco ilumina el centro de la sonrisa, y ese destello de unos afilados dientes blancos le provoca un escalofrío en la columna.

—Está de ocho meses, ¿no? —exclama Emmeline a su espalda—. Eso quiere decir desde... ¿cuándo? ¿Finales de febrero? ¿Principios de marzo? ¿No fue al término de ese primer confinamiento cuando fue usted a Hamburgo a echarles un vistazo a esos Hockneys? Después de estar recluido durante tanto tiempo, todo el mundo estaba realmente entusiasmado, ¿verdad? Todo el mundo buscaba algún tipo de desahogo...

Becker se da la vuelta. Por un momento piensa que va a darle un puñetazo; por un segundo, puede ver en su cabeza a esa diminuta y frágil anciana encogiéndose de miedo bajo su puño. Respira hondo.

—Debería sentir lástima por usted —dice—, pero no lo hago. No es más que una vieja amargada, e imagino que está muy sola. Es posible incluso que todavía esté llorando la muerte de su marido. Debería sentir lástima por usted, pero no lo hago porque no puedo evitar pensar que usted misma se lo ha buscado. Y puede seguir así si quiere, soltando imprecaciones y dejando caer sus mezquinas insinuaciones, pero el hecho es que la sobreviviré. Cuando usted ya haya fallecido, yo todavía estaré aquí, y también Helena, y también nuestro hijo.

Mientras se aleja, echa un último vistazo a *La esperanza es violenta* y piensa en su madre, tan empequeñecida en su cama del hospital, mirando el pequeño paisaje que colgaba de la pared, y no puede evitar volver la cabeza hacia Emmeline. Esta no se ha movido, sigue ahí de pie, encorvada y miserable, con las manos en los costados cerradas en sendos puños.

—Mi madre dejó atrás a un hijo que la amaba —dice en voz baja—. ¿Cuál cree usted que será su legado?

Ella no dice nada, pero, cuando se da la vuelta, a él le parece ver —o tal vez solo lo imagina— que comienzan a temblarle las manos.

31

Alguien está ahogándose y no puede salvarlo. Normalmente se trata de un muchacho, un chico joven o un adolescente. Está ahogándose y Grace no es lo bastante fuerte o lo bastante rápida, no llega a tiempo y, cuando lo hace, sus esfuerzos no sirven para nada. No es un sueño, sino un pensamiento recurrente, un escenario que no para de imaginarse a su pesar.

Este pensamiento comenzó a aflorar en su cabeza de forma reiterada unos pocos días atrás, después de la visita de Becker. La primera vez acababa de despertarse. Definitivamente, no se trataba de un sueño, de modo que no le resultó tan fácil desecharlo. Ahora se repite con más y más frecuencia: cuando está paseando o haciendo café, leyendo o escuchando la radio. Sin querer, se encuentra a sí misma visualizando a ese joven y su desesperación.

Grace ya ha pasado por esto antes: sabe lo que es. Se trata de un pensamiento intrusivo, solo eso. No es un recuerdo ni una premonición, solo algo desagradable que su subconsciente no deja de ofrecerle a su mente consciente como un gato tosiendo a causa de una bola de pelo. Tiene que desecharlo, pero despreocupadamente. Tiene que ignorarlo sin que parezca que lo intenta. Necesita cuidarse más. Ir a dar paseos, comer bien, no pasarse con la cafeína, dormir.

Ha de romper con los malos hábitos que se ha permitido a sí misma desarrollar: sus fluctuaciones mareales, su vena lunática. Va en coche hasta Carrachan para ver a su médica y le da una receta de pastillas para dormir, establece una estricta hora de irse a la cama. Pone la alarma a las seis, se obliga a sí misma a levantarse e ir a dar un paseo. Come gachas de avena para desayunar y se toma su único café del día. Comienza a sentirse un poco mejor.

La médica, sin embargo, solo le proporcionó pastillas suficientes para diez días. Ahora se han agotado y se pasa horas tumbada en la cama sin conciliar el sueño. Anoche estuvo despierta hasta las tres, de modo que, cuando suena la alarma a las seis, coge el despertador y lo tira al suelo.

Cuando vuelve a despertarse, lo ve. No al chico, esta vez se trata de un hombre. Y no es un pensamiento intrusivo, sino un intruso de verdad: hay un hombre en la ventana mirándola con las manos ahuecadas a ambos lados de la cara. Grace suelta un grito y, al erguirse de golpe, la sábana deja a la vista su torso desnudo. El hombre que hay fuera se sobresalta y retrocede como un caballo asustado; puede oír como exclama «¡lo siento, lo siento!».

Grace se pone una bata y sale al pasillo. Coge la escopeta, abre la puerta y sale al exterior entrecerrando los ojos a causa de la resplandeciente luz del sol.

El hombre retrocede con las manos alzadas: es un excursionista. Va ataviado con pantalones de senderismo y lleva una mochila. Sus acompañantes —otros dos hombres, probablemente en la veintena— se encuentran un poco más atrás.

—¿Qué crees que estás haciendo? —exclama Grace.

—Lo siento —vuelve a decir, bajando las manos a los costados—. Yo solo... Pensaba que el lugar estaba vacío, solo quería ver...

—¿Vacío? Hay un coche aparcado fuera. Esto es propiedad privada.

El hombre enarca las cejas y extiende ambos brazos.

—Bueno, hay un sendero ahí mismo —señala por encima del hombro—, y tenemos derecho a circular libremente, así que...

—No hasta la ventana de mi dormitorio. ¿Qué diantres te pasa? —El hombre se vuelve sin dejar de pedir perdón, pero sus amigos apenas reprimen sus risitas—. ¡Largo de aquí! —grita Grace volviéndose hacia la casa y ajustándose la bata. Puede oír como los jóvenes se ríen mientras retoman su ascenso a la colina en dirección al peñasco.

Se siente como una idiota. No había necesidad de gritar, ni tampoco de salir corriendo de esa manera. Imagina que ahora estarán burlándose de ella, e imagina también lo que dirán sobre su desnudez, el tipo de bromas que harán sobre su repulsivo cuerpo, su piel flácida y sus pechos caídos, su desesperada soledad.

Vuelve a dejar la escopeta en su lugar del pasillo y cierra la puerta con llave. Ya casi es mediodía, ha dormido muchas horas de más y ahora tiene la seguridad de que esta noche no podrá dormir. Esto supone un revés que la devolverá de golpe a la casilla de salida. Y, claro está, en cuanto piensa eso, ahí está el muchacho, llevándose frenéticamente las manos al cuello.

Se obliga a sí misma a hacer cosas prácticas: barrer el suelo de la cocina, limpiar el plato de ducha, llevar la basura orgánica a la pila de compost. Tiene facturas pendientes de pago, pero internet no funciona; se cortó hace cuatro días y, como no tiene cobertura, tuvo que ir hasta el pueblo a llamar para que se lo arreglaran. Así lo hizo, pero a pesar de las garantías que le ofreció el empleado del servicio de atención telefónica, la conexión sigue sin funcionar. No tiene forma de saber por qué, ni durante cuánto tiempo, y el único modo de averiguar algo sería regresando de nuevo al pueblo y volviendo a llamar (y volviendo a permanecer en espera). La mera idea le resulta agotadora, pero ¿qué otra opción tiene? Es posible que Becker haya intentado ponerse en contacto con ella. Al fin y al cabo, dijo que le escribiría un email para explicarle la razón de su repentina desaparición.

Se ducha y se viste, cierra con llave la puerta de la casa y, tras coger el coche, desciende por el camino y luego enfila la carretera hacia el pueblo bajo un cielo cerúleo. Dos cachorros de foca, gordos, pálidos y vulnerables, toman el sol en la playa que hay bajo la casa. Levantan sus cabecitas cual perros para verla pasar. «Mira, Vee —le entran ganas de decir—. Mira.»

En días como este, la ausencia de Vanessa es como un cuchillo clavado en el costado.

El pueblo parece inusualmente tranquilo. Hasta que no aparca el coche frente a la tienda y ve que está cerrada, no se da cuenta de que es domingo. Nada de café, pues, ni tampoco pan recién hecho. Su decepción es tan profunda que están a punto de saltársele las lágrimas.

¿Trabaja en domingo la gente de internet? Resulta que sí. Grace se pasa media hora en espera pero, al final, alguien contesta. Sí, dice la persona, hay un problema. «Eso ya lo sé —responde Grace—. Sé perfectamente que hay un problema. Lo sé porque hace ya cuatro días que no me funciona la conexión a internet.» La persona de la compañía de internet lo lamenta mucho. Investigarán cuál es la razón del problema y la llamarán en un par de horas. ¿A qué hora le iría bien?

Si espera la llamada, no podrá volver a casa antes de que suba la marea, de modo que no le va bien a ninguna hora. Pero eso no puede explicárselo a una persona que trabaja en un centro de atención telefónica de Gateshead o quizá incluso Bangalore, así que se limita a reír con impotencia y dice: «Tan pronto como puedan. Llámenme tan pronto como puedan».

Mientras desciende con el coche por la colina en dirección al puerto, divisa con el rabillo del ojo un resplandor amarillo al final del aparcamiento. Entra en este y aparca cerca del muro del puerto.

Marguerite está sentada en el banco que hay justo enfrente de su casita. Va ataviada con su chaqueta reflectante y está fumando un cigarrillo. Grace se acerca para decirle hola y alza una mano para saludarla.

—Yo la veo —dice rápidamente Marguerite—. *À l'heure bleu*, antes del amanecer.

Grace niega con la cabeza.

—No lo creo, Marguerite. Hoy he dormido hasta tarde.

Marguerite hace un mohín, sintiéndose agraviada por la contradicción. Grace sonríe.

—¿Cómo se encuentra? ¿Cómo tiene el brazo?

Marguerite arruga el entrecejo.

—Su brazo, Marguerite. ¿Recuerda que se había hecho daño?

—Ah, *ça va* —contesta desestimando el interés de Grace con un movimiento del cigarrillo.

Grace lo señala y niega con la cabeza. Marguerite responde frunciendo el ceño. Lenta y deliberadamente, se lleva el cigarrillo a los labios y le da una larga calada. Sus labios esbozan entonces una sonrisa pícara y se echa a reír. Luego parece recordar algo y su expresión cambia.

—¿Su amigo regresa?

A Grace se le hiela la sonrisa.

—Tal vez —dice volviéndose para marcharse. Hoy no tiene la energía necesaria para esto—. Cuídese, Marguerite —añade por encima del hombro—. No fume demasiados cigarrillos, ¿de acuerdo?

Mientras se aleja, se pregunta por qué se molesta siquiera, pues es evidente que Marguerite no piensa hacerle caso. ¿Y por qué habría de hacerlo? No debe de tener mucho tiempo por delante, ¿por qué no debería disfrutar de los pocos placeres que le quedan?

Para cuando llega a casa, la conexión a internet ha sido milagrosamente restaurada. Su alegría se ve enfriada enseguida al descubrir que no ha recibido ningún mensaje de WhatsApp ni ningún email salvo algunos no deseados y una alerta de Google que activó años atrás para que la avisara de las menciones a Vanessa.

El enlace de la alerta la conduce a una entrevista con Sebastian Lennox que ha aparecido en uno de los periódicos del fin de semana. «Un legado artístico», proclama el titular. Debajo hay una fotografía de Lennox. Grace comprueba que es un hombre de facciones finas y aspecto elegante. Ha salido a su madre: su padre parecía un gánster de Glasgow. En la foto se encuentra de pie en el jardín de su casa, junto a una escultura de bronce de Barbara Hepworth; el artículo también está ilustrado con otras obras de arte: un paisaje de Iona realizado por

Francis Cadell, un precioso bodegón de Samuel Peploe y *La esperanza es violenta*, de Vanessa.

El artículo en sí es bastante anodino, un convencional reportaje sabatino repleto de clichés: el «hogar ancestral» de Sebastian Lennox ha sido «cuidadosamente restaurado», su padre, Douglas, era un «imponente patriarca» cuya vida se vio interrumpida antes de tiempo a causa de un «trágico accidente de caza», su madre era una «belleza de la alta sociedad» cuya salud es ahora «frágil». Y luego hay un inevitable resumen de la disputa entre Douglas y Vanessa y las sorprendentes revelaciones del testamento de esta.

> «Claro que nos chocó», dice Lennox acerca del legado de Chapman. «Aunque mi padre y Vanessa habían mantenido una relación muy estrecha, su ruptura fue espectacular y muy amarga.»
>
> Lennox cree, sin embargo, que a pesar de la enemistad que surgió entre Douglas Lennox y Vanessa Chapman, esta sabía que Fairburn sería un buen hogar para su obra. «Me gusta pensar que Vanessa era consciente de que sabríamos apreciar sus piezas y honrar su legado», dice. Puede que en realidad haya una razón más prosaica para que Fairburn recibiera la herencia, claro está: Chapman murió sin hijos y sin familiares cercanos; no tenía a nadie más a quien legar su obra.

Grace parpadea. Vuelve a leer la última frase y luego sigue haciendo *scroll* hasta que ve una mención a James

Becker, el conservador que Lennox incorporó a Fairburn específicamente a causa de sus conocimientos de la obra de Vanessa Chapman. «Encontrarme a mí mismo en el papel de velador de esta colección es un sueño hecho realidad», dice Becker.

A su pesar, Grace se sorprende a sí misma sonriendo al leer la descripción de Becker como alguien de aspecto juvenil y sincero. Un «estudiante de escuela pública que destacó en Oxford», concretan. Sigue leyendo con una mano en el pecho y henchida de algo parecido a un orgullo maternal.

Becker habla acerca de la exposición que esperan organizar el próximo año, en la que recopilarán por primera vez más de sesenta pinturas, dibujos, esculturas y cerámicas de Chapman, la mayoría de las cuales nunca han sido expuestas antes.

> «En mi opinión, esta colección podría contribuir en cierta medida a la reevaluación de la importancia de Chapman, estableciéndola como una figura de primer nivel del expresionismo abstracto británico», dice Becker. «Hasta ahora, su producción ha sido en gran medida ignorada, en parte porque era una mujer, y también porque, al principio de su carrera, no estaba en sintonía con los artistas conceptuales del movimiento YBA* que tan de moda estaba.»

* Acrónimo de «Young British Artists», «Jóvenes Artistas Británicos». *(N. del t.)*

Otro experto, un hombre del que Grace nunca ha oído hablar, dice que si la obra de Vanessa ha sido ignorada ha sido por culpa de la propia Vanessa: es ella quien eligió apartarse de la escena artística y no mostrar su obra al mundo. Como era de esperar, esta observación da pie a la habitual exposición de trapos sucios: las alegaciones sobre la «difícil personalidad de la hermosa artista», sus «muchos amantes», su «tempestuoso matrimonio» y, por encima de todo, el misterio de la desaparición de Julian en la isla de Eris.

«He estado en Eris», citan a Becker. A Grace le da un pequeño vuelco el corazón y sigue leyendo con entusiasmo. «He visto la casa de Vanessa y su estudio, los lugares en los que vivía y trabajaba, la isla que amaba, el paisaje que la inspiraba. He tenido el placer de leer algunos de sus cuadernos y cartas, y me muero de ganas de compartirlos con el mundo y de presentar su obra a una audiencia completamente nueva.»

Grace quiere pasar la página, quiere seguir haciendo *scroll* y llegar a la parte en la que Becker menciona cómo ellos dos estuvieron sentados a la mesa de la cocina, leyendo las palabras de Vanessa y hablando sobre su vida, quiere leer la parte en la que Becker habla de la importancia que tuvo ella para Vanessa y su devoción por ella. Pero no hay página que pasar ni tampoco puede seguir haciendo *scroll*. No hay mención alguna a Grace en ningún lugar.

La hoja del cuchillo se le clava aún más en el costado.

Marguerite tiene sus cigarrillos, ¿qué placeres le quedan a Grace? Puede nadar en el frío mar y pasear por la isla, pero ahora, cuando va a la playa, está sola, y el bosque le da miedo. Piensa en los hombres de esta mañana y en cómo se han reído de ella; imagina sus rostros y uno de ellos comienza a cambiar, pasa de la risa al pánico y se convierte en el muchacho que se ahoga. Grace cierra los ojos. ¿Se habrán marchado esos hombres? ¿O seguirán allí, en la isla? La marea ha subido, y no ha visto que se marcharan. ¿Estarán esperando a que llegue la oscuridad? ¿Y qué le harán entonces?

Las manos le tiemblan un poco mientras recorre el pasillo de vuelta a la puerta principal. Coloca la mano en el cerrojo, pero antes de descorrerlo vacila. Si ahora abre la puerta, si sale fuera, verá la ladera de la colina, el sendero que conduce al estudio y el bosque, y eso no será de ninguna ayuda. No sabrá si los hombres siguen en la isla o no. Tendrá que permanecer a la intemperie y esperar, tendrá que esperar a que desciendan por la colina de regreso a la carretera. ¿Y si no lo hacen? Si no lo hacen, ¿esperará allí toda la noche?

Mucho mejor dejar el cerrojo puesto y dar media vuelta, decirse a sí misma que se han marchado y terminar de una vez con todo esto. No sucumbir a la locura. Ser racional, mantenerse ocupada: cocinar, comer, leer un libro, irse a la cama.

Pero descubre que no puede moverse. Es incapaz de ponerse en marcha, consciente de que al día siguiente tendrá que hacerlo todo otra vez, y también al siguiente; que así es como siempre será todo.

No se trata exactamente de una revelación y, sin embargo, mientras permanece frente a la puerta con una mano en el cerrojo, lo parece. Antes tenía su trabajo y tenía a Vanessa, y luego llegó la pandemia, que supuso más trabajo, un trabajo duro y brutal. Pero, a pesar de que era agotador y a veces incluso insoportable, con el tiempo Grace llegó a considerarlo una bendición. No solo la necesitaban, era esencial. ¿Qué propósito tiene ahora? Su fantasía no va a hacerse realidad: Becker no va a ir a visitarla con su familia, no va a convertirla en parte del proyecto de Fairburn, se olvidará de ella. Ya lo ha hecho.

Al final, después de lo que parecen horas, retira sus fríos dedos del cerrojo y se aleja de la puerta principal. Del trastero oculto detrás del biombo saca tres cuadros uno a uno: primero el pequeño retrato, luego *Tótem* y, por último, el más grande de los tres, el que ha estado ahí dentro desde antes de que Vanessa muriera, su última pintura negra.

Lleva los tres lienzos al dormitorio de Vanessa y los coloca apoyados en la pared que da a la cama, de forma que queden de cara a ella. Está sola consigo misma.

Vuelve a la cocina y rebusca algo en las cajas de papeles que se ha quedado. Extrañamente, tratándose de una mujer tan vanidosa, a Vanessa no le gustaba que le hicieran fotos: hay muy pocas fotografías de ella, y ninguna en la que salga con Grace. En el fondo de una caja encuentra un par de fotos de Vanessa con Frances en Cornualles, en la playa de Porthmeor, y la fotografía en la que sale ella junto al pobre Nick Riley, cuyo hermoso rostro está rascado. Las lleva de vuelta al dormitorio y, tras doblarlas para que Frances y Nick ya no sean visibles y solo aparezcan Vanessa y ella, las coloca sobre la silla que hay junto a la cama.

Mejor.

Abre la ventana. Hace mucho frío, pero no hay viento. El mar está en calma, la noche está comenzando a caer rápidamente y el cielo está azul y tranquilo. Las gaviotas planean sobre la orilla sin hacer ruido cual fantasmas.

Temblando un poco, se dirige al tocador de Vanessa, abre el cajón y saca una jeringuilla y un frasco de 300 ml de sulfato de morfina, 10 g/5 ml, y lo coloca en la mesita de noche. A continuación, casi como si se le acabara de ocurrir, va a buscar un vaso de cristal y una botella de Lagavulin a la cocina y también los lleva al dormitorio de Vanessa.

Cierra la puerta con pestillo.

Desearía que se desatara una tormenta. La noche en la que murió Vanessa, las olas rompían con fuerza contra las rocas, y la lluvia y la espuma salpicaban con fuerza las ventanas, pero ellas dos estaban a salvo de todo, del temporal y del mar hambriento, estaban juntas, protegidas y secas. Inalcanzables. A Grace también le habría gustado despedirse en una noche como esa.

Se sirve un par de centímetros de whisky y alza el vaso ante su propia imagen. Se envuelve con una manta, apoya la espalda en el cabecero y se permite a sí misma entregarse a la calidez del whisky, a la imagen del joven ahogándose, a las lágrimas que han estado acumulándose cual frente tormentoso en la parte posterior de sus ojos.

32

Permanecer cuerda requiere esfuerzo.

Es una técnica: la cordura es algo a lo que una tiene que aferrarse; si afloja la presa durante demasiado tiempo y permite que su mente se escabulla a los lugares que teme, o a los lugares que desea, corre el riesgo de perder el control. Hay cosas que, por el bien de su cordura, una no puede permitirse a sí misma rememorar.

Grace recuerda el terror y la emoción de aquella tarde en el estudio, la excitación que sintió cuando rodeó el cuello de aquel hombre con el alambre cortador de arcilla y tiró. Los ruidos que hizo el tipo, tan estimulantes: su grito de sorpresa, el rugido de ira que siguió, los ruidos de asfixia cuando ella juntó las manos, tensando aún más el alambre. Recuerda la oleada de euforia que recorrió su cuerpo cuando las rodillas del hombre cedieron, el éxtasis de control que sintió cuando tiró más fuerte y, al clavarse el alambre en la garganta, la sangre comenzó a manar y resbalar hacia el cuello del peto. Recuerda el deseo casi abrumador de rematarlo cuando Vanessa la dejó sola y salió corriendo hacia la casa para llamar a la policía. Grace quería castigarlo tal y como merecía ser castigado. Pero se resistió: no por piedad sino por miedo, miedo de lo que Vanessa pudiera pensar de ella, miedo de que Vanessa pudiera ver quién era ella realmente.

Grace recuerda los días, las semanas y los meses posteriores a la desaparición de Julian y lo difícil que se volvió Vanessa: irracional, reservada, extraña. Callada. Mintió a la policía, no les quiso explicar a Douglas ni a la prensa por qué había cancelado la exposición, no trabajaba, no salía a pasear, no iba a nadar al mar. Se limitaba a permanecer sentada en la cocina, encorvada sobre un cenicero, fumando y escuchando como sonaba el teléfono hasta que un día lo arrancó de la pared y lo tiró por la ventana.

Grace le compraba comida y le cocinaba platos que dejaba sin comer, limpiaba y ordenaba la casa y revisaba el correo. Por requerimiento de Vanessa, también mintió a la policía y a todo aquel que preguntara: se mantuvo fiel a su versión de los acontecimientos.

En la primera semana del nuevo año, seis meses después de la visita de Julian, Grace fue a Carrachan para comprar un teléfono nuevo. Estaba conectándolo en la cocina cuando Vanessa apartó la vista de la ventana y se volvió para mirarla como no lo había hecho en meses.

—¿Por qué estás siempre aquí? —preguntó—. Cada vez que me doy la vuelta, ahí estás, con tu sopa y tus lugares comunes. No te quiero aquí. —Grace sintió que se marchitaba por dentro y un escalofrío le recorrió la espina dorsal—. Nunca te he querido aquí.

—Eso no es cierto —contestó Grace poniéndose de pie y procurando mantener la mirada y el tono de voz serenos—. Sabes que eso no es cierto, Vanessa.

Esta apagó el cigarrillo e inmediatamente se encendió otro.

—No, tienes razón —dijo exhalando un suspiro y tirando de las pielecitas secas de las palmas de sus manos—. No es cierto. Sí que te quería aquí. —Parpadeó despacio y, cuando su mirada se encontró con la de Grace, sus ojos eran tan fríos como el mar de enero—. Y ahora ya no.

Grace recuerda estar sentada en la desvaída silla naranja junto a la cama de Vanessa. Era mediodía, pero la luz en la habitación era tenue, pues las cortinas estaban corridas y no dejaban pasar los rayos del sol. Vanessa protestaba por el ruido del mar.

—No puedo soportarlo, no puedo soportarlo —no paraba de decir—. Está volviéndome loca, no puedo dejar de oírlo.

Grace apenas había dormido en los últimos dos días y estaba exhausta, prácticamente al límite.

—No puedo detener la marea, Vanessa. Ponte los tapones para los oídos que te traje. Ten, aquí los tienes...

—¡Déjame en paz! —masculló Vanessa dándole un manotazo en la mano. Medio enloquecida a causa del dolor, se mostraba cruel e irascible y no paraba de soltar imprecaciones—. Déjame en paz, vieja bruja, ¿por qué no me dejas en paz? *Boule de suif, boule de suif!* ¡Él tenía razón! Tenía razón sobre ti. Eres un lastre, me tienes aquí encerrada en contra de mi voluntad, aprisionada. ¡No me dejas marchar! ¿Por qué no me dejas marchar?

Permanecer cuerda requiere esfuerzo.

Si se permite a sí misma pensar en ello, Grace se pregunta si al final le dio a Vanessa la dosis extra de morfina para calmar su dolor o simplemente para hacer que se callara.

33

Cuando se despierta, helada, la ventana todavía está abierta y la botella de whisky medio vacía descansa en la mesita de noche, pero el sello del frasco de morfina sigue intacto.

Tiene un mensaje de voz de Becker en el móvil:

Necesito hablar contigo. Preferiría
hacerlo en persona. ¿Te iría bien
que subiera esta semana?

Grace entra en internet, mira la previsión meteorológica y consulta la tabla de mareas.

Lo mejor es el próximo fin de
semana. La semana siguiente está
previsto que llegue una tormenta.
El sábado, a partir de las 10.30.
La bajamar es a las 13.30.

Se levanta, cierra la ventana y vuelve a meterse en la cama de Vanessa. Se queda dormida rápidamente imaginando que Becker, Nick Riley, Vanessa y ella misma están en esta casa mientras fuera llueve a mares. La estufa de leña está encendida, hay comida en la mesa y están todos juntos, a salvo del temporal.

Diario de Vanessa Chapman

Se supone que las mujeres no deben mirar, ¿verdad? Deben ser ellas el objeto de las miradas.

Y si ven algo violento o feo o aterrador, deben taparse los ojos y desfallecer, deben encogerse de miedo. Deben apartar la mirada.

No deben acercarse, aguzar la mirada e inspeccionar, examinar y observar y valorar.

No deben hacer del horror algo propio.

34

El cielo está gris y el viento agita las copas de los pinos que bordean la carretera. Se acerca una tormenta. Según Grace, está previsto que llegue a la costa oeste el domingo por la noche, lo cual le proporciona a Becker cuarenta y ocho horas, aunque espera haber terminado hacia el final del día, o al día siguiente por la mañana a más tardar.

En la radio están hablando de *Amenaza en la sombra*. ¡Otra vez Du Maurier! Dentro de unos años será el cincuenta aniversario de esta adaptación cinematográfica del relato *No mires ahora*, y hay rumores acerca de un nuevo lanzamiento. El hombre de la radio habla de su terror hipnótico, de las malas pasadas que puede jugarle a uno una mente torturada, y de los patrones y motivos recurrentes que le recuerdan al espectador que algunos dolores son ineludibles y, algunos destinos, inevitables.

Becker apaga la radio.

Justo antes de llegar a la carretera de la costa, se detiene para echar gasolina. Llena el depósito y entra en la pequeña tienda para pagar al cajero, acercando su móvil al lector de tarjetas hasta sentir su reconfortante zumbido háptico. De vuelta en el coche, siente otro zumbido: consulta el móvil y comprueba que ha recibido un mensaje de Helena.

Ey, puedes pasarte por casa? Tenemos
que hablar. Besos

Se para en medio de la gasolinera, mirando fijamente la pantalla. «¿Pasarme por casa?»

El conductor del Volvo familiar que está esperando para salir de la gasolinera hace sonar su claxon. Becker se aparta con un sobresalto y luego mira de nuevo la pantalla del móvil.

Este mensaje ha sido eliminado.

Tras rebuscar la llave del coche en el bolsillo del pantalón, Becker abre la puerta y se sienta en el asiento del conductor. «Cada vez que se marcha usted de esta hacienda, mi hijo va corriendo a ver a su esposa.» Las manos le tiemblan un poco. Presiona el botón de arranque y pone primera. «No te preocupes por Hels, yo puedo echarle un ojo.» Deja atrás el surtidor. «Podrías ir a hablar con Grace Haswell. Vamos, hace siglos que te mueres por ir a Eris.»

Fue Helena quien sugirió que fuera a Eris en primer lugar. Estaban en su despacho, los tres, ese día en el que se enteraron de lo del hueso. Fue Helena quien le dijo que fuera. El corazón parece que le va a estallar y se siente algo mareado. Mira por el retrovisor: no hay nadie detrás. Vuelve a coger el móvil. Podría llamarla. ¿Y decir qué? O también podría girar a la derecha, tomar la carretera de regreso a Fairburn y llegar a casa sin previo aviso. Se imagina a sí mismo abriendo la puerta de entrada de casa y subiendo silenciosamente la escalera hacia el primer piso.

Apaga el móvil y gira a la izquierda, en dirección a Eris.

Grace está esperándolo al final del camino, delante de la cadena, con los brazos cruzados.

—¿Subo hasta arriba con el coche? —pregunta al descender del vehículo.

Ella niega con la cabeza.

—No, no hace falta. —Grace lo mira sin sonreír—. ¿Querías decirme algo?

Él exhala ruidosamente. «Por el amor de Dios.»

—Sí, Grace, tengo que hablar contigo de algunas cosas. No he dejado de ir de aquí para allá para intentar finalizar el traspaso del legado de Vanessa. Ha llegado la hora de que acabemos de una vez con esto y...

—Ah, ya veo —lo interrumpe ella—. Y yo que pensaba que tal vez habías venido a pedir perdón. O quizá a devolver la carta que robaste.

Cogido a contrapié, Becker comienza a farfullar una disculpa, pero Grace ya está alejándose. No lo hace de vuelta a la casa, sino en dirección a la playa.

Becker va detrás de ella con las manos en los bolsillos del abrigo y entrecerrando los ojos a causa del resplandor del sol y del polvo. A un par de pasos de Grace, le cuesta oír bien lo que dice esta por culpa de viento.

—¡Traicionaste mi confianza! —exclama ella—. Me prometiste que trabajaríamos juntos y luego cogiste esa carta y te marchaste sin decir nada. Y encima...

—Tienes razón —dice él, cabreado por tener que concederle la autoridad moral—. No debería haber hecho eso. Vi la palabra *División* y no pude evitarlo... En esos momentos estaba alterado y no pensé...

—¿En mí? ¿En mis deseos? ¿En cómo me sentaría que te llevaras una carta que te había dicho que era privada? Desde luego, no. Vi ese artículo en el periódico. Leyéndolo, podría pensarse que yo ni siquiera existo. No soy más que un obstáculo para ti, ¿verdad? Una inconveniencia.

—Eso no es cierto —repone Becker apretando el paso para seguir su ritmo, y sintiéndose ridículo y miserable al mismo tiempo—. No pienses eso, por favor. Nunca he pretendido que te sientas así. Nunca he querido que la pérdida de la obra de Vanessa sea más dura para ti.

—No es ninguna pérdida —replica Grace volviéndose hacia él. Tiene el rostro enrojecido y las mejillas mojadas por las lágrimas—. Yo no perdí nada, ella lo donó todo. Como decías tú mismo en el periódico, no tenía a nadie más a quien dejárselo, ¿no? No tenía a nadie en su vida.

Becker niega con la cabeza enérgicamente.

—Yo no dije eso, lo hizo el periodista y estaba equivocado. Si me lo hubiera planteado así, lo habría corregido. —Mientras dice esto, recuerda lo que comentó Sebastian: ¿cómo es que Vanessa dejó a Grace tan poco cuando habían tenido una relación tan estrecha? «¿Por qué crees tú que hizo eso?»

Están ya muy lejos. Desde allí Becker puede ver que el mar está muy agitado y que una espuma amarilla de aspecto tóxico corona las olas azotadas por el viento.

—Te marchaste de Eris, ¿no? —le dice a Grace—. En la época de esa carta estabas viviendo en otra parte, en algún lugar de Inglaterra...

—Carlisle.

—Eso es, y Vanessa te escribió para decirte... —Lo interrumpe una cacofonía de graznidos: por encima de sus cabezas las gaviotas se inclinan, descienden en picado y dan vueltas cual aviones de caza en pleno combate aéreo.

Grace se cruza de brazos y sigue caminando, ahora más lentamente, en dirección al mar.

—Vanessa ya no quería que estuviera aquí —explica—. Después de lo de Julian... cambió.

Becker deja que sea ella quien marque el camino y se limita a avanzar a su lado, con cuidado de no acercarse demasiado pero procurando no perderse una palabra de lo que está diciéndole.

—Se volvió difícil. Reservada, susceptible... Era como si sufriera estrés postraumático. —Echa un rápido vistazo a Becker—. ¿Sabes lo que es eso? Se mostraba hipervigilante, temerosa, perdía los estribos con rapidez... Cuando le sugerí que buscara ayuda (me refiero a una ayuda adecuada, que acudiera a un psicólogo), se puso hecha una furia.

A Becker le sorprende la similitud con la situación de Emmeline, alguien que posiblemente también sufre estrés postraumático y que, asimismo, rechaza enojada la idea de que necesita ayuda profesional. Incómodo ante este parecido entre Vanessa y Emmeline, se apresura a apartar ese pensamiento de su mente.

—¿Y la ayudó alguien? —pregunta—. ¿O a ti con ella? En los últimos cuadernos no habla mucho de nadie. Apenas menciona a Frances o...

—Se distanció de todo el mundo —dice Grace—. No quería ver a nadie. Me pasé meses andando con pies de plomo cuando estaba con ella. Hasta que, justo después de Navidad, unos seis meses después de que todo ocurriera, me pidió que me marchara. Fue... —Grace exhala enérgicamente con las mejillas hinchadas— bastante cruel al respecto.

Se vuelve hacia él con una sonrisa forzada en el rostro.

—Me sentó muy mal, pero hice lo que me pedía. Encontré trabajo como médica suplente en Inglaterra y me marché. Me pareció... Bueno, supuse que necesitaba pasar el duelo, estar sola, lidiar con... la culpa que estuviera sintiendo. —Sus miradas se encuentran y Becker se sobresalta ante la implicación de esas palabras—. Solía escribirle a menudo, pero ella estuvo meses sin contestarme. Al final recibí esa carta, la que te llevaste.

—Cuando dices que tenía que lidiar con su culpa, ¿quieres decir...? ¿Qué quieres decir exactamente? —pregunta Becker.

Grace alza una mano para protegerse los ojos y, entrecerrándolos, mira el mar.

—La marea está cambiando —dice ella ignorando la pregunta—. Deberíamos regresar o corremos el riesgo de quedarnos atrapados.

Para Becker, el mar todavía parece estar a una distancia segura, y así lo dice.

—Te sorprendería la rapidez con la que sube —contesta ella—. Y la facilidad con la que puede perderse el equilibrio, incluso en aguas poco profundas.

Se vuelven, dándole la espalda al mar. Delante de ellos restos de espuma se deslizan sobre la arena cual pájaros y el cielo amenaza lluvia, pero con el viento a sus espaldas resulta más fácil hablar.

—¿Has dicho que Vanessa se sentía culpable?

Grace asiente, echando un vistazo atrás, hacia el mar.

—¿Por Julian?

Ella vuelve a asentir con impaciencia.

—Sí, por Julian. Supongo que le parecía que podría haber hecho más por él.

—¿Más? ¿Qué quieres decir?

—Haberle dedicado más tiempo, o quizá haberle dado más dinero. Es lo que siempre quería él. —Grace niega con la cabeza—. Nunca llegamos a hablar bien de ello. Y después de mi marcha ya no volvimos a hablar de él.

—Pero ¿tú regresaste?

Ella lo fulmina con la mirada.

—Bueno, está claro que lo hiciste —añade él.

—Se encontró un bulto —dice Grace—. Estaba asustada, así que me pidió que regresara. Me suplicó que lo hiciera.

Caminan en dirección a la isla con paso rápido y en silencio, Becker con la vista clavada en la húmeda arena gris bajo sus pies.

Al pie de los escalones, Grace tropieza y cae sobre la rodilla izquierda. Becker intenta ayudarla, pero ella, enojada, rechaza su ayuda con un gesto de la mano. Consigue ponerse de pie con cierta dificultad y, cuando termina, tiene el rostro sonrojado y está casi sin aliento.

—¿Qué más has hecho? —pregunta ella con un gruñido.

—¿Cómo dices?

—Andas encogido como un perro apaleado desde que has llegado. Has reconocido lo de la carta y hemos hablado de la entrevista esa. ¿Qué más tienes que decirme?

Para tratarse de alguien con tan pocas habilidades sociales, Grace puede resultar sorprendentemente astuta, piensa Becker. Durante todo el tiempo que han estado hablando, él no ha dejado de pensar en el mensaje eliminado de Helena y en todos los escenarios que su mente es capaz de imaginar, todos ellos dolorosos. Por supuesto, esto no se lo va a confiar a Grace.

En su lugar, le cuenta lo de la escultura.

—Han abierto la vitrina de *División II* —dice de manera inexpresiva. Antes de que ella tenga tiempo de reaccionar, lo suelta todo—. Todavía no lo han analizado, pero no hay ninguna duda de que el hueso es humano.

Grace se aparta de él. Tras limpiarse la arena de las rodillas y los muslos con la mano, comienza a subir los escalones. Sus nudillos emblanquecen cuando se aferra a la herrumbrosa barandilla.

—¿Te he contado alguna vez lo de los lobos? —pregunta.

—¿Lo de los lobos?

—Antiguamente enterraban a los muertos aquí. Durante cientos de años, la gente que vivía en la costa sepultaba a sus fallecidos en las islas para evitar así que los cadáveres fueran desenterrados. Para mantenerlos a salvo de los lobos.

Diario de Vanessa Chapman

¿Para quién estoy escribiendo todo esto? Presumiblemente no para mí, no para recordar, pues si estuviera haciéndolo para eso, ¿no lo incluiría todo y evitaría dejar cosas fuera?

He estado pensando mucho en Douglas. Desde que caí enferma, me han entrado ganas de escribirle de nuevo y explicárselo todo, pero tengo la sensación de que ya es demasiado tarde. ¿Por qué no le conté la verdad en su momento? Como no consigo recordar la razón, he acudido a mis cuadernos en busca de la respuesta, pero no he encontrado nada. No han sido de ninguna ayuda. Si por aquel entonces sabía la respuesta o si alguna vez la he sabido, me la guardé para mí.

(aunque ¿no son estos cuadernos una representación de mí misma?)

Mi memoria no es muy buena. No creo que esto sea algo nuevo. No creo que nunca haya sido buena o, al menos, no como necesito que lo sea ahora. No recuerdo el modo exacto en el que sucedieron las cosas, la secuencia de los acontecimientos, quién dijo qué a quién y cuándo.

Recuerdo imágenes, instantáneas. Veo mis manos ensangrentadas y fragmentos de porcelana blanca esparcidos por el suelo del estudio. Los cuadros destrozados. Veo los rostros de los policías, cómo me miraron, con las comisuras de las bocas hacia abajo, recelosos, escépticos. Como si supieran que estaba mintiéndoles.

Esto es lo que pienso ahora: incluso antes de que comenzara a mentir ya era demasiado tarde para contar la verdad.

Ya era demasiado tarde: la sangre había sido limpiada, las pruebas habían sido destruidas. ¿Cómo entonces podría haberles dicho (a los agentes de policía, a cualquiera) «¡Mirad lo que hizo! ¡Intentó asesinarme!»? (Porque tengo que creer que eso es lo que Julian trató de hacer, debía de estar convencido de que cuando yo viera el destrozo querría yacer en medio y morir.)

Para cuando conseguí verlo todo en su conjunto, ya era demasiado tarde. Estaba en guerra:

con Douglas, conmigo misma, y también con Grace, aunque ella no pareció darse cuenta.

No consigo recordar cuándo comencé a juntar las piezas, cuándo di un paso atrás, permitiendo con ello que la situación en su conjunto cobrara sentido, cuándo los árboles se convirtieron en el bosque y la piel de cordero cayó y el lobo quedó a la vista. Puede que lo atisbara de inmediato y tuviera demasiado miedo para reconocerlo. Que tuviera demasiado miedo o que sintiera demasiado amor. No creo que por aquel entonces supiera lo pernicioso que puede llegar a ser el amor.

Solo sé que ya era demasiado tarde.

Y ahora es demasiado tarde para contarlo.

¿Cómo puedo escribir ahora a Douglas? Ni siquiera yo misma consigo encontrarle sentido a todo.

Cogí el horror e hice algo con ello: pinté y creé, y ahora tengo algo que ofrecer. Puedo ser amable, puedo ser generosa. Puedo tratar de reparar el daño que le hice a Douglas. No puedo darle las obras que le prometí, pero puedo darle todo lo que he hecho desde entonces. Y con Grace, puedo mostrarme compasiva.

35

Oyen el ruido en cuanto Grace abre la puerta principal. Un golpe o algo cayendo al suelo, y luego un grito de dolor.

Hay alguien en la casa.

—¡La puerta estaba cerrada con llave! —grita Grace; se da la vuelta y su cuerpo choca con el de Becker cuando intenta escapar.

Asqueado por la sensación de la flácida barriga y los pechos de la mujer contra su cuerpo, él se aparta y se pega a la pared. Presa del pánico, Grace pasa por su lado y se aleja corriendo de la casa. Parece aterrorizada. Becker coge la escopeta y, blandiéndola como un bate, entra lentamente en la cocina. Vacía. Se queda muy quieto y aguza el oído. Una risa comienza a fraguarse en su interior: está haciendo el ridículo. Baja el arma y la deja apoyada contra una silla, se quita la chaqueta y la arroja sobre la mesa y... ¡otro ruido! Está claro que hay alguien en la casa. Sin la menor duda, puede oír un ruido amortiguado. Es demasiado suave para tratarse de unos pasos. Es más bien una especie de rozadura, como si alguien estuviera siendo arrastrado por el suelo.

—¡¿Hola?! —exclama Becker tras coger de nuevo el arma—. ¡¿Hay alguien ahí?!

Vuelve a recorrer el pasillo en dirección al salón y entra rápidamente en el dormitorio del fondo. Está vacío. Sale otra vez y permanece un momento inmóvil en el pasillo, conteniendo la respiración y aguzando de nuevo el oído. El silencio se expande, espoleándolo. Oye algo a su espalda y se sobresalta: solo es Grace, que está cerrando la puerta principal detrás de ella. Le vuelven a entrar ganas de reír; es como un niño viendo una película de terror, a la espera del siguiente susto, atrapado en ese extraño limbo entre el pánico y el deleite.

Grace asoma la cabeza por la puerta del salón. Tiene los ojos abiertos como platos y el rostro pálido. Mirándola, Becker se encoge de hombros y niega con la cabeza, y entonces de repente se oye un terrible alarido procedente del dormitorio de Vanessa y ambos se sobresaltan. Grace suelta un grito y Becker sale corriendo en dirección al ruido con el corazón latiéndole con fuerza y la escopeta alzada.

En la habitación de Vanessa, una gaviota argéntea no para de arremeter una y otra vez contra la pared que hay debajo de la ventana. Es joven: sus plumas todavía están moteadas y su graznido es desolado.

—¡Es un pájaro, Grace! —exclama Becker al tiempo

que deja la escopeta en el suelo—. ¡Solo es un pájaro atrapado!

Grace entra lentamente en la habitación. Al ver la gaviota, deja caer los hombros aliviada y recupera enseguida la compostura. De inmediato se muestra práctica y razonable. Coge una vieja sábana del armario y, tras desdoblarla, la arroja como una red sobre el pájaro. Becker se acerca y, con cautela, intenta coger a la criatura, pero la fuerza de su aleteo frenético lo pilla por sorpresa y se le escapa.

Grace no se muestra tan vacilante. Agarra el fardo y lo sostiene presionándolo contra el pecho. El pájaro forcejea con furia y sus graznidos son espeluznantes, pero ella actúa con decisión. Se acerca deprisa a la ventana, y, asomándose todo lo posible, abre los brazos al tiempo que sujeta con fuerza los bordes de la sábana, liberando al agitado y estridente pájaro.

Durante unos pocos segundos la gaviota revolotea dando tumbos, desesperada, hasta que se le activa el instinto e, inclinándose a un lado, se eleva contra el viento y, tras sobrevolar la casa, desaparece de la vista.

Becker ayuda a Grace a recoger la sábana. Sus miradas se encuentran y ambos se echan a reír, aliviados y disfrutando al fin de la distensión que se ha producido entre ellos.

Grace alarga el brazo, le coge una mano a Becker y le da un apretón. Él no se lo esperaba, y tiene que hacer un esfuerzo consciente para devolverle el gesto, pero lo hace, y luego vuelve la cabeza hacia la puerta del dormitorio y repara en un lienzo que está apoyado contra la pared.

Retira entonces la mano y se deja imbuir con sorpresa y placer por el deleite que supone ver por primera vez algo hermoso cuyo estilo resulta familiar y, al mismo tiempo, a sus ojos, completamente nuevo. Ese cuadro —el retrato de una mujer que sostiene una talla de madera de un pájaro— le causa tal sensación que tarda un momento en procesar lo que está viendo.

Grace, con pájaro.

—*Tótem* —dice al fin.

—Así es —responde Grace.

La mujer hace un gurruño con la sábana y sale de la habitación. Él la observa mientras ella se aleja, y entonces advierte que hay dos cuadros más: un retrato más pequeño, también de Grace, apoyado contra la pared junto al primero, y más allá, medio oculto por la puerta de la habitación, un tercer lienzo más grande y oscuro. Se acerca despacio a este último con el corazón latiéndole con dolor en el pecho y abre la puerta para verlo bien.

Es una pintura negra que nunca había visto antes. En ella, el óleo de color negro, cubierto de trazos grises y morados, así como de profundos rojos sangre y destellos dorados, ha sido aplicado con una espátula realizando movimientos amplios. Una zona iluminada constituye el centro de la pintura, como si un foco reflector se hubiera vuelto directamente sobre las figuras de la escena, sorprendiéndolas *in fraganti*. La primera yace bocabajo y con la cabeza echada hacia atrás. La segunda está arrodillada y tiene las manos en el cuello o la cara de la figura que yace en el suelo. Detrás hay una tercera persona, alguien que observa a los otros dos, y en su rostro puede distinguirse un destello blanco, un atisbo de los dientes, que sugiere una mueca, o una sonrisa.

Becker oye los pasos de Grace en el pasillo y se aparta de la puerta. Cuando la mujer la abre, se vuelve hacia la izquierda y mira primero el lienzo y luego de nuevo a él. Mantiene los labios fuertemente apretados. Becker retrocede con los brazos cruzados y contempla los tres cuadros como si estuviera en una galería.

—De modo que este es *Tótem* —dice señalando la primera pintura—. ¿Y el retrato más pequeño?

—*Grace* —responde ella—. Se titula *Grace.* Fue el primero que hizo de mí. Está fechado en el dorso, 1998.

—¿Hay más cuadros? —pregunta Becker.

—No —contesta Grace, de pie a su lado y contemplando asimismo los cuadros—. Esto es todo.

Becker asiente y se muerde el labio inferior.

—Me dijiste que Julian había destruido *Tótem.*

—Bueno... —comienza a decir Grace, volviéndose hacia él y alzando la barbilla con expresión desafiante—, mentí. —Exhala un suspiro—. Vanessa me dio los retratos. Hace años me regaló estos cuadros a mí. No tengo ninguna prueba de ello, no hay nada por escrito. Sabía que la gente de Fairburn no daría por válida mi palabra, de modo que no los mencioné.

Becker asiente.

—¿Retratos? —repite entonces señalando el cuadro más grande—. Ese no es un retrato.

Grace se encoge de hombros.

—Soy yo —explica—. Yo, con Stuart en el suelo.

—¿Stuart?

—El marido de Marguerite —contesta Grace—. El hombre que atacó a Vanessa. Soy yo, con Stuart en el suelo y Vanessa detrás. No se trata de un retrato formal, es cierto, pero sigue siendo una pintura en la que salgo yo.

36

Eris, 2009

—¿Vuelves a pintar?

Cuando Grace llegó a casa esa noche, Vanessa estaba en la cocina, delante de los fogones, vestida con unos pantalones vaqueros y una camisa de hombre salpicada de pintura. La camisa, una de las cinco o seis que Vanessa solía ponerse para pintar, siempre había sido varias tallas más grande, pero ahora la empequeñecía. A Grace se le encogió el corazón: su amiga parecía una niña jugando a vestirse de adulta.

—¡Sí! —contestó Vanessa volviéndose hacia ella con una sonrisa.

Tenía un aspecto espantoso: los ojos hundidos, unos labios encogidos que dejaban a la vista los dientes, y la piel pálida y con matices verdosos. Había vuelto a Eris hacía unos pocos días, después de haber pasado seis semanas en Glasgow para su última sesión de quimioterapia.

—Espero que no estés esforzándote demasiado —dijo Grace.

Vanessa se encogió de hombros.

—Me encuentro bien, Grace —repuso extendiendo los brazos.

Esta aceptó la mentira y el abrazo, aunque no pudo evitar hacer una mueca al reparar en los afilados omóplatos que se le marcaban exageradamente en la camisa. Vanessa colocó una mano sobre el hombro de Grace.

—Te he echado de menos —murmuró. Después se apartó—. No tengo fuerzas suficientes para trabajar con arcilla, pero puedo dibujar y pintar. Quiero pintar.

—Mientras estés descansando lo suficiente...

Vanessa asintió enérgicamente.

—Pintar me sienta bien. Ya sabes lo insoportable que me pongo si no trabajo. —Le guiñó un ojo—. De hecho, he empezado algo grande, algo bastante ambicioso. —Esbozó una sonrisita pícara y Grace enarcó las cejas—. No, no puedes verlo —dijo, y acercándose a Grace hasta que sus agrietados labios rozaron un instante su mejilla, añadió—: Todavía falta un poco, al menos algunas semanas.

Dieciocho meses después, llevó por fin a Grace al estudio para que lo viera. El trabajo de Vanessa se había visto retrasado por una gripe que se había convertido en neumonía, por un esguince en un tobillo que le había impedido ir al estudio durante un tiempo y, sobre todo, por su estado de ánimo, que oscilaba violentamente entre un optimismo desatado y una miserable desesperación.

Fue una mañana. Subieron la colina desde la casa juntas, tomándose su tiempo. Grace disfrutaba del buen humor y de la emoción que transmitía Vanessa en momentos como ese, cuando había terminado algo y estaba lista para mostrarlo.

Poco antes de llegar a la cima de la colina, Vanessa cogió de la mano a Grace. Su respiración era pesada y sibilante.

—¿Estás bien, Vee? —preguntó Grace.

Vanessa asintió con una sonrisa y entraron juntas en el estudio.

Cuando Grace vio el lienzo en el caballete, aspiró una profunda bocanada de aire y soltó la mano de Vanessa como si quemara; advirtió de inmediato de qué se trataba. En la arcada del centro, se vio a sí misma arrodillada en el suelo, con el cortador en las manos, entregada a la tarea que estaba llevando a cabo. Y lo vio a él, resistiéndose, alzando el brazo para intentar deshacerse de ella. Y también la figura que había detrás de ella, de pie en la entrada, observándolo todo.

—Eres tú —dijo Vanessa. Grace se la quedó mirando horrorizada mientras un ardiente rubor se extendía por su rostro, pero Vanessa estaba sonriendo—. Somos nosotros tres. Tú, yo y él. ¿No te gusta? —Su voz sonaba tenue y frágil, como el gimoteo de un gatito. Estaba nerviosa.

Grace se acercó al lienzo. Las lágrimas habían comenzado a asomar a sus ojos, volviendo borrosa la imagen que tenía delante. En ese momento se dio cuenta de que Vanessa la había visto aquel día, había visto quién era en el fondo y, aún más que eso, lo había comprendido. Y aun así la quería. Todo este tiempo Grace había temido que pudiera ver las escamas que había bajo su piel y la rechazara por ser un monstruo, pero, en vez de eso, Vanessa las había visto y la quería todavía más.

—Podríamos haberlo matado, ¿verdad? —señaló Vanessa con desgana—. Suelo pensarlo a menudo. Podríamos haberlo matado y luego podríamos haberlo cortado en pedacitos y haberlos metido en el horno para incinerarlos, y nadie se habría enterado.

Volvió a coger la mano de Grace, y esta comprendió que no solo Vanessa la quería, sino que además, a pesar de lo distintas que eran, de lo esencialmente opuestas en tantos aspectos, en esto eran iguales.

—A veces sueño que rastrillo cenizas —dijo Vanessa—. Rastrillo cenizas y encuentro huesos.

Finalmente Grace habló:

—Si estás teniendo pesadillas, puedo ir a buscarte algo para eso —ofreció con la voz ronca a causa de las lágrimas—. Para que te ayude a dormir.

Vanessa se rio con suavidad.

—Siempre tan práctica, mi Grace —dijo—. Mi Grace —repitió, y se llevó la mano de esta a los labios y besó las puntas de sus dedos una a una—. ¿Quieres saber cómo lo he titulado? —preguntó acercando a Grace hacia sí.

Juntas rodearon el lienzo para que Grace pudiera ver el título escrito en el dorso del marco: *Amor*.

37

Cuando contempla una segunda vez esa pintura negra, *Amor*, Becker ve en ella ecos de *Judit decapitando a Holofernes*. Los rojos le recuerdan a los de la capa de Holofernes, los de su sangre arterial. El dorado es el del vestido de Judit. Hay una mujer trabajando, otra observando y el bruto muriendo. Solo que este bruto no murió. ¿O sí?

—No renunciaré al cuadro —dice Grace. Bajo esta luz crepuscular, su rostro, normalmente tan suave, ha adquirido un aire obstinado—. No pienso renunciar a ninguno de ellos. Son lo único que me queda de nuestra vida juntas.

Becker se aparta de ella con los brazos en jarras y exhala un suspiro de frustración. Se vuelve hacia el cuadro, mira las figuras en el suelo, enzarzadas en un combate mortal en medio de la oscuridad, y se siente exhausto, exhausto y triste. Las últimas dos semanas han sido agotadoras: Helena en el hospital, esa horrible escena con Emmeline, los largos trayectos en coche, el mensaje eliminado de Helena, el paseo por la playa caminando contra el viento, la gaviota chillona y ahora esto: las mentiras de Grace, su ofuscamiento, su desesperación. La mezcla de todo lo ha llevado casi al límite de sus nervios.

—No fue perfecta —admite Grace mirando el cuadro—, pero fue una vida. Lo que Vanessa y yo compartimos fue algo tan rico y complejo como cualquier historia de amor, y ya podéis esforzaros todo lo que queráis en reducirlo a nada, que...

—¡He estado intentando ayudarte! —exclama Becker. Grace se sobresalta, pero solo ligeramente. No se amedrenta—. Si me hubieras hablado de estos «regalos» la primera vez que vine aquí, podríamos haber evitado un grave conflicto, podría haber convencido a Sebastian para que no implicara a sus abogados. Ahora, en cambio... —Niega con la cabeza—. Tú misma te lo has buscado, Grace. Vendrá a por todos estos cuadros y a por todos los papeles de Vanessa, incluso los privados, y no habrá nada que yo pueda hacer para detenerlo.

Grace alza la barbilla.

—De acuerdo —dice ella—. Pero puedes decirle de mi parte que haré todo lo que esté en mi mano para causarle problemas, y también a su madre. Si me lo propongo, puedo hacerle la vida muy difícil a esa familia.

Becker niega de nuevo con la cabeza y comienza a alejarse de ella en dirección al salón.

—¿Hay algo más que deba saber antes de que vuelva a Fairburn? ¿Algún otro «regalo»? —pregunta cansino.

—¿Estás acusándome de mentir? —pregunta Grace con un gruñido, y Becker se ríe. Empieza a alejarse otra vez, pero apenas ha dado un paso cuando nota la mano de la mujer en su antebrazo, agarrándoselo dolorosamente—. ¡No te atrevas! —exclama ella apretando todavía más fuerte y temblando de rabia—. ¡No te atrevas a burlarte de mí!

—¡No estoy burlándome de ti, Grace! —A veces hablar con ella es como tratar con una niña pequeña—. Pero hace un momento tú misma has admitido que me habías mentido, de modo que no puedes enfadarte porque no termine de confiar en tu palabra.

A regañadientes, ella le suelta el antebrazo.

—Yo era su tótem —dice con voz quebrada y llorosa—. Sin mí todo iba mal. Ese hombre, Stuart Cummins, la habría matado. Julian habría echado a perder su vida, la habría arrastrado a su lodazal de deudas y depravación. ¡Lo intentó con ganas! Y, cuando desapareció, ¿quién estuvo aquí para ella? ¿Frances? ¿Douglas? ¡De ninguna manera! Fui yo. Yo la salvé, la protegí, la cuidé, lo arriesgué todo por ella: ¡mi licencia médica, mi libertad! Por más que tratéis de suprimirme de su historia, no lo conseguiréis. Siempre formaré parte de ella. Sé cosas de Vanessa que nunca comprenderíais. ¡No tenéis ningún derecho sobre ella! Era mía.

38

La tormenta ha llegado antes de lo esperado; Grace le había dicho que estaba prevista para el domingo por la noche o las primeras horas del lunes y, sin embargo, el sábado la lluvia ya está repicando en las hojas de la ventana cual piedrecitas arrojadas contra un cristal y el viento sopla con fuerza, aullando en los árboles. Becker puede oír como rompen las olas contra el muro del puerto al otro lado de la bahía: suena igual que un bombardeo.

Grace se ha encerrado en el dormitorio de Vanessa con los cuadros. Becker intenta razonar con ella brevemente, pero ella ni siquiera le contesta y, al cabo de unos pocos minutos, puede oír que habla por teléfono con otra persona. ¿Un abogado, quizá?

Así que regresa a la cocina, se sirve un vaso de agua y consulta la tabla de mareas que cuelga de la pared. Debería poder cruzar alrededor de las 10.30, aunque, si el tiempo empeora, ¿quién sabe? Tal vez se quedará atrapado aquí toda la noche. Esa idea le causa un profundo pavor.

Se toma el agua, que tiene un leve sabor salobre. Puede que solo sea la sal de sus labios, pero de repente tiene ganas de comer algo dulce. Se prepara un té y vierte una generosa cantidad de quebradizo azúcar moreno en la taza. Encuentra galletas en un tarro que hay en el armario y, tras servirse también una, se acerca a la ventana. La oscuridad es total —no puede distinguir ninguna luz al otro lado de la bahía—, pero el fragor del mar es atronador; incluso a esta distancia oye el feroz estruendo de las olas.

«Uno no siempre puede ver lo que tiene delante.»

O a quién tiene delante. Piensa en Sebastian y su cautivadora sonrisa. «¿Cómo se encuentra nuestra chica?» Nuestra chica. ¿Es posible que Emmeline tenga razón? ¿Lo ha cegado tanto el amor, o la culpa por cómo empezó su relación con Helena, que no se ha dado cuenta de lo que estaba sucediendo delante de sus narices? Tal vez ha malinterpretado a Sebastian desde el principio. Cuando lo miraba, veía estoicismo —esa flema—, pero quizá lo que en realidad tenía delante era a un tipo que se las sabe todas y que estaba jugando sus cartas.

¿Y qué hay de Helena? A ella no ha podido malinterpretarla tanto, ¿no? Siente que el pulso se le acelera de nuevo y consulta el móvil; no tiene ninguna llamada perdida ni ningún mensaje. Por un momento debate consigo mismo sobre qué hacer, y finalmente la llama.

El teléfono suena. Nota como el nudo en su estómago se constriñe aún más con cada tono de llamada. Se tortura durante todo un minuto antes de colgar.

Se muere por un cigarrillo. Se lía uno, y luego otro —por si acaso— y se pone a deambular por la cocina. Repara entonces en la llave del candado de la puerta del estudio colgada de un gancho que hay junto a la puerta de la cocina. Se la mete en el bolsillo con el encendedor. Fuera, se acurruca en un rincón del patio para encenderse el cigarrillo, pero incluso en el que seguramente sea el lugar más resguardado de la isla, el viento sopla con demasiada fuerza y se acaba dando por vencido. Cruza el patio con la cabeza gacha y los hombros alzados para protegerse del viento y comienza a subir la colina en dirección al estudio.

Se lo han llevado casi todo, pero todavía hay un par de cajas sobre la mesa de caballetes y, en el fondo de la estancia, un pequeño cuchillo de tallar en un estante. Se guarda el cuchillo en el bolsillo y coge las cajas para llevarlas de vuelta a la casa.

En cierto modo, espera que Grace lo vea y que salga para protestar. Ahora mismo, de hecho, no le importaría tener un enfrentamiento con ella. Tampoco es que pueda impedir que se lleve nada, ¿verdad? Físicamente, desde luego no. Aunque lo cierto es que el antebrazo todavía le duele de cuando lo ha agarrado antes. Para tratarse de una mujer que sin duda no se encuentra en su mejor condición física, es sorprendentemente fuerte.

De vuelta en la casa, deja las cajas en la mesa de la cocina y se queda un momento inmóvil con el oído aguzado. Solo puede oír el ruido del viento y las gaviotas, y el ominoso estruendo de las olas rompiendo contra las rocas que hay bajo la casa. Coge el móvil e intenta llamar otra vez a Helena, pero el wifi no parece funcionar. ¿Quizá a causa de la tormenta? Tampoco importa, se dice a sí mismo: en unas pocas horas estará en la carretera. Una predicción optimista, teniendo en cuenta el estado del tiempo, pero ¿qué otra cosa puede hacer ahora salvo actuar? Debe mostrarse decidido. Lo meterá todo en el coche para poder marcharse en cuanto sea seguro recorrer la carretera hacia el pueblo. Todavía está aparcado al principio del camino, de modo que tendrá que llevarlo hasta ahí arriba. Con este tiempo, prefiere no tener que subir y bajar los escalones cargando pesadas cajas. Mete las manos en los bolsillos del abrigo.

¿Dónde ha puesto la llave del coche?

39

La tormenta se ha desatado exactamente según lo previsto.

Grace había mentido un poco respecto al momento exacto porque sabía que él no querría quedarse atrapado allí por culpa del mal tiempo, pero ella deseaba que estuviera allí para la tormenta, quería que viera la isla de Eris en su forma más elemental y estimulante: el vendaval empujando lluvia y espuma del mar contra los cristales de las ventanas, los árboles meciéndose con violencia, toda la casa gimiendo mientras se aferra a su roca.

Ella había esperado que pudieran disfrutar juntos de la experiencia, pues cuando se pasa la noche con alguien durante una tormenta suele crearse un vínculo con esa persona. Por desgracia, no había podido ser.

Fue un error dejar que viera los cuadros. Hacía tiempo que quería mostrárselos, pues demuestran con claridad la profundidad de su conexión con Vanessa. Son una prueba —una prueba irrefutable— no solo de que ella no es un personaje menor, secundario, en la historia de Vanessa, sino también de que únicamente a través de ella es posible comprender de veras quién era Vanessa.

Pero debería haber preparado mejor el terreno, haberlo prevenido del hecho de que se había quedado algunas piezas. Al final, se había visto sobrepasada por los acontecimientos: no podría haber previsto el incidente del pájaro, ni tampoco que Becker entraría corriendo de ese modo en el dormitorio de Vanessa.

Ahora se acerca a la puerta del dormitorio y pega la mejilla. La casa se mueve: cruje y gime bajo los azotes del viento; pero también puede oírlo a él moviéndose en la estancia contigua. Echa un vistazo por encima del hombro a la mesita de noche, en cuyo cajón ha guardado la llave del coche de Becker: se la ha cogido del bolsillo de la chaqueta cuando ha llevado la sábana manchada por la gaviota a la cocina para meterla en la lavadora. En cuanto él ha visto los cuadros, ha tenido claro que posiblemente discutirían, y no quería darle la opción de marcharse sin haber resuelto las cosas. Ahora, tras haber hecho la llamada telefónica que necesitaba hacer, desconecta el router.

Apaga la luz, se mete en la cama de Vanessa y se tapa con la manta tirando de ella hasta la barbilla. Se regocija con los emocionantes ruidos de la tormenta y en el confort de saber que está salvo, abrigada, seca y acompañada.

En la oscuridad puede distinguir las pálidas líneas de su propio cuerpo en *Tótem*, y puede ver asimismo la forma de sus hombros y la mano que sostiene la talla. ¿Qué pasaría con ese pajarito? No lo ve desde hace mucho tiempo. Estará en el trastero, ¿quizá?

Vanessa pintó *Tótem* después de pasar por una fase de talladora. Trabajaba con madera, pero también probó la piedra. El ruido del martillo golpeando el cincel con la regularidad de una campana se oía desde la casa.

Es posible que el pequeño pájaro se encuentre en algún lugar del salón, en uno de los armarios. Están llenos de todo tipo de cosas: maquetas, conchas y piedras de la playa, cucharas talladas a mano y fruslerías varias procedentes de todas partes que Vanessa solía coleccionar.

Un pájaro en la mano es algo bueno, un pájaro en la casa no tanto. Presagia una muerte, ¿no? ¿No es eso lo que dicen algunos? Quienesquiera que sean estos «algunos», los crédulos, aquellos que se entregan a la superstición.

Aunque, sin duda, resulta inquietante la visión de un animal salvaje atrapado en un espacio doméstico. Y también impresiona la ferocidad con la que este animal forcejea, la violencia del impulso de escapar, de vivir. Cuando está desesperada, la gente también actúa así.

40

Eris, verano de 2002

Había estado lloviendo durante semanas, pero esa mañana salió el sol.

Grace estaba leyendo el periódico mientras desayunaba cuando de pronto apareció Vanessa sonriendo con timidez. Tenía el rostro sonrojado y, con los dedos ligeramente trémulos, la cogió de la mano.

—He de enseñarte una cosa —dijo.

En el estudio, apoyado contra una pared, estaba el cuadro, el retrato de Grace sosteniendo el pájaro de madera. Vanessa había estado trabajando en él desde el día en que había comenzado a llover.

—Lo llamo *Tótem* —indicó Vanessa. Se quedó un momento callada, y luego aspiró una rápida bocanada de aire—: Bueno, ¿qué te parece? ¿Te gusta?

Grace tragó saliva. Se sintió avergonzada al darse cuenta de que estaba al borde de las lágrimas.

—Me gusta —contestó. Tosió para aclararse la garganta—. Me gusta mucho —añadió.

En el retrato no se la veía guapa —eso nunca podría serlo—, pero sí majestuosa. Está sentada a la mesa de la cocina y ha echado un poco la silla hacia atrás para que pueda verse que sostiene, en su regazo, una talla. La pared a su espalda tiene el color amarillento del papel viejo y la luz vespertina es suave y cálida. Ataviada con su desvaída camisa azul, Grace parece una figura más noble y relajada de lo que nunca habría podido imaginarse a sí misma. Vanessa le rodeó la cintura con un brazo y le dio un apretón.

—Me siento muy satisfecha y feliz por cómo ha quedado, pero sé lo que es posar para un retrato, esperar una cosa y luego ver el resultado... Es siempre algo complicado. —Le dio otro apretón—. ¡Grace...! ¿Estás llorando? ¡Sí que estás llorando! ¡Ay, Grace!

Últimamente había habido cierta tensión entre ellas; ambas sabían a qué se debía, pero lo habían ignorado.

—No te importa no venir a la inauguración, ¿verdad? —dijo Vanessa—. Me encantaría que estuvieras allí, es solo que... tú y yo pertenecemos a mundos distintos, ¿no es así? Y esas cosas son siempre muy estresantes. En ellas nunca me siento yo misma, estoy demasiado nerviosa, y he de estar relacionándome con todo el mundo y... vendiéndome. Además, tú no vas a conocer a nadie, y yo no podré estar pendiente de ti. No te lo pasarías bien...

—No me importa —aseguró Grace rápidamente, aunque era mentira.

No le había dicho a Vanessa que, a pesar de que había comenzado a sospechar que no sería invitada, ya había escogido un vestido para la ocasión. También había estado consultando precios de habitaciones en hoteles de tres estrellas y pensando en dónde podrían comer antes del evento.

—Lo comprendo muy bien. Iré la semana después de la inauguración y así podremos estar más relajadas, pasárnoslo bien e ir a cenar a algún lugar bueno. —Se quedó un momento callada, disimulando su decepción, reprimiéndola, decidida a no arruinar este momento entre ellas dos—. Resulta muy extraño pensar que esto estará colgado en esa galería tan sofisticada y que alguien lo comprará y se lo llevará a casa —dijo finalmente—. ¡Yo! ¡Colgada en una pared!

—Y con un aspecto fantástico —afirmó Vanessa radiante. Soltó a Grace y retrocedió un paso para admirar el cuadro desde un poco más atrás—. Es decir, me encantaría quedármelo y colgarlo en la casa. Me encantaría regalártelo, pero me temo que necesitamos el dinero. —Se rio—. ¿Sabes qué? Aunque no puedo darte el retrato, sí puedo darte... esto. —De la mesa de caballetes que tenía detrás, cogió el pequeño pájaro de madera y se lo tendió como si de una ofrenda se tratara.

—Ah, mira —dijo Grace, con una sonrisa burlona—. Me siento honrada. —Cogió el pájaro y se lo llevó al pecho—. Todo esto me hace sentir muy importante, en serio. —Su rostro se sonrojó—. Esto nos vincula, ¿no te parece? Ahora hay una conexión entre ambas.

—Así es —convino Vanessa cogiéndola de nuevo de la mano—. No importa lo que pase, siempre tendremos esto, el momento en el que cogí el pincel y te pinté en el lienzo. Siempre.

Al día siguiente, Julian llegó.

A la semana siguiente, después de la discusión de Vanessa con Julian y después de que cruzara el pueblo conduciendo borracha y discutiera asimismo con Grace, Vanessa se marchó pronto de la casa de Grace en el pueblo para regresar a Eris, coger los cuadros más pequeños y llevarlos a Glasgow el jueves. Ese mismo día, Grace se encontró con una sala de espera llena en la consulta. Circulaba un virus por el pueblo y la mitad de los niños parecían haberlo pillado, de modo que no fue hasta las 14.30 cuando finalmente pudo tomarse el descanso para almorzar. Como era habitual en ella, fue a su banco con vistas al puerto y desde ahí vio el pequeño coche deportivo rojo de Julian Chapman recorriendo la carretera hacia el pueblo a tal velocidad que las ruedas levantaban agua a ambos lados. El coche ascendió luego la colina y cruzó el pueblo a la carrera. «Uf, gracias a Dios que se ha marchado», pensó Grace.

En cuanto terminó de trabajar esa tarde, fue a la isla en coche.

Cogió unos guantes de plástico y algunos productos de limpieza que había debajo del fregadero de la cocina y se puso a limpiar el lugar para eliminar todo rastro de él. Se aplicó metódicamente por toda la casa. Empezó por la cocina, que se encontraba en un estado lamentable —platos y vasos sucios por todas partes, ceniceros a rebosar en la encimera, sartenes con comida reseca incrustada—, luego el salón y el cuarto de baño, y por último se ocupó del dormitorio de Vanessa. Deshizo la cama, estremeciéndose asqueada al tener que retirar un condón usado que se había quedado entre las sábanas. Después cargó la lavadora, y estaba volviendo a hacer la cama con sábanas limpias cuando vio la nota de Vanessa, que se había caído entre la cama y la mesita de noche.

¡J, no podemos seguir dando vueltas y más vueltas y más vueltas!

El fin de semana estaré de regreso y para entonces debes *haberte marchado. No hay más dinero en el bote.*

Nos hemos querido y nos hemos odiado y ahora podemos al fin ser libres el uno del otro.

¿No es maravilloso?

Debes encontrar tu propio camino.

Te quiere,

Nessa

Mientras leía la nota, Grace notó que sus labios formaban una sonrisa. «Ahora podemos al fin ser libres el uno del otro.» ¡Aleluya! Le entraron ganas de lanzar puñetazos al aire. ¡Se había terminado! Había sido desterrado de la vida de Vanessa y de la suya. Expulsado de sus vidas para siempre.

Sobre el pequeño taburete que había delante del tocador de Vanessa, Grace vio entonces una cartera negra. La cogió y echó un vistazo en su interior: cuatro tarjetas de crédito (no era de extrañar que tuviera deudas), cincuenta libras en efectivo y una fotografía de Julian con una mujer que no era Vanessa. ¿Celia Gray, tal vez? En ella se le veía muy feliz. Grace guardó la cartera en el cajón y tomó nota mental de decirle a Vanessa que se la enviara, pero luego cambió de parecer. «Que le den», pensó. Cogió la cartera del cajón, se quedó el dinero en efectivo, cruzó la habitación y arrojó la cartera por la ventana al mar.

Debían de ser alrededor de las ocho cuando por fin terminó de limpiar la casa. Cogió la llave del candado que colgaba del gancho que había en la cocina y subió la colina hasta el estudio. Era una tarde gloriosa con unas nubes anaranjadas desplazándose rápidamente por el cielo pálido y el aroma a coco de los tojos en el aire. Cuando llegó a la puerta, vio que ahí también había una nota. Esta estaba encajada en el arco del candado. La cogió y se la metió en el bolsillo junto con el dinero en efectivo mientras abría el candado y la puerta para permitir que la suave luz vespertina entrara en el estudio.

Ahí todo estaba en orden. Apoyados contra la pared sur había una serie de lienzos grandes, mientras que las piezas de cerámica destinadas a la exposición estaban colocadas sobre la mesa de caballetes del centro de la estancia, junto con un gran rollo de plástico de burbujas y dos rollos de cinta adhesiva para embalarlo todo.

Grace cogió la nota que se había guardado en el bolsillo.

Está bien, Nessa, tú ganas. Te dejaré en paz.

Pero me preocupas, me preocupa que te encierres aquí arriba. Las obras que estás haciendo son preciosas, pero tú también lo eres.

Eris es un retiro maravilloso; no lo conviertas en todo tu mundo. ¡Regresa al mundo de los vivos! No puedes esconderte aquí para siempre, holgazaneando con esa triste y vieja bola de sebo; acabarás volviéndote loca.

Hablaba en serio sobre lo de Marruecos. Izzy va a alquilar un riad en Marrakech en octubre/noviembre; habrá mucho espacio y no te molestaré (a menos que lo pidas de buenas maneras).

¡Nadie te molestará! Podrás trabajar, jugar, ir al desierto, mirar las estrellas.

Pintar las estrellas.

Piénsatelo.

¡Nos vemos el día de la inauguración!

Con todo mi amor, siempre,

J

Antes incluso de saber qué estaba haciendo, la mano de Grace rodeó el sinuoso jarrón de abertura ancha más cercano a su cadera derecha y, un instante después, la pieza salió volando por los aires e impactó en la pared con un gratificante estallido. El ruido de los fragmentos de porcelana al caer al suelo le sonó a música.

¿Inauguración? ¿Julian asistiría a la inauguración de la exposición? ¿Mientras que ella en cambio tenía que quedarse en casa, porque no se lo pasaría bien porque Vanessa no podría estar pendiente de ella?

¿Y Marruecos? ¿Con Izzy? Por encima de su cadáver. Un cuenco poco profundo, perfectamente equilibrado y con un esmalte de color azul hielo salió volando.

—¿Qué cojones estás haciendo?

Asustada, Grace soltó un grito y, al darse la vuelta, su cadera golpeó la mesa y otra pieza cayó al suelo.

Julian estaba de pie en la entrada con los brazos cruzados y los labios fruncidos.

—¿Bola de sebo? ¿Se puede saber qué estás haciendo?

Grace tuvo la sensación de que el suelo desaparecía bajo sus pies.

—¿Qué haces tú aquí? —dijo ella al tiempo que daba un par de pasos hacia él—. Vanessa te ha dicho que te marcharas.

—Lo sé. Y así lo he hecho. Pero al llegar a Fort Augustus, me he detenido en la gasolinera y me he dado cuenta de que me había dejado la cartera. Tenía suficiente efectivo para llenar el depósito, pero me había quedado sin batería en el móvil y no podía volver de inmediato porque, para cuando llegara, la marea habría vuelto a subir. ¡No sé cómo soportáis este maldito lugar! —Sonrió—. Así pues, me he echado una siesta en el coche para hacer tiempo y luego he conducido de vuelta hasta aquí. ¿Has visto mi cartera? —preguntó él acercándose a ella y agachándose para recoger del suelo un disco de porcelana del tamaño de un platillo de café.

—No —contestó Grace—. Y acabo de limpiar la casa, así que debes de habértela dejado en algún otro lugar.

Julian colocó la pieza de porcelana sobre la mesa.

—Lo dudo —repuso en voz baja. Se acercó otro paso a ella y, tras extender una mano, cogió a Grace por un brazo, rodeando con los dedos la muñeca derecha de la mujer. Ella trató de soltarse, pero él apretó con más fuerza—. ¿Qué está pasando, bola de sebo? ¿Por qué estás haciendo añicos las obras de Vanessa?

A Grace el corazón le latía dolorosamente fuerte. Intentó apartarse de él, pero Julian no se lo permitió.

—No estaba rompiendo nada, ha sido un accidente, tú mismo lo has visto, me has dado un susto y he golpeado la mesa sin querer...

—Eso puede que haya sido un accidente, pero la primera pieza que has roto no —dijo Julian envolviendo la muñeca de Grace con toda su mano y apretando con fuerza—. ¿O esa era la segunda? —añadió mirando a su alrededor los fragmentos de cerámica que había en el suelo—. Joder, ¿cuántas piezas has roto?

Grace estaba comenzando a entrar en pánico; podía sentir como la oscuridad se cernía alrededor de su campo de visión como si estuviera entrando en un túnel.

—Yo no quería... —Tenía la sensación de que estaba a punto de llorar, y la idea la horrorizó. No sería capaz de soportar la humillación de venirse abajo delante de él.

—¿Qué está pasando? —preguntó Julian en un tono meloso—. ¿A qué ha venido este pequeño berrinche? —Miró a su alrededor interrogativamente hasta que su vista se posó en la arrugada nota que Grace sostenía en la mano—. ¡Ah, eso! Pobre Grace. ¿Te sientes excluida? —preguntó haciendo pucheros—. ¿Te han sentado mal nuestros planes de vacaciones? ¿Te ha contado Vanessa que va a venir a Venecia conmigo para su cumpleaños? Pensábamos alojarnos en el Cipriani, como hicimos en nuestra luna de miel. A lo mejor esta vez conseguimos ver algo de Venecia. O puede que nos quedemos follando en la habitación.

—No va a ir a ningún lado contigo —espetó Grace—. Ella nunca haría eso, ella... ¡Suéltame!

Pero él seguía asiendo su muñeca con dolorosa fuerza.

—Verás, Grace, esto es lo que pasa con Vanessa. Por más que lo intente, no puede resistirse a mí. —Se relamió los labios, mirando a la mujer con los párpados caídos—. Siempre está dispuesta a recibirme. —Soltó una risita ahogada—. He reservado una habitación para los dos el día de la inauguración. Para que podamos celebrarlo. Es una pena que no vayas a estar. Creo que a ella le sabe mal de verdad, pero lo cierto es que no aguantaba la idea de que estuvieras presente, ataviada con un espantoso traje pantalón y haciendo el ridículo.

Las lágrimas caían sin freno por las mejillas de Grace. No podía soportar un segundo más el intenso olor de esa loción para después del afeitado que ya había olido en las sábanas de Vanessa, tampoco el hedor a tabaco en su aliento, ni la mueca burlona de sus labios. Consiguió liberar el brazo e intentó huir, pero sus trémulas rodillas flaquearon y tropezó con uno de los lienzos que estaban apoyados contra la pared.

—Ten cuidado, no sea que rompas todavía más cosas —dijo Julian con una sonrisa socarrona—. ¿Sabías que en una ocasión vendí un cuadro suyo sin su permiso? ¿Te lo ha contado? Andaba corto de dinero y me encontraba en un pequeño apuro, así que vendí una de sus obras. Y obtuve un buen precio, además, pero ella estuvo meses sin dirigirme la palabra. —Se dio la vuelta y empezó a caminar lentamente en dirección a la puerta del estudio—. No puedo ni imaginarme su reacción cuando descubra lo que has estado haciendo. Algo me dice que podrías terminar siendo desterrada del paraíso.

Y, de repente, todo pareció quedarse inmóvil. Las gaviotas enmudecieron y el viento dejó de soplar. Julian permanecía silueteado en la entrada, de cara al resplandeciente mar. Entonces el sol se ocultó detrás de una nube y el mundo se tornó en blanco y negro. Grace debió de hacer algún ruido, quizá emitió un trémulo grito ahogado o tal vez pisó un fragmento de cerámica rota al acercarse a él, porque Julian volvió ligeramente la cabeza, lo justo para que Grace registrara la expresión de desconcierto en su rostro al verla blandir el martillo de mampostería que, un segundo después, impactó con fuerza en su sien haciéndole añicos el cráneo.

41

Becker se levanta antes de que salga el sol, se prepara una taza de café y sale por la puerta principal a un mundo límpido. La tormenta ya ha pasado y el aire es ahora frío, diáfano, y tiene un regusto salobre. Se dirige al banco de madera con vistas al canal que hay en la ladera de la colina y permanece sentado en silencio una media hora, observando el cielo sobre las lomas mientras pasa de un naranja intenso a un amarillo como el de la yema de un huevo. Cuando mira por encima del hombro, comprueba que la salida del sol ha iluminado la casa y que su resplandor se refleja en las ventanas de la cocina. Más allá, la marea está alta y el canal parece oro líquido. Luego, lenta y gradualmente, el color comienza a desvaírse y las nubes se suavizan, tornándose bien pálido naranja, bien amarillo apagado, hasta que al final el cielo adopta un claro y esperanzador color azul.

Su taza no hace mucho que está vacía cuando oye

abrirse la puerta principal. Unos pocos momentos después aparece Grace sosteniendo una cafetera humeante. Se acerca a él, rellena su taza y se sienta a su lado.

—Menuda tormenta —dice mirándolo de reojo antes de fijar la vista de nuevo en el mar—. ¿Has conseguido dormir algo?

—He dormido bien, gracias —contesta él secamente. Y, sin mirarla, pregunta—: ¿No habrás visto la llave de mi coche? Anoche no pude encontrarla.

Ella frunce el ceño.

—No, no recuerdo haberla visto... ¿Es posible que se te cayera en la habitación de Vanessa durante la refriega con la gaviota? A lo mejor está debajo de la cama, echaré un vistazo. —Y a continuación él puede notar sus furtivas miradas cuando añade—: Me preguntaba si te gustaría subir al peñasco hoy.

—No habrá tiempo —dice Becker—. He de meterlo todo en el coche y necesito...

—¡Vaya, qué pena! —lo interrumpe ella—. Hoy que hacía buen tiempo...

Becker no dice nada, se limita a consultar la hora en su reloj.

—Todavía faltan unas horas para que puedas cruzar, y me temo que seguimos sin internet —añade Grace—, pero si quieres llamar a alguien quizá haya cobertura al otro lado del bosque; por lo general la hay...

Becker aprieta los dientes. No le hace ninguna gracia admitirlo, pero Grace tiene razón: no puede marcharse de inmediato, y esta quizá sea la última vez que venga a Eris en mucho tiempo. Le encantaría poder sacar fotos de algunos de los lugares a los que a Vanessa le gustaba ir a pintar. Y también le gustaría poder hablar con Helena.

Se vuelve hacia Grace, que le sonríe nerviosa pero esperanzada, y por un momento ve de nuevo a la persona con la que se encontró la primera vez que fue allí: una mujer mayor, solitaria y asustada. Becker se tranquiliza un poco y piensa en todos los esfuerzos que hizo en su día para recuperar ese pequeño paisaje que a su madre tanto le gustaba. Al fin y al cabo, ¿qué ha hecho realmente Grace, aparte de aferrarse a lo único que le queda de alguien a quien adoraba?

—Está bien —dice al fin—, me encantaría ver las vistas que hay desde el peñasco.

—¡Genial! —exclama Grace al tiempo que una expresión de alivio se dibuja en su rostro—. Y, si quieres, de camino podemos dar un pequeño rodeo y visitar la atalaya en la que pintó *Sur* y *Oscuridad*. Está justo en el acantilado que hay ahí. —Señala un punto de la costa sur de la isla, un poco al oeste de la casa—. Las vistas son increíbles.

Después de más café y un par de tostadas cada uno, se ponen en marcha. Su ritmo es pausado, pues Grace tiene muchas cosas que enseñarle: ese era el lugar favorito de Vanessa para tomar el sol, ahí Douglas Lennox, borracho, se lio a puñetazos con un antiguo novio de Vanessa, justo allí pueden verse en el suelo los restos de un antiguo asentamiento.

La pendiente que conduce hasta el acantilado es escarpada. Más allá de una espesura de tojos hay un claro que parece casi como si lo hubieran diseñado para que fuera una plataforma para pintar: una superficie plana, protegida del viento por los arbustos de tojo y con una vista de 180 grados del mar y las islas que hay al sur de Eris.

Becker llega primero al claro. Grace todavía anda renqueando en el sendero a bastante distancia, de modo que durante un par de minutos tiene ese lugar sagrado solo para él. Está él solo con los graznidos de las gaviotas y el ruido de las olas rompiendo en las rocas varios cientos de metros más abajo, y siente algo parecido a lo que experimentó al descubrir *Tótem* en la habitación de Vanessa la noche anterior: una mezcla de embeleso y euforia al ver por primera vez algo que, al mismo tiempo, le resulta tan profundamente familiar como un paisaje de su infancia. Nunca había estado allí antes y sin embargo ha visto ese panorama cientos de veces, tanto a la salida como a la puesta del sol, en verano y en invierno, bajo un sol radiante como el de hoy y también cuando las nubes se ciernen amenazantes sobre el mar.

—No te acerques demasiado al borde —le advierte con brusquedad Grace cuando por fin se une a él.

Su respiración es dificultosa, tiene el rostro sonrosado por el esfuerzo y unas gotas de sudor relucen sobre su labio superior. Luego lo observa en silencio mientras él hace algunas fotos, y Becker puede notar la tensión que irradia la mujer y cómo su mirada sigue cada uno de sus movimientos.

Cuando ya ha sacado fotografías desde todos los ángulos concebibles, continúan su camino. Descienden del acantilado y luego giran a la izquierda y siguen un sendero que los conduce a través de un cauce poco profundo, flanqueado a un lado por una empinada pendiente y al otro por el bosque.

—Algunos de los pinos que hay aquí tienen más de doscientos años —le explica Grace—. Uno o dos puede que tengan incluso trescientos, aunque los más viejos se perdieron por culpa de unas tormentas en los noventa.

Llevan ascendiendo por ese sendero unos diez o quince minutos cuando el móvil de Becker vuelve a tener cobertura y comienza a sonar una y otra vez. Son las notificaciones de todas las llamadas perdidas y mensajes que ha recibido. Se detiene y mira hacia abajo: Grace se encuentra a unos pocos cientos de metros. Él respira hondo y llama al número de Helena, mascullando un reniego de frustración cuando salta inmediatamente el buzón de voz. Cuelga y se dispone a escuchar los mensajes que le han dejado.

El primero es de anoche. «Beck, cariño.» Helena parece inquieta, su voz suena algo trémula. «Necesito de veras hablar contigo. ¿Puedes llamarme en cuanto oigas este mensaje?»

Sintiendo palpitaciones en los oídos vuelve a llamarla, pero de nuevo le salta el buzón de voz. O bien está hablando con alguien o bien tiene el móvil apagado.

Escucha el siguiente mensaje, que le han dejado a primera hora de esta mañana. «Hola.» La voz de Helena suena ahora débil y suave; alguna vez la ha oído hablarle así a su hermana cuando pretendía suavizar un golpe o darle una mala noticia. «He intentado ponerme en contacto contigo por WhatsApp, pero no lo consigo, y no parece que te haya llegado el mensaje que te envié ayer, así que... Escucha, ha pasado algo.» A Becker se le detiene el corazón de golpe. «No se trata de mí ni del bebé, sino de Emmeline.»

El corazón de Becker vuelve a latir con normalidad. ¿Emmeline? «Se desmayó —prosigue Helena—. No están seguros de la razón. Puede que fuera un derrame cerebral o tal vez el corazón...» Becker casi tiene ganas de gritar de alegría. «Sebastian no estaba presente cuando sucedió. Se encontraba... vino aquí para hablar conmigo.» Eso ya no le alegra tanto. «Estamos en el hospital, en Berwick. Todo parece haber sido causado por una visita de la policía. Por lo visto, esta noche o, mejor dicho, anoche fueron a verla para hablar con ella sobre Douglas. Dicen que alguien ha estado haciendo acusaciones y diciendo que no fue Graham Bryant el autor del disparo que lo mató... Seb no cree que se lo tomen muy en serio, pero aun así... Bueno, en cualquier caso, ¿me llamas en cuanto puedas?»

Un puñado de personas en Fairburn conocen la verdad acerca del día en el que murió Douglas, pero Becker tiene claro que solo una podría haber hecho esa llamada a la policía, y ahora está ascendiendo con gran esfuerzo la pendiente justo delante de él.

«Puedo hacerle la vida muy difícil a esa familia.»

—¡Has hablado con la policía! —exclama cuando Grace se encuentra lo bastante cerca. Ella se detiene y se inclina, con las manos apoyadas en los muslos para intentar recobrar el aliento—. Ayer llamaste a la policía y le contaste algo sobre Emmeline Lennox, ¿verdad?

Grace se yergue. Su rostro está sonrojado, pero únicamente a causa del esfuerzo. Su expresión es de pura insolencia.

—Ya te dije que no creo que la muerte de Douglas fuera accidental.

—¡Por el amor de Dios! —exclama Becker con las manos cerradas en sendos puños—. ¿Tienes alguna idea de lo que has hecho?

Grace endereza la espalda y alza la barbilla.

—He hecho lo que tú deberías haber tenido agallas de hacer —replica—. Está claro que Douglas era una sabandija, pero eso no quiere decir que no merezca justicia.

Becker se vuelve y sigue subiendo la pendiente, demasiado cabreado para responder.

—Te he hecho un favor —dice Grace yendo tras él—. Tú mismo me contaste que Emmeline estaba haciéndoos la vida imposible a tu esposa y a ti, Beck —dice en un tono suplicante que le provoca un escalofrío—. Tú y yo estamos del mismo lado. Queremos lo mismo.

Él se da la vuelta y, con todo el autocontrol del que puede hacer acopio, dice:

—No lo creo. Si te parece bien, a partir de aquí preferiría seguir adelante yo solo.

Continúa ascendiendo la pendiente furioso sobre todo consigo mismo. Es a él a quien se le escapó que Emmeline había sido quien había realizado ese disparo mortal, es él quien ha tardado todo este tiempo en darse cuenta de que la dependencia emocional de Grace es patológica y que su soledad ha deformado el modo en que lo ve a él. Como si hubiera algo entre ellos, piensa Becker asqueado, como si tuvieran algún tipo de relación.

El sendero asciende con suavidad al principio, luego es más escarpado y, al final, prácticamente hay que escalar, así que, para cuando Becker llega a lo alto del Peñasco de Eris trepando a cuatro patas, está sudando y sin aliento. Ante él ve una superficie llana de granito que se extiende apenas unos pocos metros antes de interrumpirse de golpe y dar paso a un abrupto precipicio bajo el que se encuentra el mar de Irlanda. Permanece unos segundos de pie, aspirando una bocanada de aire salobre, y luego, con mucho cuidado, da unos pocos pasos hacia el borde del acantilado. El viento es frío y el cielo está del todo despejado; a media distancia puede distinguir las formas de pequeñas islas, familiares como viejos amigos, y a lo lejos el horizonte aparece decididamente definido, como si estuviera dibujado con tinta. Nota que las comisuras de sus labios se le extienden formando una sonrisa, y un júbilo puro le embarga el corazón. Lo ha olvidado todo, en estos instantes solo hay esto, ese embriagador paisaje, ese glorioso lugar, el lugar que moldeó la pintura de Vanessa, el lugar en el que ella hizo frente a su mar imposible y donde abrazó su naturaleza expresionista. Allí de pie, Becker comprende por qué tantos de sus paisajes marinos son tan pequeños: una mujer tan menuda no habría podido cargar un lienzo grande y un caballete hasta allí arriba, e, incluso si hubiera podido hacerlo, el viento se los habría llevado volando, y a ella con ellos. Así pues, se limitaba a pintar atisbos, momentos densos y vibrantes, llenos de amor, deseo y terror.

Becker se acerca aún más al precipicio. Con mucho cuidado, se sienta con las piernas colgando por el borde del acantilado. Coge el móvil que lleva en el bolsillo y vuelve a llamar a Helena. Esta contesta al segundo tono.

—Lo siento —masculla ella con voz somnolienta—. ¿Has estado llamándome?

—No pasa nada —dice él suavemente. Ahora está más calmado, oír su voz lo ha tranquilizado al instante—. ¿Estás bien?

—Sí, sí —afirma ella—. Fue un shock tremendo. No llegué aquí hasta las cuatro, por eso ahora todavía estaba durmiendo. ¿Dónde te encuentras? ¿Ya estás de camino?

—Aún no —dice con una sonrisa—. De hecho, estoy sentado en el borde de un acantilado, en el Peñasco de Eris. Mirando el mar.

—Qué maravilla. —En su tono de voz, él puede percibir que ella también sonríe—. No te caigas, ¿eh?

Él se ríe. Hay una breve pausa.

—Bueno..., cuéntame qué es lo que ha pasado con Emmeline. En tu mensaje decías que estaba sola en casa cuando se la llevaron enferma.

Otra pausa. Becker oye entonces que ella respira hondo.

—Le pedí a Seb que viniera a casa. —Vuelve a respirar hondo—. Creo que eso ya te lo dije, ¿no? —Becker no contesta—. Le pedí que viniera porque me pareció que ya era hora de que hablara con él sobre nuestra situación.

—¿Qué quieres decir?

—No está funcionando, Beck.

—Helena. —Siente el impulso de inclinarse hacia delante y arrojarse al mar—. No... Por favor, no digas eso.

—Me refiero a que vivamos en Fairburn, Beck. Eso es lo que no funciona. No nuestra relación, tú y yo. ¿Ves? Esto es justo a lo que me refiero —prosigue ella apresuradamente—. ¡No te fías de mí! Y yo quiero que te fíes de mí. Necesito que lo hagas. Y deberías hacerlo. Pero no es así, y tampoco es tan extraño, pues él está presente todo el rato, y Emmeline hace todo lo posible para amargarnos a todos. Fue una buena idea que los tres nos comportáramos de un modo tan civilizado, adulto y «francés» respecto a todo, pero es demasiado duro...

Becker se recuesta sobre la roca y mira el cielo con los ojos entrecerrados. Siente la calidez de los rayos del sol en el rostro y los labios le saben a sal.

—Está bien —dice—. Nos marcharemos.

—No tenemos que cortar todos los vínculos. Puedes seguir trabajando en Fairburn. Seb y yo acordamos que...

—¿Seb y tú?

—Quería estar segura de que, cuando te lo comentara, él y yo ya hubiéramos formado un frente unido —explica.

Becker se ríe de nuevo.

—Menuda conspiradora estás hecha —dice.

Por un momento ninguno de los dos dice nada, y él se queda escuchando la respiración de su mujer y el mar.

—Por favor, vuelve a casa —pide ella finalmente—. Te necesito aquí. Te necesitamos.

Cuando al fin se aparta a gatas del borde del precipicio, se siente ligero. Tiene la sensación de que, si saltara, el viento que sopla en el acantilado podría llevárselo volando. En ese momento una gaviota desciende en picado sobre su cabeza y él se agacha y se ríe. Desearía que Helena estuviera allí para ver esto, para verlo a él en la isla de Vanessa, en su peñasco sagrado. Se pone a sacar fotos de nuevo, consciente de que ni siquiera se acercarán a expresar la majestuosidad del lugar. Aun así, sigue haciéndolo, y toma decenas antes de darse cuenta de que no ha terminado de escuchar todos los mensajes de su buzón de voz.

«¿Becker? ¿Estás ahí?» Esta vez es Sebastian, que lo ha llamado a primera hora de esta mañana. Lo nota distraído y ligeramente sin aliento. «Escucha... Supongo que Hels ya te ha puesto al día de todo, pero por aquí hemos tenido un fin de semana muy intenso. Lady Em está en el hospital. Parece que ya está recuperándose..., pero de todos modos ha sido un buen susto. Justo ahora estoy esperando al médico... He pensado en llamarte porque el laboratorio que está realizando los análisis de la escultura me envió un email el viernes, pero con todo el drama de ayer no lo vi. Voy a reenviártelo en un minuto, pero el titular es que el hueso, la costilla esa, procede de un hombre, calculan que de unos veintimuchos años, aunque hay un margen de error de unos siete u ocho años, así que..., bueno...» Hay una pausa y Becker puede oír a Sebastian hablando con otra persona, y luego oye algo más, más cerca. Al darse la vuelta ve el rostro ceñudo de Grace, que justo en ese momento está alcanzando al fin la cima del peñasco. Él retrocede un paso.

En el móvil, Sebastian continúa hablando. «Eh... sí, lo siento... También tienen claro que no se trata de un hueso viejo. Todavía no han hecho todas las pruebas, pero pueden asegurarlo en base a su mineralización, creo, o algo así. Han concluido que el hueso no ha estado bajo tierra durante cientos de años, sino mucho menos tiempo, tal vez incluso menos de una década. Harán una prueba de carbono-14 que nos indicará con mayor precisión cuándo murió esa persona, y también extraerán su ADN para poder compararlo con la muestra que tienen de la hermana de Chapman. Bueno, esta es la situación. Teniendo en cuenta todo, diría que hay muchas probabilidades de que hayamos encontrado a Julian Chapman. Es muy posible que, a partir de este momento, las cosas se precipiten y, si estoy en lo cierto, será una noticia muy gorda. Tenemos que prepararnos, y tenemos que hacerlo pronto. Llámame en cuanto puedas, ¿de acuerdo?»

Becker vuelve a guardarse el móvil en el bolsillo. Está de pie en medio del peñasco, aproximadamente a un metro del acantilado y a uno y medio del borde opuesto, donde se encuentra Grace con el rostro sonrojado y jadeando como un perro.

—No podía dejar que subieras aquí solo —dice ella secándose el sudor de la frente con las palmas de las manos—. Si te pasara algo, nunca me lo perdonaría.

Becker no puede evitar preguntarse qué cree Grace que podría pasarle. Supone que podría resbalar y caer, sí, pero ¿qué diantres podría hacer ella en ese caso? Ahora, además de no ser de ninguna ayuda, se ha interpuesto en su camino, bloqueando la única ruta segura para bajar del peñasco. Grace se lo queda mirando atentamente.

—¿Va todo bien? —pregunta—. No seguirás enfadado por lo de Emmeline, ¿verdad? Solo lo hice por ti. Por ti y por Helena.

Becker no dice nada, pero ella debe de captar algo en su mirada, o quizá su rostro ha palidecido, porque repara en cómo, de repente, cae en la cuenta. Sabe que lo sabe.

—¡Ah! —dice—. Se trata del hueso, ¿no?

Él asiente.

—Sí.

—No es Julian —declara Grace entonces.

Becker exhala poco a poco con los labios fruncidos.

—Sí que lo es, Grace. Todavía no han analizado su

ADN, pero tienen claro que la costilla procede de un hombre, un hombre que murió joven, de unos veinte o treinta y tantos años. —Justo entonces él ve algo o cree ver algo; un destello de miedo parece cruzar fugazmente el rostro de la mujer. Aun así, prosigue—: Y no murió hace cientos de años, sino que puede que fuera hace menos de una década. —Grace se lleva una mano a la boca—. Así pues, parece bastante claro que se trata de Julian Chapman.

Él se aparta mientras hace un gesto con la mano, como excusándose para pasar.

—He de ir tirando —dice—. Tengo que regresar. Se avecina mucho trabajo. En cuanto el laboratorio haya confirmado que el ADN del hueso concuerda con el de Julian, tendrá que ponerse en contacto con la policía, y la policía a su vez tendrá que informar a la hermana de Chapman, y cuando eso pase... —Extiende ambas palmas—. ¿Quién sabe?

—No es Julian —vuelve a decir Grace. Ya no parece preocupada, sino triste. Casi resignada. O derrotada—. El ADN no concordará —murmura. Da un paso hacia Becker, y luego otro.

Este retrocede.

—No puedes decirlo con seguridad —indica él echando un rápido vistazo por encima del hombro y retrocediendo otro paso.

Ella está muy cerca de él, demasiado, y sigue avanzando.

—Sí que puedo —replica Grace, y alza ambas manos con las palmas hacia él.

Becker se encoge. «¿Qué está haciendo?» Por un momento piensa que va a empujarlo, pero, en vez de eso, ella se lleva las manos a los labios y junta las palmas delante de su boca como si estuviera rezando. Luego prosigue:

—Puedo decirlo porque, verás, sé dónde está Julian, y no es en el bosque.

42

Eris, 2002

Agachada en la extensión de hierba que había delante del estudio, Grace se inclinó hacia el cuerpo de Julian, procurando no mirarle a los ojos mientras colocaba los dedos índice y corazón a un lado de su cuello para comprobar si tenía pulso. Su cabeza estaba completamente torcida hacia el otro lado, de modo que era improbable que tuviera pulso, pero nunca se sabe. Toda precaución es poca.

En efecto, no lo tenía y, sin embargo, mientras estaba ahí agachada en la hierba, a Grace le pareció que podía sentir los latidos del corazón de Julian a través de la tierra, así como la sangre que rezumaba su herida empapando el suelo. Cerró los ojos y respiró hondo, inspirando su intenso olor férrico y luego espirándolo. Lo hizo varias veces hasta que consiguió calmar los latidos de su propio corazón.

Cuando volvió a abrir los ojos y se sintió con suficientes fuerzas para ponerse de pie, comprobó que la marea había comenzado a subir. Ya casi era demasiado tarde para recorrer la carretera. Se permitió a sí misma un momento de alivio. Nadie aparecería de repente. Nadie la pillaría *in fraganti*. Ahora tenía tiempo, unas buenas seis horas, y para entonces ya sería noche cerrada.

Lo tocó. Pasó una mano por un costado de su cuerpo y palpó el bolsillo de sus pantalones. Luego se inclinó sobre él, registró el otro bolsillo y cogió la llave de su coche. Julian había dejado el deportivo al principio del camino. Debía sacarlo de ahí cuanto antes.

Mientras descendía la colina, sintió un momento de euforia: las colinas que tenía delante estaban cubiertas de una exuberante vegetación de color verde oscuro, el sol bruñía los tojos tiñéndolos de un dorado desvaído, el mar resplandecía con gloriosa intensidad y Julian estaba muerto. Le entraron ganas de cantar, de proclamarle su victoria a alguien y decirle: «¡Mira! ¡Mira lo que he hecho!».

Fue solo un momento, y luego la sensación de júbilo que la había embargado se le pasó y bajó de las nubes a la realidad de la situación. Abrió el coche de Julian y, repelida por el calor y la peste a tabaco, recorrió el sendero con él y lo aparcó en un lugar en el que quedaba oculto por la casa.

Después entró y se lavó las manos, se echó agua fría en la cara y se sirvió un vaso. Consideró sus opciones. Lo sensato sería esperar ahí hasta que oscureciera para evitar que la vieran, pero, de repente, la acometió un miedo irracional de que la próxima vez que mirara colina arriba él ya no estaría, o que la próxima vez que levantara la vista hacia la ventana su cabeza asomaría con esa terrible sonrisa en el rostro.

De modo que subió de nuevo la colina y se sentó a su lado para tenerlo vigilado. Desde ahí contempló cómo las nubes se tornaban de distintas tonalidades de rosa y naranja y rojo hasta que finalmente todos los colores del crepúsculo se diluyeron como la sangre de Julian en la tierra y el cielo se volvió tan frío como su piel. En esa hora azul en la que la noche va ganando terreno y el cielo comienza a llenarse de estrellas, Grace lloró un poco, asustada por lo que había hecho y por lo que le quedaba por hacer.

Pero, cuando hubo oscurecido del todo, dejó de lado la autocompasión y se puso manos a la obra. Decidió que arrastraría el cadáver por el sendero en dirección al lado sur de la isla y el acantilado. Ahí lo tiraría al mar. Cuando lo encontraran —si es que lo encontraban—, sería imposible determinar si la herida de su cabeza se debía a un golpe propinado por alguien o a una caída, o a los repetidos impactos del cuerpo contra las rocas a causa del oleaje.

Sin embargo, prácticamente nada más coger el cadáver por las muñecas y comenzar a arrastrarlo por el suelo, Grace tuvo claro que, ni teniendo toda la noche y el día siguiente y quizá incluso el otro, conseguiría llevarlo al acantilado. Después de tan solo veinte o treinta minutos, estaba empapada de sudor y apenas lo había arrastrado unos pocos metros. Y eso había sido de bajada. Soltó las muñecas de Julian y se sentó pesadamente en el suelo. Al hacerlo, dejó escapar un grito de dolor a causa del golpe que se había dado con algo duro.

La fosa séptica.

Le costó un poco abrirla. Durante varios minutos desesperados, pensó que no sería capaz de mover la tapa, una pieza de hormigón de unos cincuenta centímetros cuadrados y muy pesada. Por último, sin embargo, después de unos cuantos minutos de esfuerzos y reniegos, de náuseas a causa del hedor fétido del contenido del tanque y de encajar cinceles debajo de la tapa para hacer palanca, logró elevarla, moverla y dejarla apoyada sobre una piedra. Bajo el cielo sin luna, subió entonces la colina, cogió otra piedra más grande que había cerca del sendero y la llevó de vuelta para meterla debajo de la cintura de los pantalones de Julian y lastrarlo. Luego, con una innegable oleada de placer, comenzó a mover el cuerpo para arrojarlo de cabeza a ese apestoso y sucio lodazal.

Cuando volvió a colocar la tapa de hormigón en su lugar, se pilló el dedo índice entre la tapa y el borde de la abertura. Con un grito de dolor, consiguió liberarlo y se puso de pie con lágrimas en los ojos, presa de una enajenante rabia provocada por el estrés y el dolor, así como de la sensación de que no era ella quien debería estar sufriendo. Todo esto era culpa de Vanessa, todo. Si no le hubiera dado a Julian la bienvenida a su isla, a su casa, a su cama, si no hubiera conspirado con él y no le hubiera prometido que se marcharían juntos de viaje, nada de esto habría pasado.

Cegada por la furia, corrió colina arriba hacia el estudio, agarró con fuerza el borde de la mesa de caballete y la volcó, tirando el resto de las piezas de cerámica al suelo. A continuación cogió un fragmento de porcelana y rasgó el lienzo más cercano, *Norte*, y luego también *Peñasco de Eris*, e *Invierno*; presa de un violento frenesí, rajó y desgarró todos los cuadros y no se detuvo hasta que se encontró con su propia mirada en *Tótem*.

43

Becker puede sentir el viento en la espalda y oír las olas rompiendo contra las rocas al fondo del acantilado con una claridad enervante.

—¿Qué quieres decir con que no está en el bosque? —le pregunta a Grace—. ¿Estás diciendo que sabes dónde se encuentra el cadáver de Julian?

De repente, tiene la sensación de que el peñasco se inclina, como si estuviera a punto de tirarlos a ambos al mar. Da un paso a un lado, pero Grace lo imita y extiende una mano suplicante hacia él. Becker vuelve a cambiar el peso de pierna y siente como la adrenalina recorre su cuerpo. Sabe que está peligrosamente cerca del borde del acantilado. Las piernas empiezan a temblarle. Una ráfaga de viento lo desequilibra y Grace se echa hacia delante, lo agarra por ambos brazos y lo atrae hacia sí envolviéndolo en un embarazoso abrazo. A su pesar, él se apoya en ella para alejarse del peligro.

—Defensa propia —dice entonces ella. Él nota su

aliento cálido en la base del cuello—. Fue en defensa propia.

Todavía aferrada a sus brazos, ella comienza a explicarle lo que sucedió: Vanessa regresó de Glasgow y se encontró con que Julian seguía en la isla. Se había marchado, tal y como ella le contaría posteriormente a la policía, pero luego volvió con la excusa de haberse dejado la cartera. Discutieron. Estaban en el estudio cuando sucedió, y él perdió los estribos. La discusión se acaloró y él se puso a romper cosas.

—Ella solo estaba intentando detenerlo —asegura Grace—. No fue culpa suya...

«Esto no es cierto —piensa Becker—. No suena cierto.» En realidad, apenas puede procesar lo que Grace está diciéndole, porque lo único en lo que es capaz de pensar es en que quiere marcharse de allí, del peñasco, y alejarse de ella. Libera los brazos que ella le ha agarrado y, cogiéndola por los hombros, la empuja con fuerza. Grace retrocede dando un traspié con la boca abierta.

—¿Qué estás haciendo? —suelta con un grito ahogado.

Él nota como el alivio se extiende por su cuerpo cuando, por fin, logra rodear el corpulento cuerpo de la mujer y llega a una zona más segura.

—Tienes que escuchar esto antes de que regreses a Fairburn, antes de que nos juzgues —dice Grace bruscamente—. Tienes que comprender... Cuando la encontré, Vanessa estaba cubierta de sangre. Y casi catatónica, no podía razonarse con ella. No me dejó llamar a la policía. Tuve que limpiarlo todo. Tuve que limpiar su desaguisado.

Algunas cosas de las que le está diciendo Grace suenan verídicas, otras parecen mentira; a Becker le cuesta distinguir unas de otras. Vacila en lo alto del sendero. Se siente cansado y privado de razón: con cada nueva revelación, Vanessa se aleja más de él y se convierte en algo distinto, alguien violento, destructivo.

—¿Cómo? —pregunta él volviéndose hacia Grace—. ¿Cómo es posible...?

—Tuve que esperar hasta la madrugada antes de poder coger el coche de Julian —lo interrumpe Grace—. No había luna y no quería encender los faros... Mientras iba de la isla al pueblo, me aterraba la idea de salirme de la calzada y terminar atrapada en la arena. —Levanta la mirada hacia él, ahora más animada, como una niña que estuviera contando una historia de fantasmas—. Metí la bici en el maletero del coche y conduje hacia el norte. A unos dieciséis kilómetros de aquí hay una cantera con un lago terriblemente profundo, y muy peligroso. Se cuentan todo tipo de historias sobre niños que se han caído en él o gente que se ha suicidado en sus aguas. Había un candado en la verja, pero eso ya lo esperaba, así que había cogido unas cizallas del trastero. Salí de la carretera y me dirigí hacia el lado norte del estanque...

No fue difícil. Solo tuve que darle un empujoncito al coche para que se pusiera en movimiento... —Parpadea despacio—. Al volver en bicicleta estaba muy asustada. No quería usar la luz para no llamar la atención... En esas carreteras hay una calma mortal, sobre todo de noche, pero aun así... no hacía falta más que una furgoneta o un coche yendo a demasiada velocidad... Pero finalmente lo conseguí, aunque ya empezaba a clarear cuando estaba recorriendo la carretera de vuelta a la isla. —Se inclina hacia él y, bajando el tono de voz hasta que casi es un susurro, añade—: Para cuando vino la policía a hacer preguntas ya tenía una coartada. Marguerite. ¡Había estado cenando sopa de cebolla francesa con Marguerite! Sabía que si le contaba qué tipo de persona era Julian, si le decía que se trataba de un hombre malo, como su marido, como Stuart, ella lo comprendería. Sabía que no me traicionaría.

Becker se abraza a sí mismo; entre la historia que Grace está contándole y el viento que sopla cada vez más fuerte, el frío ha comenzado a metérsele en el cuerpo.

—¿Está en la cantera? —pregunta—. ¿Es eso lo que estás diciéndome? ¿El cadáver de Julian está en la cantera?

—No, no. —Ella niega con la cabeza, frunciendo el ceño como si él fuera idiota, como si no hubiera estado escuchando una sola palabra de lo que ha dicho—. No podía llevarlo hasta el coche, yo sola no, pesaba demasiado.

Becker exhala, resoplando levemente.

—¿Entonces...?

—Lo tiré a la fosa séptica.

Es todo cada vez más y más triste. El paraíso de Vanessa, su refugio, su lugar sagrado... no lo es para nada: se trata de un lugar desdichado, terrorífico.

—Lo... —A Becker empiezan a castañearle los dientes—. Lo... —No termina la frase. Es incapaz de repetirlo. Joder—. ¿Y Vanessa? ¿Dónde estaba Vanessa cuando sucedió todo esto?

Ella vuelve a ignorar su pregunta.

—No debes contárselo a nadie —insiste cogiéndole un antebrazo—. Por favor, prométeme que no se lo contarás a nadie.

Él se la queda mirando con la boca abierta, sin dar crédito.

—Está bien —dice al fin, pues ¿qué otra cosa puede decir?—. Te lo prometo.

Los ojos de Grace escudriñan su rostro; ni por un segundo él cree haberla convencido, pero aun así ella asiente.

—Gracias —contesta ella, y pasa por su lado rozándole el hombro—. Hace frío, ¿no? —Y, usando las manos para no caerse, comienza a descender cuidadosamente hacia la parte más empinada del sendero—. Creo que deberíamos ir bajando.

Becker permanece un momento sentado en el peñasco, esperando a que la mujer se aleje por el sendero. Observa que camina en dirección al bosque con la espalda recta y la cabeza alta, como si nada terrible, nada sísmico, acabara de suceder. Con las manos metidas hasta el fondo de los bolsillos de su chaqueta, no deja de acariciar la hoja del cuchillo de tallar de Vanessa con el pulgar.

¿Qué puede hacer? Si le cuenta a la policía lo que Grace acaba de confesarle, enviarán a detectives y forenses y drenarán la fosa. Presumiblemente, Grace será acusada de complicidad en el asesinato de Julian, y tal vez también de otros crímenes. Y Vanessa pasará a ser una asesina, será conocida por ser una asesina.

¿Y si no se lo cuenta? Entonces ¿qué?

Llama de nuevo a Helena, pero no le contesta. Habrá silenciado el móvil y se habrá vuelto a meter en la cama. Le deja un mensaje.

—Saldré pronto —dice consultando la hora en su reloj—. Debería estar de vuelta... a última hora de la tarde, creo. Te veo en unas horas. Te quiero.

Becker desciende rápidamente y toma el mismo sendero que Grace ha seguido, la ruta más directa a la casa a través del bosque. El bosque en el que Vanessa encontró ese hueso pelado.

Si el cadáver de Julian no se encuentra en el bosque, ¿a quién pertenece entonces ese hueso?

¿Quién es el hombre del bosque?

44

Al principio Grace avanza pesadamente, pero en cuanto llega a un terreno más seguro hace lo posible por erguir la espalda y los hombros y alzar la cabeza. Al mismo tiempo, sin embargo, acelera el paso y se apresura en llegar al bosque para dejar atrás el sol y adentrarse al fin en las sombras.

Se ha arriesgado, y ha perdido.

Mientras camina entre los árboles puede sentir palpitaciones en la base de la garganta. «Qué peligrosamente cerca está la sangre de la superficie de la piel. Qué fragilidad —piensa—. Es absurdo lo frágiles y lo inadecuados que somos para un mundo tan peligroso como este. Deberíamos ser como los lobos, deberíamos poder escondernos en las sombras, correr durante kilómetros, destripar a nuestras presas con los dientes.»

«Deberíamos ser capaces de ver en la oscuridad.»

Al echar un vistazo atrás, se da cuenta de que Becker

no va detrás de ella. Puede que haya tomado el camino largo que rodea el bosque, o tal vez todavía se encuentra en el peñasco. ¿Haciendo una llamada? Grace confiaba en que la devoción que sentía Becker por Vanessa fuera motivo suficiente para que guardara silencio, pero ahora teme que su sentido del deber prevalezca. Al fin y al cabo, es un buen hombre.

Su paso es algo inestable y las piernas le flaquean después del esfuerzo que ha hecho en la subida. Necesita descansar. Sale del sendero y, acuclillándose, se apoya en el tronco de uno de los árboles y deja la mente en blanco. Permanece un momento aspirando la fragancia terrosa y verde del mantillo y escuchando el leve crujido de los viejos pinos resistiéndose al viento, el canto de las aves y el frenético susurro de los animalillos que se ocultan entre los matorrales.

Allí hay vida, más vida que en ningún otro lugar del bosque: allí donde los árboles fueron arrancados de raíz y donde sus troncos yacen en el suelo, pudriéndose y alimentando la tierra. Donde la luz se abre paso más allá de las copas de los árboles. Grace conoce ese lugar mejor que ningún otro del bosque, es el lugar al que regresa una y otra vez cuando intenta encontrarle algún sentido a todo aquello que la confunde, cuando intenta comprenderse a sí misma.

En estos momentos desearía que esa fría y negra tierra se la tragara. ¡Con qué facilidad le había echado toda la culpa a Vanessa! Nunca habría imaginado que pudiera llegar a ser tan desleal, pero algo en la forma en que la miraba Becker había hecho que le resultara imposible contar la verdad. No encontraba las palabras. Nunca había tenido que hacerlo antes, pues nunca lo había necesitado: Vanessa y ella se comprendían mutuamente.

Vanessa sabía que Grace era la responsable de la muerte de Julian, se lo dejó claro en su carta: «Sabes cosas que no deberías saber», escribió, y si bien tardó un poco, al final Grace comprendió lo que quería decir. Se refería a Marruecos, se refería a Venecia. ¿Cómo podía conocer Grace esos planes? Los habían hecho después de que ella se hubiera marchado de la isla, cuando Vanessa y Julian estaban solos. Por tanto, Grace debía de haber hablado con Julian mientras Vanessa se encontraba en Glasgow. No se trataba de una prueba definitiva, desde luego, pero sí suficiente para que Vanessa se hiciera preguntas, o quizá para que confirmara una sospecha que ya se había formado previamente.

Este pacto, este acuerdo tácito entre ambas, se mantuvo el resto del tiempo que pasaron juntas. Al principio de un modo desagradable y doloroso. Pero, cuando Vanessa pintó *Amor*, Grace entendió que su amiga no estaba enfadada; o al menos ya no. Al ver ese cuadro, supo que Vanessa la había perdonado, pues en él le dejaba claro que comprendía que un acto violento también puede ser un acto de devoción.

¿Lo comprendería también Becker si le contara lo que había pasado en realidad? Lo duda. La confesión resultaría catártica, pero Grace sabe que esa sensación de alivio no duraría. Decir las palabras en voz alta es una cosa, luego hay que vivir con ellas. Dejaría la casa siendo una persona y regresaría como otra; se vería obligada a cruzar el bosque y pasar por delante del estudio en el que murió Julian y junto a la fosa en la que su cadáver se pudrió y ya no podría ser la misma persona que era antes.

Oye el nítido crujido de una rama rompiéndose y, cuando se da la vuelta, ahí está él, caminando lentamente pero con paso seguro en su dirección.

—¿Cómo pasó? —le pregunta en cuanto llega a su lado—. ¿Cómo murió Julian?

Grace vacila. Parte de ella querría contárselo, pero ahora no es el momento y, por más que intente imaginar cómo podría haberlo matado Vanessa, no consigue visualizarlo.

—No debes pensar en eso —dice—. Es terrible, por supuesto que lo fue, pero no debes sentir lástima por Julian. No era un hombre bueno, no era para nada como tú. —Grace extiende una mano para colocarla sobre el brazo de Becker, pero este retrocede exageradamente. Un *déjà vu* la acomete cual puñetazo en el plexo solar, dejándola casi sin respiración.

Becker pasar deprisa por su lado y se aleja a paso rápido a través del bosque en dirección a la luz; su deseo de poner distancia entre ambos resulta casi palpable. La acomete una oleada de desilusión tan intensa como la pena. Su mente ya no está en blanco, ahora ve lo que tiene por delante.

Grace se ha arriesgado, y Becker ha perdido.

45

¿Dónde cojones está la llave del coche? La marea ha cambiado, el mar está retrocediendo con rapidez y en media hora podrá recorrer al fin la carretera. O podría hacerlo si encontrara la llave. La ha buscado en la cocina y el salón, y ahora está mirando por tercera vez detrás de los cuadros en el dormitorio de Vanessa.

La puerta principal se cierra con un portazo. Grace ha llegado.

¿No la arrojó sobre la mesa de la cocina cuando entró en la casa y oyeron esos ruidos? ¿Es posible que ella la haya puesto en algún otro lugar? Mira alrededor de la habitación de Vanessa y sus ojos se posan sobre la mesita de noche. Está a punto de abrir el cajón cuando Grace aparece en la puerta.

—No está ahí —dice con brusquedad—. ¿Es posible que se te cayera en la playa?

Sin apartar la vista de ella, Becker abre el cajón tirando con fuerza. Está vacío. Grace le sostiene la mirada un momento y luego se vuelve; él oye sus pasos dirigiéndose de regreso hacia la cocina. «Por el amor de Dios.» Se sienta pesadamente en la cama de Vanessa y apoya la cabeza en las manos. ¿Podría ser que de veras se le cayera en la playa? En ese caso, ahora ya no habrá posibilidad alguna de recuperarla. A estas alturas ya estará a medio camino de Irlanda del Norte. Tendrá que ir a pie hasta el pueblo y llamar a alguien desde ahí. A lo mejor Sebastian puede enviar a alguien con su otra llave.

Se pone de pie cansinamente, se agacha y, una vez más, vuelve a mirar debajo de la cama. Ni rastro de la llave, pero debajo de la mesita de noche, pegado al rodapié, ve el router del wifi y se da cuenta de que tiene la luz apagada. Está desenchufado.

Alguien lo ha desenchufado.

Se le forma un nudo en la boca del estómago. Arrastrándose a gatas, alcanza el enchufe y, tras volver a meterlo en la toma de corriente, ve como la luz comienza a parpadear: naranja, naranja, naranja...

—¿La has encontrado? —le pregunta Grace desde fuera de la habitación.

Se pone de pie enseguida y se apresura a salir de la habitación. Cuando lo hace, casi choca con Grace.

—¿Y bien?

—No —dice él—. Supongo que tienes razón. Se me debió de caer en la playa.

Ella asiente.

—Prepararé té —ofrece ella, dándose la vuelta de nuevo para regresar a la cocina—. Y luego podemos ir a echar un vistazo.

Con el corazón latiéndole con fuerza contra las costillas, Becker espera un momento antes de ir tras ella.

—Dudo que sirva de mucho después de esa tormenta —contesta él. Grace está de espaldas a él, llenando el hervidor—. No quiero té —dice bruscamente, y ella se vuelve hacia él con una expresión casi dolida—. Voy a ir al pueblo a llamar a Fairburn —añade—. Seguro que pueden enviar a alguien con una llave de repuesto. —Grace vuelve a asentir. Coge dos vasos del armario y los llena de agua del grifo; le da un sorbo a un vaso y le ofrece a él el otro. El agua vuelve a tener un regusto salobre, salobre y amargo.

El móvil de Becker, a buen recaudo en el bolsillo interior de su chaqueta, vibra con suavidad y él se permite esbozar una pequeña sonrisa victoriosa mientras se dirige a la puerta. Una arruga se forma en el entrecejo de Grace.

—¿Vas a ir ahora? —le pregunta—. La parte central de la carretera todavía está inundada. Te vas a mojar.

Él le da la espalda.

—No pasa nada —contesta—. Solo salgo a fumarme un cigarrillo.

Coge uno de los cigarrillos que se ha liado antes y se lo enciende mientras se dirige hacia el banco en el que se ha sentado por la mañana. Al consultar el móvil para comprobar si todavía tiene wifi, ve que Sebastian le ha enviado un mensaje:

LLÁMAME.

Nada más sonar el primer tono de llamada, Sebastian contesta.

—No es Julian Chapman.

—Vale... —dice Becker. El corazón le late con rapidez; se siente algo mareado, como cuando estaba en el peñasco. Tira el cigarrillo sin apenas haberlo fumado y lo pisa.

—No pareces muy sorprendido —comenta Sebastian.

Becker vacila, perplejo. Le estaba diciendo la verdad.

—Eh... sí que lo estoy. —Grace le estaba diciendo la verdad—. Supongo que son buenas noticias —añade.

—Sí —dice Sebastian, aunque suena decepcionado. Sus ilusiones de que el museo apareciera en las portadas de los periódicos se han visto truncadas—. Han encontrado una concordancia familiar en la base de datos de ADN, un tipo que desapareció en los noventa y que tenía problemas de salud mental y de drogas. Fue visto por última vez en el Distrito de los Lagos. —Hace una pausa—. ¿Vanessa fue alguna vez al Distrito de los Lagos?

—Eh... No que yo sepa —responde Becker.

Oye un ruido y, al volverse, ve que Grace está saliendo de la casa con algo en la mano. Al verlo se detiene y alza la otra mano para protegerse los ojos del sol. Él no puede distinguir su expresión, pero siente una oleada de gélido pavor recorriéndole el cuerpo.

—¿Se encuentra bien Emmeline, Seb? ¿Se pondrá bien?

—Sí, eso creo. En cualquier caso, está estable. Gracias por preguntar. Ya te pondré al corriente de todos los detalles cuando regreses, pero la consecuencia inmediata de este asunto del hueso es que no podremos exponer *División II* en su forma actual hasta que hayamos hablado con los Riley, aunque dudo mucho que nos den permiso.

Becker da un par de pasos hacia el banco. Quiere sentarse, no se encuentra demasiado bien.

—Perdona, ¿qué has dicho? ¿Con quién tenemos que hablar?

—Con la familia —dice Sebastian—. Los Riley. El hombre que desapareció, el tipo cuya costilla terminó en la escultura, se llamaba Nicholas Riley.

Becker vomita sobre sus zapatos.

46

Carrachan, 1993

Grace se encontraba en la consulta de Carrachan. Había sido un día muy ajetreado. Habían padecido una ola de frío y era el inicio de la temporada de gripe. Al final de un turno agotador, justo cuando estaba apagando el ordenador y preparándose para marcharse, la enfermera asomó la cabeza por la puerta.

—Doctora Haswell, hay un joven en la sala de espera. Dice que no está enfermo, aunque en mi opinión no tiene muy buen aspecto. Nick, de Londres —añadió pronunciando esta palabra, *Londres*, como si se tratara de una virulenta enfermedad de transmisión sexual.

Mientras recorría el pasillo hacia la sala de espera, Grace intentó pensar si podía haber un Nick de Londres distinto, pues no podía tratarse de su Nick, ¿verdad? ¿Cómo iba a estar él allí?

Y, sin embargo, ahí estaba, sentado en una de las sillas

de plástico moldeado de color amarillo chillón alineadas contra la pared opuesta. Él levantó la cabeza, pero ella no lo miró directamente a los ojos. En vez de eso, clavó la vista en sus pies. Le ardía el rostro y tenía la sensación de que, si daba un paso, se desplomaría al suelo.

Cuando por fin alzó los ojos, él estaba de pie y había extendido los brazos.

—Hola, Grace.

En efecto, tenía mal aspecto —se lo veía demacrado y pálido, y su atractivo rostro estaba salpicado de manchas—, pero todavía quedaban rastros del Nick al que había conocido una década atrás: la luz en sus ojos de un suave color avellana, el profundo hoyuelo en el lado izquierdo de su boca. No le dio un abrazo, pero le sonrió. La sonrisa de Nick se ensanchó a modo de respuesta y entonces ella sintió... euforia no, pues eso sería menos complicado, más puro. Lo que sintió fue orgullo, ausencia de vergüenza.

«Esto es lo que se siente cuando la soledad llega a su fin», pensó. Era como si hubieran cesado las hostilidades: con el mundo, consigo misma. Como si se iniciara una nueva etapa llena de posibilidades. Los afilados bordes de su mundo comenzaron a suavizarse y la frontera que la separaba de todos los demás empezó a resquebrajarse.

Nick se quedó a vivir con ella. Dormía en el sofá. Estaba ahí cuando ella se marchaba a trabajar y también cuando regresaba, con el edredón hasta la barbilla. Rara vez salía de casa. Tenía frío, siempre tenía frío, no conseguía entrar en calor a pesar de que le hacía tener la calefacción al máximo todo el día. Ella le preparaba sopa, y lo persuadía para que comiera y para que se lavara. Finalmente, también para que hablara.

Él le explicó que sentía haber aparecido así de repente y que no merecía su amabilidad. Estaba pasando por una mala racha. Audrey y él se habían metido en problemas. De drogas y luego de dinero. No tenía ningún otro sitio al que ir.

—¿Y dónde está Audrey ahora? —le preguntó Grace—. ¿Lo sabes?

Él negó con la cabeza. Habían vivido un tiempo en Mánchester con la hermana de Audrey, pero no paraban de discutir y los echó. Entonces Nick había comenzado a quedarse a dormir en casas de amigos; dormía en sus sofás hasta que también se cansaban de él. Cuando Audrey encontró un trabajo en un pub de Kendal, en los Lagos, él fue con ella, pero para entonces había aparecido alguien más, otro tipo, por lo que eso tampoco funcionó.

—Creo que debe de haber vuelto a Mánchester. Pero... —Exhaló un suspiro—. Creo que ya la he perdido. Yo solo me drogaba de vez en cuando, pero ella estaba realmente enganchada. La quiero —dijo con tristeza—, pero en un momento dado vi que al final tendría que tomar una decisión: estar con ella o dejar las drogas, y escogí dejar las drogas.

—Siempre fuiste listo —respondió Grace.

Él negó con la cabeza y levantó la mirada hacia ella desde su refugio del sofá. Entonces dijo que lo sentía mucho; sentía haberse marchado del modo en que lo hicieron. Fue injusto. Fue cruel. No tenía la intención de ser cruel, no tenía ninguna intención. Audrey tan solo quería marcharse y él había ido tras ella.

—Fue hace mucho tiempo —contestó Grace, aunque cuando pensaba en ello el dolor era tan intenso como si hubiera sucedido el día anterior—. Ya está olvidado —mintió con una sonrisa—. Es agua pasada.

Ella le dijo que podía quedarse tanto tiempo como quisiera. Sería igual que en los viejos tiempos.

Nick se rio. Sí, claro, igualito.

Estar junto a Nick despertó en Grace un viejo deseo, aunque no estaba segura de qué era exactamente lo que deseaba. Amistad, desde luego, pero, más que eso, quería atención, quería placidez. No dejaba de pensar en el viaje que habían hecho de jóvenes a Saint-Malo. Recordaba a Nick desenredando el largo pelo oscuro de Audrey después de haber ido a nadar en el mar. Grace quería algo así, pero no sabía cómo pedirlo; la sola idea de hacerlo le daba repelús.

Así que, en vez de eso, se dedicó a cuidarlo. Ella trabajaba y cocinaba y lo lisonjeaba. Nick apenas se movía del sofá. Ella no tardó en darse cuenta de que, si dejaba algo de dinero en algún lugar de la casa, desaparecía. Y también lo hizo el joyero de piel que contenía un viejo collar de perlas que le había dejado su abuela. Y, sin embargo, Nick no estaba drogándose, de eso estaba segura. Podía notarlo. O, al menos, estaba convencida de que, si ese fuera el caso, lo sabría.

Pero sí que estaba deprimido, cualquiera podía verlo. Tenía que salir más de casa. Por aquel entonces Grace todavía vivía en Carrachan, en una casa vieja y fea con vistas a la destilería y un constante olor a levadura y vinagre. Nick necesitaba luz. Necesitaba aire fresco y ejercicio.

—Si este fin de semana hace buen tiempo, podríamos ir a Eris —le dijo Grace un día—. Es una isla mareal que hay un poco más al sur. Es muy bonita. Podríamos coger el bus e ir a hacer una caminata. Antes te gustaba mucho salir de excursión. Será como aquella vez que fuimos a Francia, ¿te acuerdas? Igual que en los viejos tiempos.

No hizo buen tiempo. El miércoles el servicio meteorológico pronosticó que habría tormentas, emitió una alerta ámbar y advirtió de que las rachas de viento alcanzarían los ciento cuarenta kilómetros por hora. Cuando la tormenta llegó a primera hora del viernes, esta fue incluso peor de lo esperado; por un momento Grace tuvo la impresión de que el tejado de su casa iba a salir volando a causa del viento. El servicio de trenes fue cancelado y se cerraron asimismo las carreteras. Cientos de árboles cayeron por toda la costa.

Pero el domingo salió el sol. Se seguía aconsejando no viajar a no ser que fuera estrictamente necesario, pero Grace estaba desesperada por sacar a Nick del sofá y de casa, de modo que se pusieron sus abrigos y cogieron el autobús para ir a Eris.

Mientras caminaban por el aparcamiento del puerto, vieron a una mujer sentada en uno de los bancos llorando como si el corazón fuera a estallarle. Era tan menuda que al principio creyeron que se trataba de una niña que se había perdido, pero, cuando estuvieron algo más cerca, ella levantó la mirada y se dieron cuenta de que se trataba de una mujer hermosa y magullada. Les soltó una palabra que sonó como una maldición.

—Parece salida de la película *El hombre de mimbre*, ¿no crees? —dijo Nick entre dientes. Este llevaba puestos una bufanda y un gorro rojo a juego que había tomado prestados de Grace y que le daban una apariencia algo infantil también.

Hacía frío, el viento soplaba con fuerza y el mar estaba agitado, con unas olas más altas de lo que deberían ser apenas media hora después de la bajamar. La isla de Eris estaba desierta —nadie era tan tonto como para ir a visitarla un día como ese— y milagrosamente hermosa. La tormenta lo había limpiado todo, el mar estaba agitado y los helechos dorados todavía relucían a causa de la lluvia.

Tomaron el camino y, en su arduo ascenso por la colina, pasaron por delante de la casa abandonada y rodearon el bosque.

—Podría ser peligroso —dijo Grace—. Algunos de los árboles podrían estar a punto de caer.

Nick no hablaba mucho, pero se mostraba dócil. No paraba de temblar, ataviado como iba con un abrigo demasiado fino, de modo que se había tapado las manos con las mangas y llevaba el cuello encogido como una tortuga.

—¿A quién pertenece la casa? —preguntó cuando se detuvieron un momento en la ladera de la colina, y echó un vistazo hacia abajo, en dirección al pueblo. El aliento de ambos formaba un vaho blanquecino.

—Parece que hay algún tipo de disputa —explicó Grace—. O al menos eso es lo que me contó la enfermera de la consulta. El propietario murió intestado hace un par de años y sus hijos no se ponen de acuerdo sobre qué hacer con el lugar. Mientras tanto, la casa se cae a pedazos.

—Me pregunto cuánto pedirán por ella —dijo Nick hundiendo las manos en los bolsillos de su abrigo—. Sería un buen lugar para retirarse a vivir apaciblemente, ¿no te parece?

—¿Es eso lo que estás haciendo? —preguntó Grace.

Nick se encogió de hombros.

—Es lo que me gustaría hacer... Vivir tranquilo en un lugar aislado como este y poner mis asuntos en orden, nada más. —Nick sonrió y Grace sintió que le daba un vuelco el corazón.

En la cima se comieron sus sándwiches sentados con las piernas colgando del borde del peñasco mientras contemplaban a las gaviotas desafiando el viento y el mar que arremetía contra el acantilado. Cuando hubieron terminado de comer, Nick se puso de pie con mucho cuidado y, cogiendo de la mano a Grace, la ayudó a levantarse.

—Hoy ha sido un buen día —dijo él sosteniéndole todavía la mano—. Gracias.

Había sido un buen día, pero lo habían alargado demasiado. Para cuando comenzaron el descenso, el cielo ya estaba tiñéndose del azul oscuro de la noche, de modo que se apresuraron a bajar y tomaron la ruta más directa a través del bosque. Grace no paraba de consultar la hora en su reloj, maldiciéndose a sí misma en voz queda. «Condenada idiota.»

—¿Mañana podrías llevarme en coche a la estación de tren? —le preguntó Nick mientras rodeaban el profundo hoyo que había dejado un árbol arrancado de raíz por la tormenta.

Grace se detuvo de golpe.

—¿A la estación?

—Sí —contestó Nick—. Si es que ya circulan los trenes, claro. Necesito ir a Mánchester. Había pensado... —Hizo una pausa. El bosque ya estaba muy oscuro, pero, incluso bajo esa luz mortecina, Grace se dio cuenta de que Nick apartaba la vista y, en vez de mirarla a ella, posaba los ojos en algún punto a su espalda—. Había pensado que podría intentar localizar a Audrey.

—Pero... —Grace notó que se le aceleraba la respiración y se clavó las uñas en las palmas de las manos—. ¿Y qué pasa con... lo que dijiste sobre elegir estar con ella o dejar las drogas? ¿Qué pasa con...?

—Ahora ya estoy limpio —aseguró Nick—. No tengo por qué elegir nada.

—Pero qué pasa con todo lo demás. Con lo de vivir apaciblemente y los viejos tiempos...

—Eres tú quien no para de hablar de los viejos tiempos, Grace. —Nick sonaba exasperado—. ¿Vivir apaciblemente? Hablaba por hablar, no era más que una fantasía. ¿Cómo voy a comprarme una maldita casa en una isla? ¡Si apenas tengo dinero para vivir! —Estiró el cuello como mirando un punto aún más lejano—. Deberíamos ir tirando, no sea que nos quedemos atrapados en la isla...

—Pero podrías buscarte un trabajo aquí —dijo Grace con terquedad.

Nick se rio sombríamente.

—¿Aquí? ¿Y qué cojones iba a hacer aquí?

—Podrías trabajar en el hotel —sugirió ella con escaso convencimiento—. O quizá en el pub.

—Soy consciente de que no me gradué, Grace —masculló Nick poniendo los ojos en blanco—, pero estudié medicina. Creo que soy capaz de hacer algo más que trabajar en un bar.

—Claro que sí, solo quería decir... —No terminó la frase—. En realidad no tienes por qué ponerte a trabajar ahora mismo. Yo puedo cuidar de ambos mientras tanto. Estaremos juntos y nos haremos compañía. Será como en los viejos tiempos.

—¡Oh, por el amor de Dios, Grace! —exclamó Nick enojado—. Ya no somos estudiantes universitarios. Nada va a ser como en los viejos tiempos. —Dio un paso a la izquierda para rodearla, pero ella también se hizo a un lado y le bloqueó el paso, de modo que él se volvió entonces a la derecha y la empujó a un lado. Al dar un paso adelante, sin embargo, pisó justo en el borde del hoyo que había dejado el árbol arrancado, se torció el tobillo y, soltando un chillido de dolor, cayó dentro.

Si Grace no hubiera estado tan cabreada, casi se habría reído de él al verlo ahí abajo, en la penumbra, agitándose en el barro y maldiciendo a grito pelado.

—¿Estás bien? —preguntó cuando finalmente él dejó de gritar. Y, al caer en la cuenta de que se había torcido el tobillo, añadió—: ¿Te has hecho mucho daño?

—¿A ti qué te parece? —contestó él con un gruñido—. ¡No te quedes ahí como un pasmarote, joder! ¡Ayúdame a salir!

Nick extendió una mano para que ella se la cogiera, pero Grace se la quedó mirando y dio un pasito hacia atrás.

—¿Qué pasa? ¿Ahora ya no quieres ayudarme? —Él comenzó a trepar la pared del hoyo, pero sus viejas zapatillas deportivas no eran adecuadas para ese terreno y no paraba de resbalar en el barro—. ¡Después de pasarte todas estas semanas encima de mí, tratándome como a un niño...! ¡No, como a una mascota, como algo que puedes poseer...! ¡Ahora, como no quiero quedarme a jugar a las familias felices o lo que sea que deseas hacer...! ¿Sabes? Nunca he llegado a entender qué es lo que quieres exactamente. ¿Un amigo? ¿Un hermano? ¿Quieres que te folle?

Grace se tapó los oídos con las manos. No podía soportar oírle hablar de ese modo, pero él no se callaba. Mientras trepaba por la pared del hoyo, no paraba de insultar a Grace, burlándose de su deprimente casita, de ese lugar dejado de la mano de Dios y de su patética vida solitaria. Ella no podía soportarlo, solo quería que se callara, habría hecho cualquier cosa para que lo hiciera de una vez, así que, cuando estaba ya a sus pies, arrodillado, soltando imprecaciones, ella alzó su bota de senderismo y luego la dejó caer, pisándole con fuerza la mano. El grito de dolor que profirió él fue como una melodía.

Temblando de rabia, Nick se puso de pie con dificultad.

—Esto que acabas de hacer ha sido una agresión —gruñó entre dientes—. ¿Es que ahora los médicos pueden ir por ahí agrediendo a la gente? ¿No crees que es algo que podría traerles problemas? —dijo sujetándose la mano herida con una expresión de dolor en el rostro y lágrimas cayéndole por las mejillas manchadas de barro—. Pagarás por esto, zorra de mierda, te...

—No, por favor, no digas eso, por favor. Lo siento... —Grace estaba horrorizada por lo que había pasado, por lo que él había dicho y por lo que ella había hecho. Mortificada, extendió las manos hacia él con la boca abierta y los ojos húmedos.

Él retrocedió asqueado.

Sin que pudiera comprender realmente lo que estaba pasando, sin que fuera su intención, el gesto de súplica de Grace se convirtió en otra cosa. Su mano izquierda se alzó hasta unirse a la derecha y, rodeando con ambas el cuello de Nick, sus pulgares comenzaron a presionarle la parte frontal de la garganta.

Grace era más pequeña que Nick, pero él estaba muy flaco, estaba herido, y además ella tenía manos de carnicero.

47

Grace ayuda a Becker a tumbarse en el sofá. Este se ha vomitado encima y se siente confundido y avergonzado. Con cuidado, ella le levanta los brazos para poder quitarle el suéter y la camiseta y poner ambas prendas a lavar.

—Eso es —dice volviéndolo a tumbar en el sofá y colocándole un cojín debajo de la cabeza. Pone asimismo algunos cojines a su espalda y le mueve un poco el cuerpo para que permanezca tumbado de lado, por si acaso vuelve a tener ganas de vomitar. Luego lo cubre con una manta.

—A-a-a... —comienza a pronunciar Becker mientras tirita y abre los ojos como platos. El blanco de sus ojos reluce en la habitación sin ventanas.

—Iré a buscarte algo de agua —indica ella.

De pie ante el fregadero, al tiempo que deja correr el agua para que esté adecuadamente fría, la mujer vislumbra su reflejo en la ventana, y no puede evitar sobresaltarse ante la imagen de su doble.

Grace se ve a sí misma de muchas formas distintas. Como cualquiera, podría utilizar una gran variedad de adjetivos para describirse: concienzuda, trabajadora, leal, extraña, solitaria, infeliz, buena. Es una doctora, una amiga, una cuidadora. También una asesina. Dice esta palabra en voz baja, para sí misma, pronunciando cada sílaba despacio. Suena absurda, melodramática. En todo caso protectora, piensa. Una asesina piadosa. Aunque ha oído que, si matas a tres, te conviertes en una asesina en serie. Casi se echa a reír. Es ridículo, es como decir que te conviertes en un unicornio. Como si, efectivamente, a la tercera fuera la vencida.

Coge un bol y lo lleva de vuelta al salón junto al vaso de agua. Llega justo cuando Becker vuelve a tener arcadas. Ella se arrodilla y coloca el bol en el suelo delante de él.

—No te preocupes —le dice—. Es algo normal. Las náuseas son un efecto secundario habitual de la morfina.

Unas lágrimas caen por las mejillas de Becker.

—Lo siento —sigue diciendo ella, tocándole un lado de la cara—. Siendo sincera, no pensaba que fuera a tratarse de Nick. Sabía que se encontraba en el bosque, pero creía que sus restos estaban bien ocultos.

Lo enterró en el fondo del hoyo que había dejado el árbol arrancado. Lo cubrió con tierra, ramas y demás broza que pudo encontrar. No tenía ningún plan y estaba segura de que, en unos días, lo encontraría alguien que fuera a pasear por ahí con su perro, pero tuvo suerte. Fue un invierno brutal, y a la semana siguiente hubo otra tormenta, peor todavía que la primera. Dañó una sección de la carretera que unía la isla con el pueblo y, durante un tiempo, Eris se convirtió en una auténtica isla, no únicamente mareal. Cuando por fin Grace pudo regresar a Eris en primavera, descubrió que habían caído más árboles y que el lugar en el que yacía el cadáver de Nick había quedado del todo cubierto, de modo que se convenció de que ya no lo encontrarían.

Becker se incorpora con gran esfuerzo. La cabeza le cuelga hacia delante y la barbilla casi le toca el pecho. Su respiración es rápida y superficial. Se enjuga las lágrimas de las mejillas y se limpia unos restos de vómito del labio inferior. Alza la cabeza y mira a Grace con gran desconcierto. Parece un niño febril e indefenso.

Ella coloca una mano sobre una de sus piernas.

—Cuando viniste por primera vez aquí y me contaste lo del hueso, estaba convencida de que sería uno viejo y en ningún momento pensé que tuviera nada que temer. Lo más ridículo de todo es que tú eres la única persona que podría vincularme con Nick. ¡Y todo por esa fotografía que viste! Lo cierto es que ni siquiera estaba del todo segura de que recordaras el nombre, pero resulta que sí, ¿verdad? —Lo mira directamente a los ojos y confirma que tiene razón. Ha hecho lo correcto—. No es más que mala suerte. Sus padres no llegaron a conocerme y nos separan cuarenta años y miles de kilómetros de nuestros días de estudiantes.

Grace exhala un suspiro, extiende una mano y coloca el dorso sobre la frente de Becker. Está húmeda y fría, y él respira con lentitud.

—Marguerite lo sabe. Marguerite siempre lo ha sabido. Estaba en su ventana, como siempre, esperando al animal de su marido y me vio en la carretera. La primera vez que vino a la consulta me preguntó al respecto. «¿Adónde marcha su amigo?», dijo. Me asustó mucho. «Usted va a la isla y vuelve sola. Sola, antes de amanecer.» —Grace niega con la cabeza—. Yo era joven y tenía miedo, pero en realidad no me costó nada convencerla de que se había equivocado. Vivía completamente aislada y estaba muy lejos de casa, y también muy asustada. Lo único que necesité fue mencionar la posibilidad de llamar a la policía para que indagaran acerca de su situación doméstica, y ella haría o diría lo que yo quisiera.

Becker niega con la cabeza y abre la boca, pero no logra pronunciar ningún sonido. Vuelve a cerrarla, cierra también los ojos y se inclina hacia delante. Con un gran esfuerzo y concentrándose mucho, intenta ponerse de pie. Cuando apenas ha conseguido erguirse, sin embargo, vuelve a caer hacia atrás sobre el sofá.

—Tranquilo. —Grace le pone las manos sobre los hombros y lo empuja hacia abajo—. Solo estás consiguiendo sentirte peor. Vamos. —La mujer ajusta el ángulo de su cuerpo, colocándole de nuevo las piernas sobre el sofá para que vuelva a estar tumbado. Él forcejea, pero con poca fuerza y solo durante un momento—. No pienses mal de mí —añade—. No debes pensar mal de mí. Nunca fue mi intención que sucediera.

—¿Fue un accidente? —pregunta él en un tono conmovedoramente esperanzado.

—Bueno, no —contesta ella—. No creo que pueda decirse eso.

Le resulta difícil explicarlo, porque durante mucho tiempo el momento del asesinato ha existido ajeno a las palabras, y su recuerdo es tan elusivo como el humo y casi irrecuperable. Cuando ha intentado recordarlo —algo que rara vez se ha permitido hacer—, le ha parecido onírico en su absurdidad. No le ha encontrado sentido alguno: estaban paseando, era un día precioso, ascendieron una colina, vieron una casa, comieron sándwiches, se cogieron de la mano, hablaron acerca de vivir apaciblemente y empezar de cero. Luego oscureció, el viento sacudía los árboles, el mar se encrespó y ella comenzó a tener frío y a sentirse sucia y asustada. Y sola. Entre esos dos estados no parecía haber nada, ningún puente, ninguna carretera.

La marea estaba baja y ellos dos estaban juntos, la marea subió y él estaba muerto.

La relación entre estas dos situaciones solo conseguía establecerla pocas veces y de forma fragmentaria: el sonido de la voz de Nick burlándose de ella incesantemente, la sensación de sus suaves y tiernos dedos aplastados bajo su bota. Qué poca cosa, ese pisotón: iracundo, ridículo, merecido. Poca cosa y crucial al mismo tiempo:

en cuanto lo dio, ya no hubo vuelta atrás; en cuanto lo dio, la historia se reescribió a sí misma y el final estuvo claro: no había posibilidad alguna de que Nick pudiera llegar a salir de la isla.

Esto ella no lo comprendió hasta mucho más adelante, cuando se dio cuenta de que lo que había hecho había sido en defensa propia. Él la había amenazado, ¿no? ¿No le había dicho que pagaría por lo que le había hecho? Y sin duda también la había amenazado físicamente. Estaba dentro del hoyo y ella en el borde, pero desde luego se había mostrado amenazador cuando le había dicho si quería que se la follara.

¿Qué otra opción había tenido?

Y cuando todo hubo terminado, ¿qué otra cosa podía haber hecho salvo cubrirlo y dejarlo ahí y no volver a hablar de ello? ¿De qué habría servido que se entregara? Nadie lo habría comprendido. Conocer los pormenores de los últimos momentos de su hijo no les habría proporcionado ningún consuelo a sus padres, aunque sí les habría permitido hacer el debido duelo, y Grace siempre había lamentado haberles negado esa posibilidad.

Pero ¿de qué sirve lamentarse? ¿A quién ayuda ese lamento?

—Has de tener en cuenta todas las cosas buenas que he hecho —le dice en voz baja a Becker—. Hay muchas más cosas en ese lado de la balanza.

Becker tose y niega con la cabeza.

—No va así, no se puede compensar una vida con otra.

—Sí que se puede —insiste Grace—. He ayudado a muchísimas personas, he salvado vidas. Le salvé la vida a Vanessa. Y también a Marguerite. —Se quita el cinturón que lleva alrededor de los pantalones vaqueros y lo envuelve en un brazo de Becker, desliza un extremo a través de la hebilla y tira con fuerza—. Maté a Julian por ella —dice—. Lo hice para protegerla. —También le gustaría contarle que fue ella quien destrozó las piezas, no porque esté orgullosa de ello, sino porque quiere confesárselo a alguien. Al fin y al cabo, Vanessa la perdonó sin llegar a saber todo lo que había hecho, de modo que, si es sincera consigo misma, el suyo no se había tratado de un auténtico perdón.

Becker comienza a forcejear de nuevo, así que ella coloca un antebrazo en su cuello para reducirlo.

—Lo siento —dice—. Por favor, no te resistas. No hagas esto más duro de lo que ya es. —Puede ver que él no la perdona, que la odia. Presiona con más fuerza—. Tranquilo —murmura—. No pasa nada. —Él parece asustado. Ella no quiere que lo esté. Retira el brazo, lo besa en la frente y desliza la aguja bajo la piel—. Ahora descansa. Puedes quedarte aquí conmigo.

48

La mujer le ha puesto arsénico en el té. ¿Es que quiere disecarlo? Becker ha dejado de llorar. Se siente mucho mejor. Todo va a salir bien. Dormirá un poco, allí mismo, en el sofá.

No, en el sofá no. No está en el sofá, ¿verdad? Está sentado. En el coche. Está en el coche. Su coche. ¿Ha salido de casa y ha ido hasta el coche? No recuerda haberlo hecho. No está seguro de encontrarse lo suficientemente bien para conducir. Ah, no pasa nada, no es él quien va a conducir. Es ella quien lo hará. Grace conducirá. Enfilan el camino colina abajo, abajo que van, abajo abajo abajo.

La marea ha vuelto a subir.

Ahora está demasiado alta. Grace, la marea está demasiado alta.

Ya ha oscurecido. ¿O tiene los ojos cerrados? No, está oscuro.

¿Dónde está Grace?

Él no puede conducir, no se encuentra en condiciones de hacerlo. ¿Dónde está Grace?

Grace ha desaparecido.

Grace. Gracia. Gracia asombrosa, la gracia de Dios. Caer en gracia, caer en desgracia. Grace mató a Julian, Grace destrozó las obras de Vanessa. ¿Cómo ha podido tardar tanto en ver la luz?

Ve una luz.

¿La luz al final del túnel?

Ah, ahí está.

El faro. Es el faro.

Hace frío, tiene los pies muy fríos.

Y mojados.

Está entrando agua en el coche.

¡Está entrando agua en el coche!

Está bien, no pasa nada. Ahora recuerda que no es más que una pesadilla. No es más que una pesadilla.

No es una pesadilla.

Ha vuelto a vomitar.

Tiene que salir del coche. Tiene que salir del coche, tiene que hacerlo ahora, todavía hace pie. Puede caminar, no está tan lejos. Todavía hace pie. No está lejos.

El agua está helada, ya le llega a los muslos. Lo empuja a un lado y luego lo arroja al otro. Pierde pie casi al instante, deja escapar un grito ahogado de pánico, le cuesta mantenerse de pie, chilla. Ayuda. Ayuda. Es imposible que llegue al otro lado, tiene que regresar, tiene que dar media vuelta.

Dios, está tan cansado...

El frío es una tortura, el agua está helada, no puede soportarlo, no puede soportarlo ni un segundo más, es una agonía.

Y de repente ya no es tan duro. No es tan duro. Ya no hace tanto frío.

Piensa en las pinturas negras.

No, en esas no, en las pinturas negras de Vanessa no, sino en las originales, en las pinturas negras de Goya, las que cuelgan del Museo del Prado en Madrid. Lo visitó de joven, iba con una chica, ahora no recuerda su nombre. No era Helena.

Él es el perro, el perro semihundido, intentando mantener la cabeza sobre la superficie del agua.

Helena. Ay, Helena.

El bebé.

Vuelve a ver la luz, el agua le salpica la cara. Si pudiera regresar al coche, si al menos pudiera regresar al coche, quizá entonces todo estaría bien. ¡Su móvil! ¿Dónde está su móvil? Si pudiera volver a oír su voz, solo una vez más.

Oye su voz.

Ella lo llama, una voz lo llama por su nombre.

Son las gaviotas. Las gaviotas están diciendo su nombre.

Vuelve a ver la luz, la del faro, emite un destello, cada vez más rápido, más rápido, ahora ya no es blanca, ahora es azul.

Ahora es azul.

Ahora es azul.

Diario de Vanessa Chapman

No pensaba quedarme tanto tiempo.

Pensaba que serían unos pocos años, una década como mucho. Por aquel entonces pensaba que tenía todo el tiempo del mundo, pensaba que tenía toda una vida por delante. Y supongo que así era, solo que resultó ser más bien corta.

El médico de Glasgow no tenía nada bueno que decir.

Ya de vuelta en el coche, pensé en la primera vez que recorrí la carretera para ir a la isla y en la primera vez que vi la casa; una casa que había comprado sin siquiera haberla visitado. ¡Era tan valiente por aquel entonces! Y tan joven… Por primera vez desde hacía siglos pensé en ese recorte que me había llegado, el que estaba segura de que había enviado alguna amiga, a pesar de que nadie reconoció haberlo hecho.

De repente caí: ¡Julian! Claro que fue Julian. Quería librarse de mí y me dio un pequeño empujón. Nadie mejor que él sabía que no podría resistirme.

Pobre Julian, selló su propio destino.

Grace estaba fuera cuando llegué a la isla, así que me dirigí al estudio y lloré y desaté mi rabia yo sola. Me sentía engañada; quería prenderle fuego al lugar y reducirlo a cenizas.

Nunca podría haberlo hecho, claro está.

De modo que una vida corta. Y no siempre feliz. ¡Pero libre! He sido libre aquí en mi isla. Escapé de la monotonía de la domesticidad y de la violencia de los hombres. He trabajado con mis propias manos y he amado furiosamente con mi cuerpo.

¡Gracias a Dios! Gracias a Dios que me di cuenta justo a tiempo de que no quería vivir la vida que se esperaba que viviera, gracias a Dios que salí corriendo, gracias a Dios que hui.

Gracias a Dios por mi isla, por Eris.

Ahora que mi esperanza, antaño violenta, es algo pequeño y patético, he de ser práctica. He de pensar qué sucederá cuando ya no esté. A una parte de mí le da igual. ¿Qué más da? Al fin y al cabo, una vida no es una colección de cosas. ¿Qué más da lo que dejamos atrás si las olas no paran de romper, implacables y ajenas a todo? ¿Qué más da, si un día —probablemente dentro de no mucho— esta isla estará bajo el mar, y también la casa, y el peñasco y todos los huesos que alberga?

Por alguna razón, importa. Lo que dejas atrás importa. El arte que creaste, o la gente. Los amigos a los que quisiste. El bien que hiciste, el mal.

Importa.

AGRADECIMIENTOS

Quiero darle las gracias al doctor Tim Clayton, a la profesora Dame Sue Black, al profesor Derek Hamilton y al profesor Turi King por sus consejos sobre cuestiones forenses, incluyendo todo lo relativo a la identificación y la datación de los huesos. Cualquier posible error cometido con relación a este tema es mío.

También me gustaría dar las gracias a Heather Wilson y Nick Stenhouse, de Redbraes Pottery, y a Annabel Wightman, de Marchmont Creative Spaces, por permitirme observarlos mientras trabajaban.

Gracias a Stuart Cummins, ganador de la edición 2003 de la subasta Good Books llevada a cabo por Young Lives vs Cancer, por permitirme usar su nombre.

A mis editores Sarah Adams y Kate Nintzel, gracias por ayudarme a que los árboles no me impidieran ver el bosque y a distinguir los huesos de los despojos; a mis agentes Lizzy Kremer y Simon Lipskar, gracias por brindarme una mezcla perfecta de apoyo y gestión.

A Ben Jefferies, gracias. (No puedo decir por qué, pero quien lo sabe lo entiende.)

Y gracias, Simon, por tu paciencia, tu sentido del humor, tus grandes dotes de cocinero y tu buena disposición a usar auriculares cuando estoy escribiendo.

Otros títulos de la autora en Booket:

booket